Amor y furia

Elizabeth Wetmore

HarperCollins *Español*

AMOR Y FURIA. Copyright © 2021 de Elizabeth Wetmore. Todos los derechos reservados. Impreso en los Estados Unidos de América. Ninguna sección de este libro podrá ser utilizada ni reproducida bajo ningún concepto sin autorización previa y por escrito, salvo citas breves para artículos y reseñas en revistas. Para más información, póngase en contacto con HarperCollins Publishers, 195 Broadway, New York, NY 10007.

Los libros de HarperCollins Español pueden ser adquiridos con fines educativos, empresariales o promocionales. Para más información, envíe un correo electrónico a SPsales@harpercollins.com.

«Oklahoma» del poemario *Winters Stars* de Larry Levis, © 1985. Incluido con el permiso de University of Pittsburg Press.

Título original: *Valentine*

Publicado originalmente por Harper 2020

Copyright de la traducción © 2021 de HarperCollins Publishers

PRIMERA EDICIÓN

Traducción: Aurora Lauzardo Ugarte

Diseño adaptado de la edición en inglés de Bonni Leon-Berman

Este libro ha sido debidamente catalogado en la Biblioteca del Congreso de los Estados Unidos.

ISBN 978-0-06-299978-8

21 22 23 24 25   LSC   10 9 8 7 6 5 4 3 2 1

Para Jorge

A menudo solía decir: soy este polvo; o soy este viento.

Y, joven, lo aceptaba. La verdad es que nunca fue así.

He visto suficiente polvo & viento para saber

que soy un leve aliento que siempre recorre la distancia

que requiere el anhelo & para saber que, aun esto fracasará.

LARRY LEVIS

Gloria

LA MAÑANA DEL domingo comienza aquí, en el campo petrolífero, pocos minutos antes del amanecer, con un operario de pozos —*roughnecks,* los llaman aquí— estirado y profundamente dormido dentro de su camioneta. Los hombros apretados contra la puerta del conductor, las botas encaramadas sobre la consola, el sombrero tejano tan hundido en la cabeza que la niña que está sentada afuera sobre el suelo empolvado sólo puede ver su quijada pálida. Cubierto de pecas y casi lampiño, tiene un rostro al que nunca le hará falta una afeitada diaria, aun de viejo, pero ella espera que muera joven.

Gloria Ramírez permanece perfectamente inmóvil; es una rama rota de mezquite, una piedra a medio enterrar, y se lo imagina bocabajo en el polvo, los labios y las mejillas magullados contra la arena y una sed que sólo puede saciar la sangre que le inunda la boca. Cuando se sacude y acomoda torpemente contra la puerta de la camioneta, Gloria contiene la respiración y observa cómo se le tensa la quijada, el músculo tritura hueso contra hueso. Verlo es un tormento y vuelve a desear que muera pronto, una muerte despiadada y solitaria sin nadie que llore por él.

En el este, el cielo se pinta de púrpura, luego de azul negruzco, luego de gris oscuro. En pocos minutos se teñirá de naranja y rojo y, si levanta la vista, Gloria verá la extensión de tierra bajo el cielo —una franja marrón cosida al azul— como siempre. Es un cielo infinito, lo mejor que tiene West Texas, cuando uno se acuerda de mirarlo. Lo echará de menos cuando se marche. Porque no podrá quedarse aquí, no después de esto.

Con la vista fija en la camioneta, Gloria comienza a dar golpecitos en la arena con los dedos: uno, dos, tres, cuatro, los dedos tratan de impedir que realice algún movimiento brusco, tratan de mantenerla callada, de mantenerla entre los vivos un día más. Porque, aunque posiblemente Gloria Ramírez no comprenda mucho esta mañana del 15 de febrero de 1976, sí sabe que, si él no hubiera perdido el conocimiento antes de volver a estar lo suficientemente sobrio como para buscar la pistola o agarrarla por el cuello, estaría muerta. Cincuenta y dos, cincuenta y tres, cincuenta y cuatro, espera y observa, escucha a un animalito moverse alrededor del mezquite y el sol, esa pequeña misericordia constante, se asoma por el borde de la tierra y aparece, ardiente, por el este. Y sus dedos continúan.

La luz del día revela kilómetros de bombas de varilla y basura del campo petrolífero, cercas contra liebres, alambres de púas, montones de ramas de mezquite y cañamazo. Enredadas entre pilas de caliche y tuberías viejas, las serpientes ratoneras, cabeza de cobre y cascabel esperan la primavera; su respiración es lenta y regular. Cuando ya ha amanecido por completo, ve la carretera y, detrás, una granja. Tal vez esté lo suficientemente cerca como para llegar andando, pero no es fácil precisar. Aquí un kilómetro puede ser diez, diez pueden ser veinte y ella sólo sabe que ese cuerpo —ayer lo habría llamado «mío»— está sentado sobre un montón de arena en algún lugar del campo petrolífero, demasiado lejos como para poder ver el depósito de agua con el nombre de su pueblo, Odessa, pintado en un costado o el edificio del banco o las torres de enfriamiento de la planta petroquímica donde trabaja su madre. Alma regresará a casa pronto, después de pasar la noche limpiando oficinas y barracas. Cuando llegue al apartamento de una habitación, que aún huele al guiso de maíz y cerdo de anoche y a los cigarrillos del tío, cuando vea que el sofá cama donde duerme Gloria está intacto desde ayer, se preocupará, tal vez se asustará un poco, pero, sobre todo, se enfadará porque su hija no está en casa como debería, otra vez.

Gloria examina las bombas de varilla que suben y bajan como inmensos saltamontes de acero con un hambre insaciable. ¿Habrán conducido hasta Penwell? ¿Mentone? ¿Loving County? Porque la Cuenca Pérmica abarca doscientos mil kilómetros cuadrados de lo mismo y lo mismo y podría estar en cualquier lugar y lo único cierto son su sed, el dolor y los suspiros ocasionales del *roughneck*, el crujir de sus dientes, los movimientos de su cuerpo, el ronroneo y chasqueo de las bombas de varilla a pocos metros de donde está sentada.

El canto de una perdiz rasga suavemente la mañana. Gloria vuelve a mirar hacia la granja. Un camino de tierra parte el desierto en dos, una línea recta que se extiende directamente hacia un porche que ya empieza a imaginar. Tal vez esté lo suficientemente cerca como para llegar andando, tal vez una mujer le abra la puerta.

Él aún no se ha movido cuando los dedos de Gloria pulsan el último número en la arena: un tembloroso mil. Mueve la cabeza despacio hacia arriba y hacia abajo y, consciente de que es su silencio sobre todo lo que la mantiene viva, sin decir palabra repasa las partes de su cuerpo a medida que las va reconociendo. Brazo. Aquí hay un brazo. Un pie. El hueso del pie está conectado al talón, piensa, y el talón al tobillo. Y allí, en el suelo, cerca de la plataforma de perforación, está su corazón. Gira la cabeza de un lado a otro y organiza su cuerpo, lo cubre con la ropa deshecha que yace dispersa a su alrededor cual basura tirada y olvidada; ya no son su camiseta negra favorita o el pantalón vaquero azul que le regaló su madre por Navidad o el sujetador y las bragas a juego que se robó en Sears.

Sabe que no debería, pero, antes de marcharse, no puede evitar mirar al *roughneck*. Unos mechones ralos y rubios se asoman por debajo del ala de fieltro del sombrero tejano. Delgado y fibroso, apenas tiene unos años más que Gloria, que cumplirá quince en otoño, si sobrevive a este día. Ahora su pecho sube y baja rítmicamente, como el de cualquier persona, pero el resto del cuerpo permanece inmóvil. Sigue dormido o se hace el dormido.

La mente de Gloria se enreda en esa idea como se enreda un caballo en una madeja de alambre de púas. Abre la boca y la cierra de golpe. Se siente asfixiada, jadea, un pez extraído del lago. Imagina sus propias extremidades desconectadas huir hacia el desierto para terminar en las fauces de los coyotes que escuchó llamarse entre sí toda la noche. Imagina sus huesos blanqueados y pulidos por el viento —un desierto lleno de ellos— y le dan ganas de chillar, de abrir la boca y aullar. Pero traga en seco y vuelve a sentarse en la arena y cierra bien los ojos para protegerse del *roughneck* y del sol que ilumina el cielo infinito.

No debe entrar en pánico. El pánico es lo peor del mundo, le diría su tío. Cuando el tío cuenta una historia de guerra —y desde que regresó a casa el año pasado, todas las historias que cuenta son de guerra— siempre comienza de ese modo. ¿Sabes cómo le dicen a un soldado que entra en pánico, Gloria? *KIA, killed in action*, muerto en combate, así le dicen. Y siempre termina las historias del mismo modo. Escucha, un soldado jamás entra en pánico. Nunca entres en pánico, Gloria. Si entras en pánico —su dedo índice se convierte en una pistola, se lo lleva al corazón y aprieta el gatillo— pum. Y si de algo está segura esta mañana es de que no quiere morir, así que se lleva los puños bien apretados a la boca y se ordena ponerse de pie otra vez. No hagas ruido. Muévete.

Gloria Ramírez —por muchos años su nombre acechará a las niñas del pueblo como un enjambre de avispas, como un recordatorio de lo que no se debe hacer, de lo que nunca se debe hacer— se pone de pie. No regresa por los zapatos cuando se acuerda de ellos ni por la chaqueta de piel de conejo que llevaba puesta anoche cuando el joven aparcó en el Sonic, el antebrazo por fuera de la ventanilla abierta, unas cuantas pecas y un pelo rubio que relucía bajo las luces de neón del *drive-in*.

Hola, corazón, feliz Día de San Valentín. Sus palabras se llevaron toda la fealdad del *drive-in*, su acento suave indicaba que no era de aquí, pero tampoco de muy lejos. A Gloria se le secó la boca como una tiza. De pie al lado de una mesa de picnic solitaria —una plataforma de madera inestable entre unos cuantos automóviles y camiones— hacía lo que todos los sábados por la noche: matar el tiempo, beber limonada, pedir cigarrillos y esperar a que ocurriera algo, lo que en esta porquería de pueblo nunca pasaba.

El muchacho aparcó lo suficientemente cerca como para que Gloria pudiera ver incluso a través del parabrisas las manchas de petróleo en su piel y en su ropa. Tenía las mejillas y el cuello tostados por el viento, los dedos manchados de negro. La consola de la camioneta estaba cubierta de mapas y facturas y un casco colgaba de un gancho encima del asiento. Desperdigadas entre palancas y cantimploras de agua sobre la caja de la camioneta había varias latas de cerveza aplastadas. Todo ello conformaba una buena imagen de todas las advertencias que Gloria había escuchado a lo largo de su vida. Y ahora le decía su nombre —Dale Strickland— y le preguntaba el suyo.

Y a ti qué te importa, le dijo.

Las palabras le salieron de la boca sin que pudiera darse cuenta de que sonaría como una niñita y no como la joven fuerte que quería aparentar a toda costa. Strickland se asomó un poco más por la ventanilla abierta y la miró con carita de cachorro, aunque tenía los ojos hundidos e inyectados de sangre. Ella lo miró fijamente a los ojos. El azul se aclaraba o se tornaba gris según la luz le daba en el rostro. Eran del color de las canicas que uno se esfuerza por conservar, tal vez del color del Golfo de México. Pero Gloria no era capaz de distinguir el océano Pacífico de un hoyo de búfalos y eso era parte del problema, ¿verdad que sí? No había ido a ninguna parte, no conocía más que este pueblo, a esta gente. Podría ser el comienzo de algo bueno. Si seguían juntos, la llevaría en unos meses a Corpus Christi o Galveston y vería el mar por primera vez. Así que le dijo su nombre. Gloria.

Él sonrió y subió el volumen de la radio para demostrar la coincidencia de que en ese mismo instante Patti Smith estuviera cantando el nombre de Gloria en la emisora de la universidad. Y mírate aquí, dijo, en carne y hueso. Es el destino, *darling*.

Estás hablando mierda, *darling*, dijo ella. Llevan tocando ese disco cada dos horas desde el otoño.

Gloria llevaba meses cantándola mientras esperaba a que tocaran el álbum *Horses* en la radio y se reía de los berrinches de su madre cada vez que cantaba *Jesús murió por los pecados de alguien, pero no los míos*. Cuando Alma amenazaba con arrastrarla a misa, Gloria se reía a carcajadas. No entraba en una iglesia desde que tenía doce años. Cerraba la mano en un puño, se la acercaba a la boca como si estuviera sosteniendo un micrófono y cantaba la frase una y otra vez hasta que Alma se metía en el baño y cerraba la puerta dando un portazo.

El Sonic estaba desierto esa noche de San Valentín. Nada ni nadie, excepto la misma mesera delgada y desaliñada que llegaba directo de su trabajo diurno y hacía la vista gorda cuando los delincuentes de siempre se servían Jack Daniel's en vasos de papel llenos hasta la mitad de Dr Pepper; la chica que iba dos grados más arriba que Gloria en la escuela y se sentaba en un taburete tras el mostrador a oprimir botones y repetir órdenes, su voz distorsionada por los potentes altavoces; y el cocinero, que de vez en cuando se separaba de la parrilla y salía a fumar y mirar los automóviles en la autopista. Y, ahora, una vieja alta, de hombros anchos salía del baño y dejaba que la puerta se cerrara tras de sí con un portazo y se secaba las manos en los pantalones mientras caminaba con brío hacia la camioneta donde un hombre más viejo que ella, flaco como un alambre y calvo como una bola de billar, observaba a Gloria.

Cuando la mujer se sentó a su lado, el hombre señaló a la niña y asintió levemente al hablar. Su esposa asintió con él, pero cuando el hombre sacó la cabeza por la ventanilla, le agarró el brazo y negó con la cabeza. Gloria estaba recostada contra la mesa de picnic con las manos metidas en el bolsillo de su nueva chaqueta y alternaba la vista entre la pareja y el joven, que tenía el brazo por fuera de la ventanilla abierta y golpeaba rítmicamente el costado de la camioneta con los dedos. Gloria vio a los dos viejos discutir en la camioneta y, cuando volvieron a mirarla, sacó una mano del bolsillo. Lentamente, extendió el dedo del medio y lo levantó en el aire. Váyanse a la mierda, gesticuló con la boca.

Volvió a mirar alrededor del aparcamiento del Sonic y se encogió de hombros —nada que perder, todo que ganar— y se subió a la camioneta del joven. La cabina estaba cálida como una cocina y tenía el mismo olor sutil del amoniaco de los limpiadores industriales que su madre traía impregnado en las manos y la ropa cuando llegaba de trabajar. Strickland subió el volumen de la música y le pasó una cerveza que abrió con una mano enorme mientras sujetaba el volante con la otra. Cómo son las cosas, dijo. Gloria, creo que te amo. Y ella cerró la pesada puerta.

El sol se asoma justo por encima de las ruedas de la camioneta cuando por fin puede escapar. No mira hacia atrás. Si se despierta y le dispara, mejor no verlo. Mejor que el hijo de puta le dispare por la espalda. Para que, además, lo recuerden como un cobarde. En lo que a Gloria respecta, jamás volverá a usar el nombre que le dieron, el nombre que él repitió una y otra vez durante esas horas interminables que estuvo acostada con el rostro contra la tierra. La llamaba y su nombre cruzaba el aire de la noche, un dardo venenoso que perfora y rasga. Gloria. Burlón, malvado como una víbora. Pero nunca más. De ahora en adelante se llamará Glory. Es una pequeña diferencia, pero en este momento le parece inmensa.

Glory atraviesa el campo petrolífero, camina, tropieza y se cae al pasar las bombas de varilla y los matojos de mezquite. Cuando cruza arrastrándose por un hueco en la cerca de alambre de púas y empieza a caminar en la zona de perforación abandonada, un extraño letrero la mira desde arriba

9

con su rostro plano y le advierte de los gases venenosos y las consecuencias de entrar sin permiso. ¡TE DISPARARÁN! Cuando un pedazo de cristal o una espina de cactus le perfora el pie, observa el charquito de sangre que se forma en el suelo duro e impermeable y desea que fuera agua. Cuando un coyote aúlla y un segundo coyote le contesta, busca a su alrededor algo que le sirva de arma y, al no encontrar nada, le arranca una rama a un árbol de mezquite. Le sorprende su fuerza, le sorprende que aún pueda moverse, le sorprende la resequedad dolorosa en la boca y la garganta y un dolor que comenzó como una leve punzada en las costillas cuando se puso de pie por primera vez. Ahora se ha desplazado, caliente y agudo, hasta su vientre como un tubo de acero que se ha dejado demasiado cerca de un horno.

Cuando llega a las vías del tren, camina al lado de ellas. Cuando pierde el equilibrio, se agarra de la cerca de alambre de púas y cae de golpe sobre un montón de rocas de caliche que forman una larga hilera. Examina la gravilla que se le ha alojado en la palma de las manos. La piel y la sangre del muchacho incrustadas bajo sus uñas le recuerdan que luchó con fuerza. Ni tanto, piensa mientras recoge una piedrecita y se la pone debajo de la lengua como habría hecho el tío Víctor si tuviera sed y anduviera perdido en el desierto preguntándose cuán lejos estará de casa. A un extremo del montón de rocas, hay un pequeño letrero con la inscripción *Fosa común* clavado en una cruz de acero. A pocos metros, hay una segunda fosa pequeña y sin identificar, la tumba de un niño, de un perro tal vez.

Glory se pone de pie y mira hacia atrás. Está más cerca de la granja que de la camioneta. El viento comienza a soplar —un dedo que roza la hierba y la hace temblar— y se da cuenta por primera vez de la calma que ha reinado toda la mañana. Como si hasta la hierba y la grama azul, finas y plegables, hubieran contenido la respiración. Es una brisa leve, apenas perceptible en un lugar donde el viento suele soplar con fuerza; sin duda es demasiado leve como para transportar su voz hacia donde está él. Si habla, no la oirá. Glory Ramírez da media vuelta y mira hacia el lugar donde ha estado. Por primera vez en varias horas quiere decir algo en voz alta. Lucha por encontrar las palabras, pero lo único que logra producir es un grito ahogado. El sonido recorre una distancia corta, rompe el silencio y desaparece.

Mary Rose

SOLÍA CREER QUE una persona podía enseñarse a sí misma a ser compasiva si intentaba ponerse en los zapatos de otro, si estaba dispuesta a tomarse el trabajo de imaginar el corazón y la mente, digamos, de un ladrón, un asesino o un hombre que lleva a una niña de catorce años a un campo petrolífero y pasa la noche entera violándola. Intenté imaginar lo que pudo haber sentido Dale Strickland:

El sol empezaba a llegar al cénit cuando despertó con la pinga dolorida y muerto de sed, la quijada apretada en una tensión familiar de anfetaminas. La boca le sabía a pistero de contenedor de gasolina y tenía un golpe del tamaño de un puño en el muslo izquierdo, tal vez por las varias horas que pasó haciendo presión contra la palanca de cambios. Difícil saberlo, pero de algo sí estaba seguro: se sentía como mierda. Como si alguien le hubiera golpeado ambos lados de la cabeza con una bota. Tenía sangre en el rostro, en la camisa y en una bota. Se apretó los ojos y las comisuras de la boca con los dedos. Se miró las manos una y otra vez para ver si tenía alguna cortadura, luego se las llevó a las sienes e hizo presión. Tal vez se bajó la cremallera y se examinó. Había algo de sangre, pero no encontró ninguna herida evidente. Tal vez se desdobló en el asiento delantero de la camioneta y salió un momento para que el inofensivo sol invernal le calentara la piel. Tal vez lo sorprendió el calor atípico del día, la calma inusual, como me pasó a mí más temprano en la mañana cuando salí al porche y miré al sol y vi media docena de gallinazos volar lentamente en círculos. Ser compasiva significa verlo buscar una cantimplora de agua en la caja de la camioneta y luego quedarse ahí de pie y girar 360 grados tan despacio como puede mientras intenta recordar las últimas catorce horas. Tal vez ni siquiera recordaba a la niña hasta que vio sus zapatillas contra la rueda de la camioneta o su chaqueta hecha un bulto cerca de la plataforma de perforación, una de piel de conejo que le caía justo debajo de la cintura con su nombre escrito en tinta azul en la etiqueta. «G. Ramírez». Quiero que piense: ¿Qué he hecho? Quiero que recuerde. Puede que le haya tomado un poco más de tiempo comprender que tenía que encontrarla, asegurarse de que estaba bien o tal vez asegurarse de que ambos entendían lo que había ocurrido allí. Tal vez se sentó en la caja de la camioneta y se bebió el agua verdosa de la cantimplora y deseó poder recordar sus facciones. Restregó una bota contra el suelo e intentó reconstruir la noche anterior, volvió a mirar los zapatos y la chaqueta de la niña y luego alzó la vista hacia las grúas Derrick, la carretera y las vías del tren, el escaso tráfico dominical en la autopista y, al fondo, si fijaba bien la vista, una granja. Mi casa. Tal vez pensó que la casa estaba demasiado lejos para llegar andando. Pero nunca se sabe. Las chicas de este pueblo son duras como piedras, ¿y una loca? Diablos, tal vez sea capaz de caminar descalza sobre las llamas del infierno si se lo propone. Se bajó de la caja de la camioneta y miró dentro de la cantimplora. Tenía suficiente agua para limpiarse un poco. Se agachó para mirarse en el espejo retrovisor del lado del conductor y se pasó los dedos por el pelo. Trazó un plan. Mearía, si podía, y luego conduciría hasta la granja para echar un vistazo. Con suerte, el lugar estaría abandonado y encontraría a su nueva novia sentada en el porche podrido, sedienta como un melocotonero en agosto y feliz de volverlo a ver. Tal vez, pero no es fácil hallar compasión en un lugar como éste. Ojalá se hubiera muerto antes de verle la cara.

～

Cuando llegue el momento y me llamen al estrado, testificaré que fui la primera persona que vio con vida a Gloria Ramírez. Esa pobre niña, les diré. No sé cómo una criatura se recupera de algo así. El juicio no será hasta agosto, pero les diré a esos hombres en la sala del juzgado lo mismo que le diré a mi hija cuando tenga edad para escucharlo.

Que había sido un invierno difícil para nuestra familia, incluso antes de esa mañana de febrero. El precio del ganado caía por minuto y no había llovido en seis meses. Tuvimos que suplementar el alimento con maíz y algunas vacas salían a buscar regaliz para comer y abortar los terneros. De no haber sido por los arrendamientos petroleros, habríamos tenido que vender parte de nuestras tierras.

Que casi todos los días mi esposo recorría el rancho con los únicos dos hombres que no nos habían abandonado para irse a trabajar mejor pagados en el campo petrolífero. Los hombres echaban forraje desde la caja de la camioneta y luchaban contra los gusanos barrenadores. Sacaban las vacas medio muertas que se enganchaban en la cerca de alambre de púas —son animales estúpidos, que nadie diga lo contrario— y si no podían salvar un animal, le disparaban en la frente y dejaban que los gallinazos hicieran el resto.

Les diré que Robert trabajaba todo el día, todos los días, incluso los domingos porque una vaca lo mismo se muere un domingo que cualquier otro día de la semana. Aparte de los quince minutos que le tomaba atragantarse un plato de carne guisada —a una le toma medio día cocinarlo y ellos se lo comen en menos de cinco minutos— apenas veía a mi esposo. Lo que necesitamos es una raza de vacas más fuerte, decía mientras colocaba el tenedor y el cuchillo en el plato y me lo entregaba antes de salir por la puerta. Necesitamos Herefords o Brangus. Y cómo crees que nos lo podremos permitir, decía. ¿Qué haremos?

Cuando pienso en ese día y en cómo encontré a Gloria Ramírez en mi porche, los recuerdos llegan cosidos como las piezas de una colcha de retazos, cada una de un color y una

15

forma diferentes, todas unidas por una delgada cinta negra, y creo que será siempre así. Cuando llegue agosto, testificaré que hice todo lo que pude, dadas las circunstancias, pero no les diré cómo le fallé.

Tenía veintiséis años, estaba en el séptimo mes de embarazo de mi segundo bebé y pesaba más que un Buick. Con el segundo una siempre engorda más pronto —eso dicen las mujeres de mi familia— y llevaba tanto tiempo sintiéndome sola que, de vez en cuando, le permitía a Aimee no ir a la escuela y quedarse en casa por cualquier malestar inventado con tal de tener un poco de compañía. Dos días antes habíamos hablado con la secretaria de la escuela, la señorita Eunice Lee.

Tan pronto como colgué el teléfono, Aimee Jo empezó a imitar la cara de vieja amargada de la señorita Lee. Algunos dicen que es descendiente directa, yo no lo creo en absoluto, pero les digo esto: si fuera cierto, no heredó la guapura del general. Pobrecita. Mi hija estrujó la cara e hizo como si agarrara el auricular del teléfono de la escuela. Bien, gracias por llamar, señora Whitehead, pero no tiene que entrar en detalles de las deyecciones de Aimee Jo. Espero que se mejore muy pronto. Feliz día de San Valentín a todos. ¡Adiós! Aimee movió los dedos en el aire y las dos nos echamos a reír a carcajadas. Luego empezamos a preparar una hornada de panecillos para comer con mantequilla y azúcar.

No parecería gran cosa, Aimee y yo juntas en la cocina esperando a que creciera la masa mientras el día se desperezaba ante nosotras como un viejo gato doméstico, riéndonos con tantas ganas por la imitación que Aimee acababa de hacer de la señorita Lee que casi nos orinamos encima. Pero a veces pienso que cuando esté en mi lecho de muerte, ese viernes por la mañana con mi hija será uno de mis recuerdos más felices.

El domingo por la mañana jugamos al *gin rummy* y escuchamos el servicio religioso en la radio. Aimee iba perdiendo y yo buscaba la forma de que ganara sin que se diera cuenta. Mientras esperaba a que sacara el cuatro de corazones, yo pasaba cartas y le daba pistas. ¿Qué día es hoy? ¿El día del amor? ¿El día de los corazones?, le decía. ¡Ay, mi corazón! Lo siento latir una, dos, tres, cuatro veces, Aimee Jo. En aquel tiempo pensaba que a los niños no les hacía bien perder a las cartas con demasiada frecuencia, en especial a las niñas. Ya no pienso lo mismo.

Escuchamos al pastor Rob concluir su sermón sobre los males de la desegregación, que comparaba con el que encierra una vaca, un puma y una zarigüeya en el mismo establo y luego se sorprende de que alguno acabe siendo comido.

¿Qué quiere decir eso?, preguntó mi hija. Tomó una carta del mazo, la miró unos segundos y puso las cartas sobre la mesa. Gané, dijo.

Nada que debas saber, pequeña, le dije. Tienes que decir *gin*. Mi hija tenía nueve años, sólo unos años menos que la desconocida que estaba a punto de encontrar en mi porche esperando a que le abriera esa puerta tan pesada y la ayudara.

Eran las once de la mañana. Estoy segura porque el diácono —uno de esos muy estrictos que no creen que la gente deba divertirse— acababa de dar la bendición. No creo que a ningún bautista serio le hubiera parecido bien que jugáramos a las cartas mientras escuchábamos el servicio religioso por la radio, pero eso fue lo que hicimos. Después de las once viene el informe del petróleo y luego el del mercado ganadero. Ese mes, si queríamos buenas noticias, sintonizábamos el censo de plataformas y arrendamientos nuevos. Si queríamos sentarnos en un butacón a llorar, escuchábamos el informe del mercado ganadero.

La niña tocó a la puerta del frente —dos golpes cortos y recios— con suficiente fuerza como para hacernos saltar. Cuando tocó la tercera vez, la puerta tembló. Era nueva y estaba hecha de roble, pero teñida para que pareciera de caoba. Hacía dos semanas que Robert la había mandado traer desde Lubbock luego de la consabida discusión sobre si debíamos mudarnos al pueblo. Era la misma discusión de siempre. Él creía que vivíamos demasiado lejos del pueblo, sobre todo ahora que esperábamos un bebé y el *boom* petrolero estaba a la vuelta de la esquina. Aquí hay demasiada actividad, argumentaba, hay brigadas de perforación por todas nuestras tierras. No es lugar para una mujer o para una niña. Pero la discusión se tornó violenta y nos dijimos cosas muy feas. Amenazas, se podría decir.

Claro que estaba cansada de ver que los camiones de plataforma nos estropearan el camino, cansada de la peste a huevo podrido y gasolina, cansada de preocuparme porque a algún trabajador se le olvidara cerrar la cerca y uno de nuestros toros fuera a dar a la autopista o porque Texaco echara aguas residuales en el hoyo sin sellar que cavaron demasiado cerca de nuestro pozo. Pero me encanta nuestra casa, una casa que el abuelo de Robert construyó hace cincuenta años con piedra caliza que transportó poco a poco en la caja de su camioneta desde Hill Country. Me encantan los pájaros que se detienen aquí de camino a México o América del Sur en el otoño y otra vez en primavera cuando regresan al norte. Si nos mudáramos al pueblo, echaría de menos a la pareja de tórtolas que anida bajo nuestro porche y a los cerní- calos que vuelan a pocos metros de la tierra pálida y baten las alas como locos justo antes de lanzarse en picado sobre una culebra y la locura de colores del cielo dos veces al día. Echaría de menos la quietud, el cielo nocturno ininterrumpido excepto por el resplan- dor rojo o azul de alguna de las antorchas que queman los gases.

Pues éste es mi hogar, le dije. Y no me marcho.

En algún momento le di a Robert un puño en el pecho, algo que no había hecho nunca. No me golpeó porque estaba emba- razada, pero aporreó la puerta tres, cuatro veces. Ahora tengo esta linda puerta nueva y Aimee Jo, por quedarse en su cama y escuchar nuestros gritos en la cocina, tiene una bicicleta nueva: una Huffy con flecos rosados y una canastita blanca.

Escuchamos los tres golpes en la puerta y Aimee dijo: ¿Quién está ahí? Cuando lo pensé después, al ver lo golpeada que es- taba Gloria, me sorprendió que fuera capaz de hacerlo, de hacer temblar ese roble grueso bajo su puño. Me levanté de la butaca reclinable. No esperábamos visita. Nadie llega hasta aquí sin llamar antes —ni siquiera los testigos o los adventistas— y no había oído ningún automóvil o camioneta en nuestro camino. Me incliné y agarré el bate Louisville Slugger que Aimee había dejado en el suelo al lado de la butaca. Quédate ahí, dije. Re- greso enseguida.

Abrí la puerta justo cuando empezó a soplar una pequeña ráfaga de viento que ahuyentó la nube de moscas que se había posado sobre su pelo, su cara y las heridas de los pies y las manos, y se me hizo un nudo en la garganta. Dios santo, pensé y miré hacia el camino de tierra que conectaba nuestra casa con el camino del rancho. Todo estaba en calma, excepto por una bandada de grullas alborotosas que invernaban junto al tanque de almacenamiento.

Gloria Ramírez se tambaleaba en mi porche como un borracho y miraba hacia todas partes como si acabara de salir a rastras de una película de terror. Tenía los ojos morados, uno de ellos tan inflamado que casi no podía abrirlo. Tenía las mejillas, la frente y los hombros en carne viva y las piernas y los pies llenos de cortaduras. Agarré bien el bate y le grité a mi hija. Aimee Jo Whitehead corre a mi habitación, saca a Old Lady del armario y tráemela ahora mismo. Y agárrala como es debido.

La escuché moverse por la casa y le grité que no corriera con la escopeta en las manos. Cuando se me acercó por detrás, coloqué mi cuerpo entre el suyo y el de la desconocida que estaba en el porche. Eché el brazo hacia atrás para tomar mi querida Winchester de las manitas de mi hija. Le puse «Old Lady» a la escopeta en honor de mi abuela, que me la regaló cuando cumplí quince años.

¿Qué es, mamá? ¿Una serpiente cascabel? ¿Un coyote?

Cállate, dije. Corre a la cocina y llama al *sheriff*. Diles que traigan una ambulancia. Y Aimee, dije sin levantar la vista de la niña que tenía delante, no te acerques a esas ventanas o te daré la paliza de tu vida.

Jamás he golpeado a mi hija, jamás. A mí me golpeaban de niña y juré por todos los santos que nunca golpearía a mis hijos. Pero esa mañana lo dije muy en serio y Aimee se lo creyó, supongo. Dio media vuelta sin chistar y corrió a la cocina.

Volví a mirar a la niña, que apenas podía tenerse en pie en mi porche y luego oteé el horizonte. Esta zona es lo suficientemente llana como para que nadie pueda tomarte por sorpresa, como para que puedas ver la camioneta de tu marido aparcada al lado del depósito de agua y saber que está demasiado lejos para escucharte si gritas. Es posible conducir varios kilómetros sin una curva o una cuesta. Di unos pasos hacia delante en el porche. No vi a nadie que quisiera hacernos daño, pero tampoco vi a nadie que quisiera ayudarnos.

Y por primera vez desde que nos mudamos a la tierra de la familia de Robert, deseé estar en otra parte. Llevaba diez años vigilando las serpientes, las tormentas de arena y los tornados. Cuando un coyote mataba a una de mis gallinas y la arrastraba por el jardín, le disparaba. Cuando le preparaba el baño a Aimee y me topaba con un alacrán en la bañera, lo pisaba. Cuando una serpiente cascabel se enroscaba bajo el tendedero o cerca de la bicicleta de Aimee, la mataba con una azada. A diario, me parecía, tenía que dispararle a algo, cortar algo en pedazos o echarle veneno a algo en una madriguera. Me pasaba la vida desechando cadáveres.

Imagínenme en mi porche con una mano sobre el vientre y la otra apoyada en Old Lady como si fuera una muleta mientras intento recordar lo que desayuné: una taza de Folgers, un pedazo de tocineta fría, el cigarrillo que me fumé a escondidas cuando fui al gallinero a buscar huevos. Imaginen cómo se me revuelve el estómago cuando me inclino a ver el rostro de la desconocida en mi porche, cuando trago en seco para bajar la sal que se me ha acumulado en la boca, cuando digo, ¿De dónde eres, cariño? ¿De Odessa?

Imagínense que al escuchar el nombre de su pueblo la niña logra liberarse de la maldición aterradora que la posee. Se restriega el ojo y hace una mueca de dolor. Cuando por fin dice algo, las palabras salen de su boca ásperas como granos de arena a través de una tela metálica.

¿Me da un vaso de agua? Mi madre se llama Alma Ramírez. Trabaja de noche, pero ya debe estar en casa.

¿Cómo te llamas?

Glory. ¿Me da un vaso de agua con hielo?

Imagínense que la niña muy bien podría estar preguntándome por mi huerto de ocra de tan tranquila que luce, remota. Y es ese horror que se esconde tras la indiferencia lo que provoca que algo se rompa dentro de mí, que algo se desprenda de mí. En unos años, cuando crea que tiene edad para escucharlo, le diré a mi hija que el vientre se me agarrotó y se me puso frío como un témpano de hielo. Y empecé a escuchar a lo lejos un zumbido que fue volviéndose cada vez más fuerte y recordé unos versos que leí en la escuela superior el invierno antes de abandonar los estudios y casarme con Robert —*Oí zumbar una mosca* —al morir— y por unos segundos estremecedores, escalofriantes y miserables hasta que sentí la patada inconfundible, pensé que había perdido el bebé. Se me nubló la vista y recordé otro verso solitario y desconectado de todo. Qué extraño recordar esos poemas ahora, cuando no había pensado en ellos en todos estos años desde que me convertí en una mujer hecha y derecha, esposa y madre. Pero ahora recordaba: *Es la Hora del Plomo; Si se la sobrevive, es recordada.*

Me enderecé y sacudí la cabeza lentamente, como si hacerlo pudiera ayudarme a borrar todo lo que ocurría ante mis ojos, como si pudiera borrar el terrible hecho de la presencia de esa niña y el infierno que había sobrevivido, como si pudiera regresar dentro de la casa y decirle a mi hija: Sólo es el viento, cariño. ¿Jugamos otra partida de *gin rummy*? ¿Quieres aprender a jugar al póker tejano?

En cambio, me apoyé en la escopeta con una mano y me llevé la otra al vientre. Voy a buscarte un vaso de agua con hielo, le dije, y luego llamaremos a tu mamá.

La niña se balanceaba suavemente de un lado a otro, sobre su cara y su cabello flotaba un halo de arena y polvo. Por unos segundos fue una nube de polvo, una tormenta de arena clamando ayuda, el viento implorando un poco de compasión. Extendí una mano hacia ella al tiempo que estiraba la otra hacia atrás para recostar la escopeta contra el marco de la puerta. La niña se fue de lado —una caña al viento— y cuando giré para agarrarla, para evitar que se cayera en el porche o tal vez para poder mantenerme derecha, jamás lo sabré con certeza, bajó un poco la cabeza. El cielo a sus espaldas se llenó de polvo.

Una camioneta había girado desde el camino del rancho y comenzaba a acercarse a la casa. Cuando pasó por nuestro buzón, el conductor hizo un viraje brusco, como si lo hubiera distraído una perdiz que cruzara la carretera a toda velocidad. El vehículo patinó hacia nuestro depósito de almacenamiento, luego se enderezó y prosiguió. Aún estaba a un kilómetro y medio y avanzaba por nuestra carretera levantando polvo y enrojeciendo el aire. Quienquiera que fuera, conducía como si supiera exactamente hacia dónde se dirigía y no tenía ninguna prisa por llegar.

Estos fueron los errores que cometí: cuando vi la camioneta aproximarse por el camino no le permití a la niña mirar hacia atrás por lo que no pude preguntarle: ¿Conoces esa camioneta? ¿Es él?

En vez, la llevé dentro de la casa y le di un vaso de agua con hielo. Bébetela despacio, le dije, o vomitarás. Aimee Jo entró en la cocina y los ojos se le abrieron como platos cuando la niña empezó a murmurar una y otra vez: Quiero a mi mamá, quiero a mi mamá, quiero a mi mamá.

Me comí un par de galletas saladas y me bebí un vaso de agua, luego me incliné sobre el fregadero de la cocina y me eché tanta agua en el rostro que la bomba arrancó y el fregadero se llenó de olor a azufre. Quédense aquí, les dije. Tengo que atender algo afuera. Cuando regrese, llamaremos a tu mamá.

Me duele la barriga, gimió la niña. Quiero a mi mamá. Y de repente sentí una rabia biliosa que me quemó la garganta y de la que luego me sentí avergonzada. Cállate, le grité. Senté a las niñas en la mesa de la cocina y les dije que no se movieran. Pero se me olvidó preguntarle a mi hija si había llamado al *sheriff*. Mi segundo error. Y cuando salí de la casa, agarré la escopeta, caminé hasta el borde del porche y me preparé para enfrentarme a quienquiera que se acercara por nuestro camino, no me aseguré de que estuviera cargada. Mi tercer error.

Ahora vengan y pónganse a mi lado en el borde de mi porche. Obsérvenlo llegar lentamente hasta mi jardín y aparcarse a menos de tres metros de mi casa. Obsérvenlo deslizarse por detrás del volante, mirar nuestra parcela y soltar un silbido largo y bajo. La puerta de la camioneta se cierra dando un portazo y él se recuesta contra el capó y mira a su alrededor como si quisiera comprar la propiedad. El sol y el aire lo rozan suavemente, le iluminan las pecas de los brazos y le despeinan el pelo color paja. El sol de la mañana lo pinta de dorado como el topacio, pero, aun donde estoy, puedo ver las heridas que trae en las manos y en el rostro, la piel enrojecida alrededor de los ojos azul claro. Cuando una ráfaga de viento atraviesa el jardín, cruza los brazos y encoje los hombros. Mira a su alrededor con una sonrisa plácida, como si el día fuera marchando increíblemente bien. Apenas ha dejado de ser un niño.

Buenos días, mira su reloj, aunque creo que ya son buenas tardes, o casi.

Heme aquí, agarrando la culata de la escopeta como si fuera la mano de mi mejor amiga. No lo conozco, pero me doy cuenta en seguida de que es muy joven para ser uno de los inspectores que se aparecen de vez en cuando para asegurarse de que mantenemos el acceso al camino abierto y despejado o un especulador que viene a probar suerte y preguntar si nos interesa vender la tierra. Es muy joven para ser un ayudante voluntario de la comisaría y entonces se me ocurre que no le pregunté a Aimee si llamó a la oficina del *sheriff*.

¿En qué te puedo ayudar?, digo.

Usted debe ser la señora Whitehead. Qué casa más bonita tienen.

No está mal. Siempre está llena de polvo. Mantengo la voz firme, pero me pregunto cómo sabe mi nombre.

Suelta una risita estúpida y arrogante. Supongo, dice. Aunque, para mi trabajo, es bueno. Es más fácil perforar la tierra cuando la Madre Naturaleza mantiene las cosas secas.

Se endereza y da un paso hacia delante, la palma de las manos hacia arriba, la sonrisa fija en el rostro como la aguja de una báscula rota.

Oiga, señora, he tenido un pequeño contratiempo esta mañana y me pregunto si usted podría ayudarme.

Camina hacia el porche, observo sus pies acercarse. Subo la vista y veo que tiene las manos levantadas por encima de la cabeza. Cuando el bebé me patea fuerte en las costillas, me llevo una mano al vientre y deseo poder sentarme. Hace dos días le disparé a un coyote que atravesó el jardín con intenciones de entrar en el gallinero. En el último momento, aparté la vista de la mira y fallé el tiro y luego Aimee empezó a gritar que había un escorpión, de modo que solté la escopeta y agarré la pala. Y ahora no puedo recordar si reemplacé el cartucho. Old Lady es una Winchester 1873 que mi abuela consideraba la mejor arma del mundo. Ahora acaricio con el pulgar la madera lisa de la culata como si pudiera responderme «sí» o «no».

¿Qué quieres, hijo?, le digo al niño que apenas es un hombre.

Luce bien a la luz del sol, pero entrecierra los ojos.

Pues, tengo mucha sed y me gustaría usar su teléfono para hacer una llamada.

Da un paso más hacia la casa, pero se detiene en seco cuando ve a Old Lady. No puede saber, me digo a mí misma, que tal vez no esté cargada. Golpeo suavemente el cañón contra la madera de pacano una, dos, tres veces y él mueve la cabeza como tratando de escuchar.

Señora Whitehead, ¿su esposo está en casa?

Sí, claro que sí, pero está durmiendo.

Su sonrisa se vuelve un poco más amplia, un poco más amigable. ¿Un ganadero durmiendo a mediodía?

Son las 11:30. Río y es una risa amarga como las frutillas del junípero. ¡Qué estúpido suena! Qué sola me veo.

Suelta una risita chillona y se me revuelca el estómago al escucharla. Esa risa es una pista falsa.

Por Dios, señora Whitehead, ¿su esposo también agarró una buena anoche?

No.

¿Está enfermo? ¿Demasiados dulces de San Valentín?

No está enfermo —me presiono el vientre con una mano y pienso, cálmate, bebé, estate tranquilo— ¿qué puedo hacer por ti?

Ya le dije que tuve un contratiempo. Mi novia y yo condujimos hasta aquí anoche para celebrar. Usted sabe…

Ya veo, le contesto y me acaricio el vientre.

… y bebimos demasiado y peleamos. A lo mejor no le gustó la caja de chocolates en forma de corazón que le regalé y a lo mejor perdí el conocimiento…

No me digas.

… supongo que podría decir que mi enamorada me abandonó el Día de San Valentín. Qué vergüenza, ¿no?

Lo observo hablar y me aferro a la vieja escopeta con todas mis fuerzas, pero se me ha hecho un nudo en la garganta, como si alguien me hubiera agarrado por el cuello y me lo apretara muy despacio. Detrás de él, apenas visible en el horizonte, alcanzo a ver el celaje de un automóvil color rojo cereza que cruza la autopista a toda velocidad. Está a más de kilómetro y medio y desde aquí parece volar sobre el desierto. Ven a visitarme, por favor, pienso mientras se acerca al camino que conduce a nuestro rancho y me duele un poco la garganta. El automóvil se detiene un instante, un breve titubeo en el horizonte, luego desaparece a toda marcha.

El joven continúa su historia sin dejar de sonreír, su pelo rubio brilla bajo el sol. Ahora está a menos de tres metros de mí. Si hubiera una bala en la recámara de la escopeta, no fallaría el tiro.

Cuando me desperté esta mañana, me dice, ya había alzado el vuelo. Me preocupa que ande sola por el campo petrolífero. No es lugar para una chica, como usted debe saber.

No digo ni media palabra. Lo que hago ahora es escuchar. Escucho y no oigo más que su voz, lo oigo hablar.

No quiero pensar que le pase algo por ahí, dice, que pise una serpiente cascabel o se tope con una mala persona. ¿Ha visto a mi Gloria? Levanta la mano derecha y la sostiene hacia un lado con la palma hacia abajo. ¿Una mexicanita? ¿Como así de alta?

Se me hace un nudo en la garganta, pero trago en seco e intento mirarlo directamente a los ojos. No, señor, no la hemos visto. Tal vez alguien la llevó hasta el pueblo.

¿Puedo entrar y usar su teléfono?

Muevo la cabeza muy lentamente de un lado a otro. No.

Finge sorprenderse de veras. ¿Y por qué no?

Porque no te conozco. Trato de mentir como si me lo creyera. Porque ahora sí sé quién es y sé bien lo que hizo.

Oiga, señora Whitehead…

¿Cómo sabe mi nombre? Ahora casi grito mientras empujo con una mano el pie del bebé, que se me ha enterrado en las costillas.

El joven luce sorprendido. Lo dice ahí en su buzón, señora. Oiga, dice, me siento mal por lo que pasó allá y estoy muy preocupado por ella. Está medio loquita, usted sabe cómo son esas muchachas mexicanas. Me mira fijamente, sus ojos azules son apenas un poco más oscuros que el cielo. Si la ha visto, debe decírmelo.

Se calla y mira brevemente por encima de mí hacia la casa y en su rostro se dibuja una gran sonrisa. Imagino a mi hija mirándolo por la ventana. Luego imagino a la otra niña mirando por la ventana con los ojos morados y los labios rotos y no sé si mirarlo a él o girar para ver lo que ve, para saber lo que sabe. Así que me quedo ahí con mi escopeta, que tal vez esté cargada, e intento escuchar.

Quiero que retrocedas, le digo al cabo de mil años de silencio. Ve y ponte al lado de la puerta de la caja de la camioneta.

No se mueve. Y yo le dije que quiero un vaso de agua.

No.

Mira al cielo, se lleva las manos a la nuca y entrelaza los dedos. Silba unos acordes y, aunque la canción me resulta familiar, no logro identificarla. Cuando vuelve a hablar, ya no es un niño, es un hombre.

Quiero que me la entregue, ¿Okey?

No sé de qué hablas. ¿Por qué no te regresas al pueblo?

Entre en la casa ahora mismo, señora Whitehead, y busque a mi novia. Y trate de no despertar a su esposo, que está durmiendo arriba, pero en verdad no está ahí, ¿o sí?

No es una pregunta y de repente el rostro de Robert aparece como un fantasma ante mis ojos. ¿Has hecho todo esto por una desconocida, Mary Rose? Has puesto en peligro la vida de nuestra hija, la vida de nuestro bebé, tu propia vida por una desconocida. ¿Qué diablos te pasa?

Y tendría razón. Porque, ¿qué significa esa niña para mí? Tal vez se montó en la camioneta por su propia voluntad. Yo habría hecho lo mismo hace diez años, sobre todo con un hombre así de lindo.

Señora, no la conozco, dice. Usted no me conoce. Usted no conoce a Gloria. Ahora sea una niña buena y suelte esa escopeta, entre en la casa y tráigamela.

Siento las lágrimas correr por mis mejillas antes de darme cuenta de que he empezado a llorar. Heme aquí con mi escopeta, un inútil pedazo de madera bellamente labrada, ¿por qué no hacer lo que me pide? ¿Qué significa esa niña para mí? No es mi hija. Aimee y este bebé que me patea y me da puños en las costillas significan algo para mí. Son míos. Esa niña, Gloria, no es mía.

Cuando vuelve a hablar, el joven ya no quiere preguntar ni conversar más. Mira, puta, escúchame bien…

Intento escuchar algo que no sea su voz —un teléfono que suene dentro de la casa, un camión que venga por el camino, hasta el sonido del viento resultaría agradable— pero en este preciso pedazo de tierra llana y solitaria todo es silencio. La única voz que puedo escuchar es la suya y ahora ruge. ¿Me oyes, puta imbécil? ¿Me oyes?

Niego con la cabeza lentamente. No. No te oigo. Luego agarro la escopeta y me la acomodo contra el hombro, algo que estoy acostumbrada a hacer, pero ahora es como si alguien le hubiera echado plomo al cañón. Me siento débil como una anciana. Quizás esté cargada, no lo sé, pero no dejo de apuntarle a esa cara bonita y bronceada porque él tampoco lo sabe.

No se me ocurre nada más que decir, de modo que paso el pulgar sobre el seguro y le apunto a través de la apertura. Se me nubla la vista por las lágrimas y la tristeza de saber lo que contestaré si vuelve a preguntar. Pues pase usted, señor. Lo derribaré o moriré en el intento si trata de hacerle algo a mi hija. ¿Pero a Gloria? A ella puede llevársela.

Oímos las sirenas al mismo tiempo. El joven ya empieza a girar cuando levanto la vista de la mira. Nos quedamos quietos y vemos el automóvil del *sheriff* acercarse a toda velocidad por el camino. Le sigue de cerca una ambulancia que levanta una cantidad de polvo que podría ahogar un rebaño de vacas. Justo al lado del buzón, el conductor hace un giro demasiado brusco y se sale del camino. El vehículo choca con la cerca de alambre de púas, patina y va a dar contra una bandada de grullas que se alteran, comienzan a chillar y alzan el vuelo —todo ruido, patas flacas y gritería— hechas un bullicio desordenado.

Por unos segundos, el joven se queda inmóvil como una liebre asustada. Luego encoje los hombros y se pasa los dedos sobre los párpados cerrados. Ah, carajo, dice. Mi papá me va a matar.

Pasarán muchos años antes de que crea que mi hija es lo suficientemente mayor para contárselo, pero, cuando lo haga, le diré lo último que vi antes de recostarme contra el marco de la puerta y desmayarme en el porche: dos niñitas mirando por la ventana de la cocina con la boca y los ojos muy abiertos y sólo una de ellas era mía.

Corrine

PUES, ES UN asesino de mierda, ese gato callejero, flacucho
y amarillo, de ojos verdes y de cojones enormes. Alguien lo
dejó en el lote baldío detrás de la casa de los Shepard a finales de diciembre —un regalo navideño no deseado, una mala
idea desde el principio, Corrine le dijo a Potter en su momento— y, desde entonces, no ha habido criatura que esté a salvo.
Los pájaros cantores han muerto por decenas. Los jilgueros,
la familia de matracas del desierto que había anidado bajo el
cobertizo, incontables gorriones y murciélagos, hasta un ruiseñor. En cuatro meses, el gato ha duplicado su tamaño. Su
pelaje claro reluce como un crisantemo.

Corrine está arrodillada frente al inodoro cuando escucha
el alarido de terror de otro animalito en el jardín. Los pájaros
chillan y baten las alas contra el suelo, las constrictor y las
serpientes más grandes mueren sin hacer ruido, sus cuerpos li-
geros apenas perturban la tierra endurecida en el lecho de flores

vacío. Lo que oye ahora es un ratón o una ardilla, podría ser incluso un perrito de las praderas. Bichitos, piensa, así los llamaba Potter. Y se le hace un nudo en la garganta.

Se sujeta las greñas color marrón con una mano y termina de expulsar el contenido del estómago, luego se sienta con el rostro contra la pared fría del baño. El animal vuelve a chillar y, en el silencio que sigue, Corrine intenta reconstruir los detalles de la noche anterior. ¿Se bebió cinco o seis copas? ¿Qué habrá dicho y a quién?

El ventilador de techo vibra sobre su cabeza. El olor denso a cacahuates salados y *whisky* escocés entra por la ventana abierta y Corrine tiene los ojos llorosos por la violencia de las arcadas. Y, encima, una calva que crece por día justo en la coronilla. No es que ese detalle en particular tenga nada que ver con la borrachera de la noche anterior, pero igual, es parte del inventario. Al igual que el pedacito de papel higiénico que le cuelga del mentón. Lo arroja en el inodoro, cierra la tapa y se queda con la frente pegada a la porcelana mientras escucha el tanque llenarse.

Desaliñada como una bolsa de carnada de gusanos que se ha dejado al sol, le diría Potter a Corrine si estuviera aquí. Luego le prepararía un Bloody Mary con bastante salsa picante y le freiría unos huevos con tocineta. Le daría una tostada para mojar en la grasa de la tocineta. Manos a la obra, diría. Un poco más de mesura la próxima vez, cariño. Hace seis semanas que murió Potter —con las botas puestas— y esta mañana le parece escuchar la voz de su esposo tan clara, que muy bien podría estar entrando por la puerta. Con la misma sonrisita tonta, el mismo optimismo.

El timbre del teléfono perfora el silencio. No hay nadie con quien le interese hablar. Alice vive en Prudhoe Bay y sólo llama los domingos por la noche cuando la tarifa de larga distancia es más económica. Aun así, Corrine, que no le ha perdonado a su hija la tormenta de nieve que cerró el aeropuerto de Anchorage y le impidió llegar al funeral de Potter, no le da mucha conversación, sólo la necesaria para que su hija sepa que está bien. Estoy bien, le dice a Alice. Me mantengo ocupada con el jardín, voy a misa los miércoles por la noche y los domingos por la mañana y recojo las cosas de tu papá para que el Ejército de Salvación venga a llevárselas.

Todo es mentira. Apenas ha logrado meter una camiseta del viejo en una caja. Afuera, el jardín está lleno de polvo y de cadáveres de pájaros y, después de cuarenta años de dejarse arrastrar por Potter a la iglesia, no está dispuesta a darles a esas viejas mojigatas ni un minuto más de su tiempo ni un centavo más de su cartera. En el baño, el estuche de cuero de su rasuradora sigue abierto en el botiquín. Sus tapones de oídos están en su mesita de noche junto a un libro de Elmer Kelton y las pastillas para el dolor. El rompecabezas que estaba haciendo cuando murió está en la mesa de la cocina y su nuevo bastón está recostado contra la pared. En la bandeja giratoria en medio de la mesa hay una estiba de formularios de seguro junto con seis sobres de banco de la cooperativa de crédito que contienen mayormente billetes de cincuenta, algunos de cien dólares. En ocasiones, a Corrine le dan ganas de quemar los sobres uno a uno con el dinero dentro.

El teléfono vuelve a sonar y Corrine se frota los ojos con la palma de la mano. Hace una semana rompió el disco del volumen en una rabieta. Ahora, con el timbre fijo a todo dar, el sonido espantoso y desentonado perfora cada rincón y grieta de la casa y el jardín como si gritara en vez de preguntar. Cuando Corrine por fin descuelga el teléfono y balbucea, Residencia Shepard, la voz al otro lado de la línea resulta igualmente desagradable.

Por su culpa, grita una mujer, me despidieron anoche.

¿Quién?, dice Corrine y la mujer solloza y golpea el teléfono con tal fuerza que a Corrine le pita el oído.

El gato callejero está al otro lado de la puerta de cristal corrediza con un ratón muerto en la boca cuando el teléfono vuelve a sonar. Corrine lo agarra y grita, Váyase al infierno.

El gato suelta a su víctima y huye despavorido por el jardín trasero, pasa el pacano a toda velocidad y su feo cuerpo salta por encima del muro de bloques de hormigón hasta el callejón.

⌒

Estaban haciendo planes para su jubilación cuando a Potter le comenzaron los dolores de cabeza la primavera pasada. Ya recibía su pensión completa y Corrine había comenzado a recibir la suya desde que la junta de la escuela la obligara a jubilarse hacía unos años por hacer unos comentarios desacertados en la sala de maestros. Tal vez podamos conducir hasta Alaska, dijo Potter, pasar por California y ver esa secuoya roja tan grande que un camión puede pasarle por debajo.

Pero Corrine tenía sus dudas. Allá el sol no sale durante seis meses, le dijo. ¿Y qué diablos hay en Alaska? ¿Alces?

Alice, dijo Potter. Alice está allá.

Corrine puso los ojos en blanco, un hábito que adquirió después de treinta años de trabajar con adolescentes. Claro, dijo, arrejuntada con ese fulano, el prófugo.

Dos días después de pagar un depósito para comprar una Winnebago de diez metros con ducha propia, Potter tuvo la primera convulsión. Estaba podando el jardín cuando cayó al suelo, chocando los dientes y sacudiendo las piernas y los brazos sin control. La podadora rodó hacia la calle y se detuvo con las ruedas de atrás aún en la acera. La niña de Ginny Pierce hacía ochos en la bicicleta justo en la entrada de los Shepard y Corrine escuchó los gritos en el dormitorio donde leía un libro con el ventilador a toda marcha.

Condujeron ochocientos kilómetros hasta Houston y subieron quince pisos en un ascensor para sentarse en un par de sillas estrechas con cojines de vinil y escuchar la explicación del oncólogo. Corrine estaba encorvada en una silla sobre una libreta de espiral, la punta del bolígrafo hería el papel como si intentara matarlo. Glioblastoma multiforme, dijo, GBM, para abreviar. ¿Para abreviar? Corrine levantó la vista y lo miró. Era algo tan raro, dijo el oncólogo, que era más probable que hubieran encontrado un trilobites alojado en el cerebro de Potter. Si comenzaban la radioterapia inmediatamente, podían extenderle la vida seis meses, quizás un año.

¿Seis meses? Corrine miró al doctor boquiabierta, pensando, Oh, no, no, no. Usted está equivocado, señor. Observó a Potter ponerse de pie y caminar hasta la ventana para mirar el aire espeso y marrón de Houston. Comenzó a mover los hombros suavemente hacia arriba y hacia abajo, pero Corrine no fue hacia él. Estaba adherida a esa silla como si alguien le hubiera atravesado el muslo con un clavo.

Hacía demasiado calor como para conducir a casa, de modo que fueron al Westwood Mall donde se sentaron en un banco cerca de la zona de restaurantes, cada uno sujetaba una botella de Dr Pepper frío como quien sujeta una granada de mano. Al atardecer, regresaron al aparcamiento. Condujeron con los cristales bajos, el aire caliente les daba en el rostro y las manos. A medianoche, la camioneta apestaba a ellos: restos de un café que Corrine había derramado sobre el asiento el día anterior, sus cigarrillos y su Chanel nº5, el rapé y la colonia de afeitar de Potter, el sudor y el miedo de ambos. Él conducía. Ella encendía y apagaba la radio, se sujetaba el pelo con una horquilla y se lo soltaba, encendía la radio y volvía a apagarla. Al cabo de un rato, Potter le pidió que parara.

El tráfico de la ciudad la ponía nerviosa, por lo que Potter tomó la carretera de circunvalación de San Antonio. Perdóname, dijo ella, por hacer el viaje más largo. Él sonrió lánguidamente y extendió la mano sobre el asiento para tomar la de ella. Mujer, dijo, ¿estás pidiéndome disculpas? Bueno, bueno. Parece que me estoy muriendo de veras. Corrine volvió el rostro hacia la ventanilla del pasajero y lloró con tanta fuerza que se le tupió la nariz y se le hincharon tanto los ojos que casi no podía abrirlos.

⌒

Aún no han dado las nueve y ya afuera ha llegado a los treinta y dos grados. Corrine mira por la ventana del salón y ve la camioneta de Potter aparcada en el jardín frente a la casa. Era su orgullo y su alegría, una Chevy Stepside V8 con interiores de cuero color escarlata. Ha sido un invierno seco y la grama de Bermuda es un manto marrón claro. Cuando levanta la brisa, algunas hojas de grama que no fueron aplastadas por las ruedas de la camioneta tiemblan a la luz del sol. Por dos semanas, el viento ha levantado a última hora de la mañana y ha soplado sin cesar hasta el atardecer. En los tiempos en que a Corrine le importaba algo, significaba que tenía que barrer la casa antes de irse a la cama.

En Larkspur Lane, los vecinos están en el jardín frente a sus casas, manguera en mano, tratando de mantener a raya la sequía. Un camión de mudanza U-Haul dobla la esquina y se detiene frente a la casa de los Shepard, luego retrocede despacio y se mete en la entrada al lado opuesto de la calle. Si a alguien le interesara de verdad, si alguien se tomara la molestia de preguntarle, Corrine le aclararía con gusto, No soy una borracha, sólo bebo a todas horas. Son dos cosas totalmente diferentes.

Nadie preguntará, pero sin duda hablarán si no mueve la camioneta de Potter de la grama, de modo que Corrine se traga una aspirina y se pone un traje de chaqueta y falda de la época en que era maestra, un conjunto verde oliva con botones de metal en forma de ancla. Se pone pantimedias, perfume, pintalabios y gafas de sol, luego sale con las pantuflas como si acabara de llegar de la iglesia y se preparara para un día ajetreado en casa.

El día está iluminado cual sala de interrogatorios, el sol es una bujía feroz sobre un cielo totalmente despejado. Más abajo, al otro lado de la calle, Suzanne Ledbetter riega su pasto de San Agustín. Cuando ve a Corrine, cierra la boquilla de la manguera y la saluda con la mano, pero Corrine hace como si no la viera. También simula no ver a ninguno de los niños del vecindario, que han salido de sus casas y parecen pacanas desparramadas en los jardines, y apenas registra la brigada de hombres que se han bajado del camión de mudanza y aguardan alrededor del jardín al otro lado de la calle.

Cuando abre la puerta de la camioneta de Potter y ve un cigarrillo roto pero reparable en el asiento, Corrine lo agarra agradecida. Rápido, rápido, engancha la marcha atrás y aparca la camioneta correctamente en la entrada, luego toma el cigarrillo y, de camino a la puerta, se detiene justo el tiempo necesario para abrir el grifo. En el césped hay una manguera extendida que parece una serpiente muerta, la boca enmohecida sobre la tierra detrás del olmo chino que ella y Potter sembraron la primavera después de que compraran la casa hace veintiséis años. Es feo y raro —a Corrine le parece una cabeza con el pelo sucio— pero ese olmo ha sobrevivido sequías, tormentas de polvo y tornados. Cuando creció tres pies en un verano, Potter, que le ponía nombre a todo y a todos, empezó a llamarlo «Estirón». Y cuando Alice se cayó de él y se rompió la muñeca derecha, empezó a llamarla «Zurdita». Todo lo que queda en el jardín está muerto y a Corrine no podría importarle menos, pero no soporta la idea de que ese árbol muera.

Y aun si quisiera, lo sabe, si deja que el árbol muera o si deja la camioneta de Potter en el césped o si la ven en el jardín frente a la casa con la misma ropa que tenía puesta la noche anterior en el Country Club, la gente podría empezar a sentir pena por ella. Lástima. Le dan ganas de caerle a patadas a alguien, a Potter en concreto si no estuviera muerto. Golpea la corona fúnebre y cierra la puerta dando un portazo. Ya en la cocina, el teléfono suena y suena, pero no piensa contestar. De ninguna manera. Imposible.

$\backsim$

A las tres de la mañana, se detuvieron en la estación de camiones de Kerrville para echar gasolina y entraron en la cafetería para ordenar café y un cono de helado. Después de ordenar, él le dijo que la radioterapia era un montón de veneno que te meten por las venas. Te quema por dentro, te enferma aún más. ¿Y cómo serían esos meses?

41

No lo haré, Corrine. No voy a permitir que mi esposa me limpie el culo o me muela el filete en la licuadora.

Corrine estaba sentada frente a su esposo con la boca abierta. Siempre le has dicho a Alice que el dolor no es excusa para abandonar el partido —elevó la voz como se eleva una cometa en un vendaval— ¿y ahora te me vas a morir? Una pareja sentada en el cubículo adyacente los miró. Luego bajaron la vista y se quedaron mirando a su mesa. Aparte de ellos, no había nadie más en la cafetería. ¿Por qué diablos Potter habría escogido sentarse aquí?, se preguntó Corrine. ¿Por qué tenía que compartir su dolor con unos desconocidos?

No es lo mismo, dijo Potter. Examinó su helado unos segundos. Cuando miró por la ventana, Corrine también miró. Entre las bombas de diésel, los camiones de remolque de dieciocho ruedas y el letrero de neón que anunciaba duchas calientes, había más claridad que si fueran las doce del mediodía. Un camionero que se alejaba de la bomba de diésel tocó el claxon dos veces cuando tomó la carretera de servicio. Un vaquero se atragantaba una hamburguesa recostado contra la caja de su camioneta, la hebilla de su cinturón relucía bajo la luz. Dos automóviles llenos de jovencitas cruzaron despacio el aparcamiento.

Potter y Corrine se recostaron en su cubículo y miraron al techo. Las losas de yeso justo encima de sus cabezas tenían manchas de agua amarillentas y agujeros del tamaño de un perdigón número 8, como si a algún idiota se le hubiera ocurrido la broma de disparar su rifle mientras la gente comía. Cuando no les quedaba qué más mirar, se miraron uno al otro. Los ojos de él, llenos de lágrimas. Corrie, esto es terminal.

¿De qué carajo hablas? Corrine dio un puño en la mesa, que hizo que se derramara el café de las tazas. ¡Levántate y lucha! Como siempre le has dicho a Alice, y a mí alguna vez.

Pues no me sirvió de nada decirles eso. Potter se inclinó hacia su esposa y en voz baja y deprisa le dijo: Alice huyó a Alaska con ese muchacho. Tú dejaste de enseñar cuando las cosas se pusieron difíciles. Tanto esfuerzo, Corrine —cuando nos conocimos, eras la única persona a mi alrededor que había ido a la universidad— y lo dejaste todo para quedarte en casa leyendo libros de poesía.

Corrine tenía el rostro enrojecido de miedo y rabia. Creo haberte dicho mil veces que estaba harta de todo.

Nena, no sé si entiendes la seriedad del asunto. Le tomó la mano por encima de la mesa, pero Corrine apartó la suya y se cruzó de brazos. No te atrevas a llamarme *nena*, Potter Shepard, o yo misma te mataré.

Ya me estoy muriendo, cariño.

Vete a la mierda, Potter. No te estás muriendo. No quiero oírte decirlo nunca más. Y se quedaron sentados en un silencio estupefaciente mientras el café se enfriaba y el helado se derretía.

Cuando metieron la camioneta en el garaje a la mañana siguiente, los recibió el mismo olor rancio de las cajas de cartón y la vieja tienda de campaña militar de Potter, el mismo clic seguido de un zumbido cuando arrancó el motor del congelador, las mismas herramientas viejas que acumulaban polvo sobre la mesa de trabajo de Potter. Nada había cambiado, excepto que no habían dormido en veinticuatro horas, que Corrine parecía haber envejecido diez años y que Potter se estaba muriendo.

Mientras Corrine preparaba un pan de maíz en la sartén y calentaba unos frijoles pintos, Potter puso un tarro de *chow-chow* y un plato de tomates rebanados sobre la mesa de la cocina. Apuntó hacia los espejismos al otro lado de la puerta de cristal corrediza. El calor de agosto, dijo ella, es como un infierno especial. Me sorprende que seamos capaces de sobrevivirlo. Potter sonrió y permanecieron en silencio.

Después de desayunar, metieron los platos en el fregadero y se fueron al dormitorio donde él encendió el ventilador de caja al máximo y ella cerró las cortinas. Se metieron en la cama, Corrine en su lado, Potter en el suyo, y en esa extraña penumbra del mediodía se acostaron uno al lado del otro con los dedos entrelazados y las mentes anestesiadas de terror en espera de lo que vendría después.

⌒

Convencida de que le aliviará la resaca, Corrine intenta prepararse un sándwich de huevo frito, pero, al ver la yema del huevo temblar en la sartén de hierro colado como un ojo acuoso y amarillo, se le revuelve el estómago. En cambio, se agarra el pelo hacia atrás, enciende un cigarrillo en la hornilla y se recuesta contra el refrigerador en lo que la nicotina la ayuda a reconstruir la noche anterior.

Había sido una noche lenta en el Country Club; a medianoche, todos se habían marchado excepto Corrine, la chica que atendía en la barra, Karla, y un puñado de retrógrados que no tenían prisa por llegar a ninguna parte ni a nadie que los recibiera cuando llegaran. Prefería morir a entablar una conversación superficial con cualquiera de esos tontos, así que se puso a mirar a Karla secar la cristalería mientras los hombres hablaban de fútbol americano y del precio del petróleo —que, al parecer, iban viento en popa este año de 1976— y discutían sobre Carter y Ford; los detestaban a ambos, a uno por inepto y al otro por cobarde. Nixon había sido su hombre y ahora, después de Watergate, empezaban a darse cuenta de que no sólo habían perdido a su líder, sino que también habían perdido la guerra contra el caos y la degeneración: Black Panthers y mexicanos, comunistas y líderes de cultos, gente que cogía en el mismo medio de la calle en el centro de Los Ángeles, por el amor de Dios.

Están hablando mierda, pensó Corrine, como cualquier grupo de hombres en cualquier lugar del planeta. Se imaginó que, si descendía en paracaídas en Antártica en plena noche, hallaría a tres o cuatro hombres sentados alrededor de una fogata hablando mierda y peleándose por quién sujetaba el atizador. Después de un rato, no era más que el mismo murmullo masculino.

¡Karla!, piensa Corrine al tiempo que apaga el cigarrillo en el fregadero de la cocina. Fue Karla la que llamó antes, o quizás la niña de Ginny, que llama casi todas las mañanas para preguntarle a Corrine qué hace y si quiere compañía.

c~

El último día de 1975, salieron al jardín de la casa después de cenar y vieron al gato callejero cruzar con un gorrión de garganta blanca en la boca. Era una hembra —casi nunca se ven tan al sur— cuyo gorjeo dulce y singular llevaban oyendo desde principios de noviembre, poco después de que Potter llegara del hospital. Ésta es la última, dijo Potter cuando aún no habían salido del aparcamiento del hospital. Corrine no había metido la llave en la ignición cuando Potter se inclinó para tocarle la rodilla. Lo intenté por ti, dijo, pero ésta es la última. No más terapias, no más médicos.

Potter no tenía ganas de conducir a la iglesia para la fiesta de despedida de año y a Corrine no le apetecía en absoluto, así que a las cuatro de la tarde ya habían cenado y se habían puesto la ropa de estar en casa. Mientras Corrine disfrutaba de su cigarrillo, Potter apoyaba todo su peso en su nuevo bastón. El gato estaba sentado sobre el muro de bloques de hormigón como si fuera el dueño del lugar, su pelaje dorado relucía bajo los últimos rayos de sol. Potter dijo que no podía evitar admirarlo. Casi ningún gato callejero sobrevivía más de una semana sin que lo atropellaran en Eighth Street o algún niño le disparara con su calibre 22. Las rayas negras que le cruzaban el rostro lo hacían parecer un ocelote, observó Potter. Podría hacerte compañía, dijo, si lo castras.

Deberíamos envenenar a ese cabroncito antes de que mate a todas las criaturas del vecindario, dijo Corrine. Le pasó el cigarrillo a Potter, que lo sujetó con rigidez entre el pulgar y el índice. Había dejado de fumar hacía veinte años y, desde entonces, peleaban porque ella no dejaba el vicio. Tanta lata y no valió de nada, pensó ella con tristeza mientras iba a barrer el cadáver del pájaro. Al fin y al cabo, lo sobreviviría.

Mientras Karla secaba la cristalería y cortaba limas, Corrine fumaba un cigarrillo tras otro. Pasó el pulgar sobre los nombres y números de teléfono tallados en la caoba de la barra. En un lado del salón, un gran ventanal de cristal miraba hacia el campo de golf. Los especuladores que financiaron el proyecto a finales de los sesenta planificaron dieciocho hoyos, pero la construcción se detuvo abruptamente por una caída súbita del mercado del petróleo. Mientras la excavadora y la tubería de riego se enmohecían donde debió haber estado el hoyo diez, los miembros del club tuvieron que conformarse con nueve hoyos. Y ahora, al cabo de siete años, con el alza en el precio del petróleo, era probable que les construyeran los otros nueve.

Cuando Corrine dobló la servilleta y empujó el vaso hasta el borde de la barra, Karla le trajo otro escocés con Coca-Cola. ¿Era el quinto o el sexto? Suficientes como para que tuviera que enroscar los dedos de los pies en el descansa pies de la barra cuando se inclinó para agarrar el vaso; suficientes como para que Karla le pusiera delante un cuenco con cacahuates.

Un hombre dijo, tan claro como canta un gallo, Lo que tenemos aquí son dos historias que compiten entre sí, el típico caso de la palabra de él contra la de ella.

Otro bebió un buche de cerveza y posó el vaso con fuerza sobre la barra. Vi la foto de la muchacha en el periódico, dijo, y no parece que tenga catorce años.

Corrine se detuvo en el número telefónico que estaba trazando con el dedo. Hablaban de Gloria Ramírez, la niña que ella y Potter habían visto en el Sonic. La vimos subirse a esa camioneta, dijo Potter, y nos quedamos sentados como si alguien nos hubiera cosido los pantalones al asiento.

¿Se siente bien, señora Shepard? Karla la observaba desde el extremo opuesto de la barra con la toalla de secar en una mano y una jarra de cerveza vacía en la otra.

Sí, señorita. Corrine trató de enderezarse un poco, pero se le resbalaron los dedos de los pies y el codo se le deslizó hasta el borde de la barra.

Los hombres la miraron un instante y luego decidieron ignorarla. Eso era lo mejor de ser una vieja con el pelo ralo y las tetas tan fláccidas que descansaban en la barra. Por fin podía sentarse en un taburete y emborracharse sin que algún imbécil viniera a molestarla.

Así son, dijo un tercero, maduran antes que las demás niñas. Los hombres rieron. ¡Oh, sí! Mucho antes, dijo otro.

Corrine sintió que el calor le subía por el cuello hasta el rostro. Potter debió hablar de Gloria una decena de veces, en ocasiones tarde en la noche cuando el dolor apretaba tanto que tenía que salir de la cama y meterse en el baño y ella podía escucharlo quejarse. Todo lo que lamentaba no haber hecho. No hay que llorar sobre la leche derramada, le dijo ella. Lo único que nos faltaba era que te pelearas con un hombre al que le doblabas la edad.

Pero Potter insistía en que, desde el primer momento, sabía que algo no encajaba. Trabajó con jóvenes como ése durante veinticinco años y lo sabía. Pero se quedaron sentados y vieron a la niña subirse a la camioneta y luego condujeron de regreso a casa. Al cabo de dos días, cuando vio la foto policial del individuo en el *American*, Potter se acusó de cobarde y pecador. Y, al día siguiente, cuando el periódico publicó la foto escolar de Gloria Ramírez, se sentó en su butaca reclinable un buen rato a mirar su pelo negro y liso, el mentón levantado, el modo en que miraba a la cámara y la sonrisa que bien podía ser una mueca. Corrine dijo que debía haber alguna ley que prohibiera poner el nombre y la foto de esa niña en el periódico local; una menor, por el amor de Dios. Potter dijo que parecía una niña que no le temía a nada ni a nadie y que, probablemente, ya no era así.

Mientras Karla observaba el bote de las propinas, Corrine se bajó el trago de varios sorbos largos, de esos que queman la garganta. Le hizo señas para que le sirviera otro. Karla Sibley apenas tenía diecisiete años y tenía un bebé recién nacido en casa con su mamá. Aún se debatía si cortar a Corrine cuando la mujer empujó el taburete hacia atrás y, tambaleándose, se tiró de la camisa hasta que le cayó recta sobre el amplio pecho y las caderas.

Olvídalo, Karla, le dijo. Ya he bebido suficiente. Se volteó hacia los hombres. Esa niña tiene catorce años, hijos de puta. ¿O es que los señores tienen un gusto especial por las niñas?

Condujo la camioneta de Potter de regreso a casa con los ojos fijos en la línea divisoria de la carretera y a quince kilómetros por debajo del límite de velocidad. Ya habían dado las tres cuando por fin se acostó en el sofá. Se cubrió las piernas con una manta de croché —aún no podía dormir en su cama, no sin Potter— y aunque a la mañana siguiente haría un esfuerzo por reconstruir lo ocurrido la noche anterior, al menos hasta que la primera descarga de nicotina le llegara al torrente sanguíneo, se quedó dormida repitiéndose una y otra vez lo que les dijo a los clientes del bar y lo último que escuchó antes de salir dando un portazo: Karla les lloriqueaba a los hombres, No es culpa mía. Yo no traje el tema. A esa vieja no se le puede decir nada.

Catorce años. Como si hubiera alguna ambigüedad moral, piensa Corrine con amargura, si Gloria Ramírez tuviera dieciséis o fuera blanca. Lleva el cenicero a la mesa de la cocina, se sienta y comienza a jugar con las piezas del rompecabezas al tiempo que mira los sobres llenos de dinero. Potter le había dedicado muchas horas al rompecabezas: la mano izquierda a veces le temblaba tanto que tenía que apoyar el codo en la mesa y agarrársela con la derecha. Todas esas horas, todo ese empeño y sólo llegó a completar el borde y un par de gatos marrones y dorados.

Cuando el gato callejero se pasea por el jardín y se sienta a mirarla al otro lado de la puerta de cristal corrediza, Corrine agarra el bastón de Potter y lo amenaza. Tal vez le aseste un buen golpe en la cabeza al hijo de puta si no deja de entrar en su patio y matarlo todo.

⌒

A finales de febrero, el gato cazó un estornino macho grande y lo hizo pedazos y Corrine por poco se resbala en la cabeza negra azulada cuando salió a tirar la basura. A la mañana siguiente encontraron una reinita, la cabecita, un hermoso penacho gris y negro, el pecho amarillo brillante, un escándalo de color contra el concreto. Potter se detuvo a mirar las plumas del ave temblar al viento. Ya entonces había empezado a tartamudear de vez en cuando. Cor-, Cor-, Cor-, diría, y a Corrine le daban ganas de taparse las orejas con las manos y gritar. No, no, no, es un error. Pero habían pasado bien la mañana, sin convulsiones ni caídas, y la voz de Potter era la misma que llevaba escuchando treinta años.

Bueno, dijo, si lo castras y le pones comida aquí afuera, tal vez deje de matar cosas. Podría hacerte compañía.

Ni loca, dijo Corrine. Me hace falta cuidar de otra cosa como a Cristo un clavo más.

Me gustaría que no blasfemaras así, dijo Potter. Pero se rió de todos modos y ambos miraron hacia el jardín donde el gato descansaba bajo el pacano. Sus indescriptibles ojos verdes estaban fijos sobre una pequeña lagartija que corría sobre el muro de bloques.

El sol de la media mañana había pintado el muro de un color cenizo. Una brisa leve despeinaba el pelaje dorado del gato. Al otro lado del lote baldío que estaba detrás de su casa, sonó la sirena de una ambulancia en Eighth Street. Corrine y Potter la escucharon moverse en dirección al hospital. ¿Qué diantres vas a hacer sin mí?, preguntó Potter y, cuando Corrine le dijo con tristeza que jamás se le había ocurrido, ni siquiera una vez en su matrimonio, que ella lo sobreviviría, Potter asintió suavemente. To esto está mal.

Corrine iba a corregirlo, como solía hacer, pero luego pensó en sus errores esporádicos, sus silbidos desafinados, su costumbre de ponerles nombre a todas las malditas criaturas que se cruzaba en su camino y suspiró. Echaría de menos el sonido de su voz. ¡To esto está mal, sin duda! Asintió con la cabeza y luego giró la cabeza antes de que él pudiera verla llorar.

Potter le tocó el brazo y se fue cojeando hasta donde estaba la pala apoyada contra la casa. Puede que te sorprendas a ti misma, dijo, cuando me haya ido.

Lo dudo mucho, dijo ella.

En semanas recientes, Potter había empezado a enterrar algunos de los animales muertos que encontraba en el jardín, cuando le apetecía. Esta vez, le tomó diez minutos romper la tierra y el caliche endurecidos. Corrine le preguntó si quería ayuda y él dijo que no, que podía hacerlo solo. Cavó un hoyo de treinta centímetros al lado de la cerca trasera, metió el estornino dentro y lo cubrió. Lo enterró, dice Corrine entre dientes cuando piensa en aquel pájaro, como si el maldito animal tuviera alguna importancia. Hacia el final, su esposo se había vuelto más sentimental que de costumbre. Hasta el último momento, el muy pendejo.

Una semana después, Potter se despertó temprano y se volteó en la cama para mirar a Corrine de frente. Se sentía bien, dijo. Como si lo del tumor nunca hubiera ocurrido, casi. Dejó el bastón en la cocina y salió a barrer el jardín. Buscó las tijeras de podar en el garaje y podó el seto contiguo al porche. Después de recoger las ramas y llevarlas al contenedor de basura, admiró su labor y Corrine le gritó por andar por ahí sin el bastón. Si hubiera estado atenta, no se lo habría permitido. Pero Potter la agarró por la cintura y le hizo cosquillas con la nariz en el cuello mientras le decía, cariño, hueles tan bien, y ella lo dejó llevarla al dormitorio por una o dos horas.

Después, Potter dijo que quería un chuletón para cenar. Lo haría a la barbacoa y se lo comerían con un par de papas asadas con todos los condimentos y con mantequilla, no esa margarina que llevaba obligándolo a comer durante los últimos diez años. Si sacaban un pastel de pacanas del congelador ahora, dijo, estaría listo para comer de postre. Después de cenar, Potter puso un disco de Ritchie Vales y ella bailó en sus brazos por todo el salón ¿y qué importaba que llevaran tantos años sin bailar? Podían hacerlo ahora, dijo. Después, a Corrine se le ocurriría que debió saber, justo allí y en ese momento, lo que Potter se traía entre manos.

$\sim$

En el salón, sobre la mesita que está al lado de la butaca de Potter, el periódico del 27 de febrero, el día en que murió, está doblado en la página del crucigrama. Sólo hay una palabra escrita a lápiz. Cinco letras, Anda o cruza por la parte llana. Vadea. Sobre la mesa al lado de la butaca de Corrine hay un libro de poesía que no ha tocado en meses porque ha preferido en su lugar leer artículos sobre el cáncer y la buena alimentación, incluso uno de un doctor en Acapulco, idea que Potter vetó al instante. Corrine regresa al pasillo de la entrada y deja que sus dedos recorran la caja de nogal de la radio AM/FM de Potter, gira los botones hacia un lado y otro. En las noches, cuando hacía buen tiempo, cuando el viento soplaba del norte, solían llevarla al porche y escuchar la emisora de música *country* de Lubbock. Hasta el día en que murió, sólo Corrine, los médicos y el propio Potter sabían de su enfermedad. Un día de estos, se prometían una y otra vez, se lo dirían a Alice y a algunas personas de la iglesia. Luego Potter agarró la pistola y se adelantó a la señal de salida. Maldito sea.

El timbre de la puerta está montado en la pared encima de la radio y, cuando suena, Corrine se sobresalta. Se queda inmóvil, el corazón se le quiere salir del pecho, aún tiene el botón de la radio en la mano derecha. El timbre vuelve a sonar y luego escucha el toque peculiar con que Debra Ann Pierce llama a la puerta: tres golpes lentos en el centro de la puerta, tres golpes rápidos en el lado izquierdo y otros tres en el derecho. Luego llama, señora Shepard, señora Shepard, señora Shepard, como suele hacer al menos una vez al día.

Corrine abre la puerta y coloca su cuerpo voluminoso, las caderas bien apretadas, entre el marco y la puerta, como si la niña, a la menor oportunidad, fuera a entrar como un bólido entre sus piernas, igual que un perrito.

¿Eres la que ha estado llamando toda la mañana, Debra Ann Pierce? La voz de Corrine suena ronca, siente la lengua como si alguien le hubiera pasado una capa de pintura. Voltea la cabeza sobre un hombro y tose.

No, señora. Debra Ann lleva puesta una camiseta color rosado brillante que dice *Superstar* y unos *shorts* de tela de toalla anaranjados que apenas le cubren la parte superior de los muslos. En una mano sujeta un lagarto cornudo, al que acaricia entre los ojos con el dedo índice. Tiene los ojos cerrados y Corrine se pregunta si la niña anda cargando un animal muerto por el vecindario, pero luego la pequeña criatura empieza a retorcerse en su mano.

Deberías soltar a esa pobre criatura, dice Corrine. No es una mascota. Niña, me acosté tarde anoche y estoy cansada y el teléfono ha estado sonando toda la mañana.

¿A dónde fue?

No es asunto tuyo. D. A. Pierce, ¿por qué llamas a casa?

No fui yo, se lo juro.

No jures en vano, dice Corrine y se arrepiente al instante. ¿Qué diablos le importa lo que haga esa niña con tal de que salga del porche y la deje en paz?

Sí, señora. Debra Ann gira el torso y se saca el *short* de la raja del culo. Mira al otro lado de la calle y frunce el ceño. ¿Esos mexicanos se está mudando aquí?

Quizás, dice Corrine. Eso tampoco es asunto tuyo.

A algunos no le va a gustar ni un poquito: al señor Davis, a la señora Ledbetter, al viejo señor Jeffries.

Corrine levanta la mano. Detente. Esos hombres tienen tanto derecho de estar aquí como tú y yo.

No, dice la niña. Esta calle es nuestra.

¿Qué crees que pensaría el señor Shepard si te oyera hablar de ese modo?

La niña baja la vista, se mira los pies descalzos y sube y baja los dedos gordos. Adoraba a Potter, el único adulto que nunca le corregía la gramática o se burlaba de sus planes, que siempre escuchaba con atención las historias de sus amigos imaginarios, Peter y Lily, recién llegados de Londres y que le contaban a D. A. historias sobre el Puente de Londres y la reina de Inglaterra. Ni una sola vez le sugirió siquiera que era muy mayor para tener amigos imaginarios, jamás se burló de ella.

Corrine se palpa los varios bolsillos de la chaqueta y encuentra una cajetilla con un cigarrillo. Vaya, qué bien. Saca el cigarrillo, lo prende y exhala el humo por encima de la cabeza de la niña. ¿Dónde está tu papi hoy?

Está trabajando en Ozona —Debra Ann saca el labio inferior y sopla hacia arriba con tanta fuerza que hace temblar su flequillo— o en Big Lake. La niña le da vuelta al lagarto cornudo y se lo acerca al rostro. Te voy a llevar a casa, susurra ominosamente y se agarra una ceja. Se arranca varios pelos y los arroja en el seto al lado del porche. Tiene calvas en ambas cejas, Corrine se da cuenta ahora. Los primeros días después de que la madre de Debra Ann se marchara del pueblo, Corrine le llevaba comida a Jim mientras Potter y D. A. veían los dibujos animados en la tele sentados en el sofá. En el funeral de Potter, la niña se inclinó sobre el ataúd y le examinó el rostro tanto tiempo que a Corrine le dieron ganas de darle con la palma de la mano abierta en la cabeza y preguntarle ¿qué diablos miras tanto, niña?

Debra Ann trata de ver si el lagarto cabrá en el bolsillo de sus *shorts*, pero el animal empieza a arañarle las manos. Pensé que querría compañía, le dice a Corrine. Podríamos terminar el rompecabezas del señor Shepard.

No quiero compañía, gracias.

La niña se queda mirándola y, después de unos segundos, Corrine suspira. Bueno, se me acabaron los cigarrillos. ¿Quieres ir en tu bicicleta al 7-Eleven y comprarme una cajetilla?

D. A. asiente con la cabeza y sonríe. Le faltan dos dientes de leche: un colmillo en la encía superior y otro en la inferior. Las mellas están rojas e inflamadas. Los dientes que le quedan están amarillentos y sucios, tiene pedacitos de comida, tal vez de pan, pegados a las encías. Su pelo negro forma picos y tiene nudos en las puntas, como si hubiera empezado a peinarse y se hubiera aburrido, y Corrine juraría haber visto una que otra liendre. Espera aquí, dice Corrine y entra a buscar el bolso. Cuando le alcanza a la niña un billete de un dólar, D. A. abre los ojos complacida.

Aquí tienes cincuenta centavos para una cajetilla de Benson & Hedges, dice, y cincuenta centavos por tu tiempo. Asegúrate de comprar los que son, los Ultra Lights.

D. A. se mete el billete en el bolsillo de los *shorts* y le pregunta a Corrine si tiene una caja de zapatos para dejar el lagarto en el porche. Corrine le dice que no, por ahí hay un gato callejero que mata todo lo que pueda cazar, y la niña sale corriendo por el césped con el lagarto bien agarrado en la mano izquierda. Cuando Corrine le grita que no hable con desconocidos, D. A. levanta al animal sobre la cabeza y lo mueve de un lado a otro apuntando a la mujer. Aun desde la distancia, Corrine puede ver los finos hilos de sangre que le brotan de los ojos a la criatura, su último intento desesperado por defenderse.

Potter le escribió la carta en un bloc amarillo tamaño legal que encontró en el escritorio de Corrine. Había intentado por todos los medios no molestar al Todopoderoso con tonterías, escribió. Le había pedido ayuda muy pocas veces que pudiera recordar: cuando su B-29 perdió un motor sobre Osaka, cuando a Corrine le sentó mal la morfina después de dar a luz a Alice, cuando les dio pulmonía a todos en el invierno de 1953. En 1968, rogó por que el precio del petróleo volviera a subir y tal vez rogó una o dos veces por sacar un pez gato grande cuando iban a pescar al lago Spence, pero eso era más en broma. Y ahora, escribió Potter, contaba con que el Todopoderoso no le pasara factura porque no estaba dispuesto a llegar a la meta.

Escribió que echaría de menos sus largos viajes en automóvil y las acampadas, y la forma en que Corrine frotaba los pies contra sus pantorrillas cuando se metían en la tienda de campaña porque siempre tenía frío y él siempre estaba caliente. Echaría de menos a todas esas pequeñas criaturas que oían metidos en sus sacos de dormir dentro de la tienda de campaña.

Se arrepentía de algunas cosas. Deseaba haber ido a la universidad cuando regresó de la guerra, aun si hubiera significado aceptar ayuda del gobierno. Deseaba haber ido con ella a Alaska a visitar a Alice y le envió una carta a su hija en la que le decía lo mismo. Pero sobre todas las cosas, deseaba haber actuado de otro modo la noche de San Valentín. Todo eso escribió un hombre que no era capaz de escribir más que la lista de compras desde que regresó de pilotar bombarderos en Japón.

Dejó la carta en la mesa de la cocina junto con varios sobres en los que había diez mil dólares en efectivo. Llevaba semanas preocupado por que la compañía de seguros de vida encontrara la forma de engañar a Corrine y no le pagara lo que le correspondía y ella adivinó que ése era un dinero para emergencias que Potter había escondido en algún lugar. Al final de la nota, había una oración añadida apresuradamente en tinta roja. *Asegúrate de que el Dr. Bauman escriba «accidente de cacería» en el certificado de defunción.*

Al cabo de veinte minutos, cuando el ayudante del *sheriff* tocó a la puerta, y antes de que Corrine pudiera preguntar dónde lo habían encontrado, el ayudante del *sheriff* le dijo que había habido un accidente, un terrible accidente, el tipo de accidente que uno no ve venir. Ocurren con más frecuencia de lo que se piensa, dijo.

~

Cuando Debra Ann regresa al cabo de quince minutos, tiene la boca embarrada de chocolate y ya no trae el lagarto consigo. Sujeta los cigarrillos de Corrine con una mano mugrienta mientras le explica que su papá no regresará a casa hasta las ocho y que cree que queda un poco de *goulash* en casa, pero no está segura. Quizás Lily y Peter se lo comieron todo. Debra Ann se inclina hacia Corrine y estira el cuello para mirar hacia el pasillo. El pelo y la ropa le huelen a humedad. Con el estómago revuelto, Corrine estira la mano para que le dé los cigarrillos. Le da unos golpes a la cajetilla contra la palma de la mano, asiente con suavidad cuando Debra Ann parlotea sobre el lagarto cornudo, sobre cómo el cajero del 7-Eleven la obligó a soltarlo antes de entrar en la tienda y, aunque le dijo al animal que se quedara quieto en la canasta de la bicicleta, claro que no lo encontró cuando regresó.

Son animales salvajes que te darán verrugas, le dijo Corrine. La próxima vez, consigue una mascota mejor.

Vi al gato del señor Shepard en el callejón detrás de la casa.

No es el gato del señor Shepard.

Pero él le daba de comer.

Oh, no.

Me consta que a veces el señor Shepard lo dejaba dormir en el garaje cuando hacía mucho frío afuera.

Mentira, dice Corrine. El invierno pasado no cayó ni aguanieve.

De todos modos, hacía frío, dice Debra Ann. Podría hacerle compañía.

Corrine le dice a la niña que no quiere alimentarlo, ni darle agua, ni limpiar mierda, ni sacarle garrapatas de las orejas, ni aspirar las pulgas que saltarán a las cortinas cuando entre en la casa. Atiéndeme, D. A., dice, si logras agarrarlo, puedes llevarte al gato a tu casa.

Ojalá tuviera un gato que quisiera venir a vivir conmigo, dice Debra Ann, pero mi papá sólo quiere animales que puedan vivir en una caja. Ojalá comiéramos otra cosa que no fuera *goulash*. Ojalá, pero Corrine la interrumpe y le pregunta a D. A. si recuerda lo que el papá de Corrine solía decir.

Pon tus deseos en una mano y pon mierda en la otra, a ver cuál se llena antes, dice con cara de tristeza.

Así es, señorita, dice Corrine mientras retrocede para entrar en la casa y le cierra la puerta en las narices a la niña.

El teléfono suena diez veces más y Corrine se prepara un té helado con un chorro de *bourbon*. Cuando se asegura de que Debra Ann no está merodeando por el jardín, vuelve a salir al porche a fumar. Mantendrá la cabeza baja y se sentará en los escalones de cemento al lado del seto desde donde pueda ver lo que pasa afuera sin que nadie la vea.

Al menos una vez por semana desde que Potter murió, Suzanne Ledbetter aparece a la puerta de Corrine con una cazuela y una invitación a unirse a algún maldito grupo de crochet o intercambio de recetas en el que cada mujer hace la receta y escribe sus observaciones en una ficha antes de pasársela a la siguiente mujer, que también hace la receta y añade sus comentarios en la ficha. Y así sucesivamente. De este modo, las mujeres pueden mejorar incluso una buena receta, dice Suzanne Ledbetter.

A lo largo de los años, Corrine ha aprendido a decir «no, gracias» a las reuniones y los intercambios de recetas. Aun así, cuando se sienta en el porche con un trago en una mano y un cigarrillo sin prender en la otra, tiene el congelador lleno de cazuelas. Y la cabeza llena de mierda también, piensa mientras posa el trasero en el escalón de cemento y se asoma para mirar entre los espinos desaliñados. Al otro lado de la calle, dos jóvenes cargan una gran consola de televisor, que meten en una casa de ladrillos rojos de una planta, idéntica a la de Corrine y Potter: ochenta y tres metros cuadrados, tres dormitorios, un baño completo y baño de visitas al lado del comedor. La ventana de la cocina mira hacia el patio trasero, igual que la de Corrine, y las mismas puertas de cristal corredizas llevan al patio, se imagina, aunque no llegó a conocer a los inquilinos anteriores: tres jóvenes que tenían un perro grande atado con una cadena a un pacano muerto en el jardín de la entrada y que tuvieron la bondad de llevarse cuando se mudaron en mitad de la noche.

Llega un sedán blanco, y una niña y su madre empiezan a sacar varias cajas pequeñas del asiento trasero. La mujer está embarazada de varios meses, hinchada cual carcasa de venado en una carretera caliente, y no hay indicios de que haya un señor. Cuando terminan de vaciar el automóvil, la mujer se queda de pie en medio del jardín mientras la niña salta alrededor del árbol muerto. Es la viva imagen de su mamá —el pelo rubio y la cara redonda— y, a cada rato, va donde ella y se le cuelga de la blusa de maternidad como si una u otra fueran a elevarse y salir volando por los aires si la soltara.

La mujer, que luce demasiado joven para tener una niña de esa edad, le pasa la mano por la espalda a su hija y ambas observan a los tres jóvenes cargar muebles y cajas al interior de la casa. Son niños, Corrine se da cuenta ahora, no deben de tener más de quince o dieciséis años, están pelados al rape, llevan zapatillas y sombreros tejanos de varios tonos de marrón sobre las cabezas. Dos hombres de mediana edad, que llevan las mismas botas con puntera de acero que Potter se ponía antes de ir a la planta por la mañana, miden y vuelven a medir el marco de caoba y la enorme puerta de entrada, que está recostada contra la pared como un borracho. Corrine remueve la bebida con el meñique y mira, divertida, a la mujer embarazada. ¿No le gusta la puerta de entrada que tenía la casa? ¡Vaya! Se chupa el meñique.

Uno de los hombres sostiene las manos en el aire como si estuviera sujetando la puerta para demostrar cuán ancha y alta es. La mujer mueve la cabeza de lado a lado. Se lleva una mano a la frente y la otra al vientre y justo cuando el hombre apunta de nuevo hacia el marco de la puerta, la parte superior de su cuerpo se inclina hacia la puerta como un barco escorado y luego se precipita rápidamente hacia delante. Los hombres sueltan un grito. Corrine suelta el vaso y chasquea los labios. Para cuando logra levantarse y ponerse las pantuflas, la mujer está con las manos y las rodillas en el suelo, el vientre le roza la tierra. La niña, ansiosa, revolotea alrededor de la cabeza de la madre. Por el jardín vuelan palabras en español e inglés como golondrinas.

Un hombre corre a la cocina y regresa con un vaso plástico lleno de agua.

Corrine se presenta y señala su casa al otro lado de la calle mientras la niña, Aimee, tira de la blusa de maternidad de su madre. Es una niña cachetona con las cejas y las pestañas tan rubias que son casi invisibles. La madre, Mary Rose, jadea mientras la blusa le sube y le baja con una contracción y Corrine piensa que tal vez la ha visto en la escuela, otra chica que abandonó los estudios y se casó. No es posible recordarlas a todas.

Corrine trata sin éxito de recordar algún detalle útil del sueño crepuscular del parto de Alice unos treinta años atrás. ¿Quiere que la lleve al hospital?

No, gracias. Puedo ir sola. Mary Rose se aprieta el vientre con ambas manos y mira a Corrine. Vi la corona en su puerta. Mi más sentido pésame.

Mi esposo murió en febrero. No he podido quitarla aún. Corrine entorna los ojos y ve a los hombres y los niños, que hacen fila y permanecen en silencio balanceándose hacia delante y hacia atrás mientras observan a la esposa del ranchero, que se ha ido de parto en medio de su trabajo de fin de semana, y a cuyo esposo conocen muy bien.

Murió en un accidente de cacería, dice Corrine. Por la forma en que las palabras le desgarran la garganta muy bien pudo haberse tragado una pala llena de alacranes venenosos con los aguijones expuestos.

Un accidente de cacería. Mary Rose se voltea y se sienta y Corrine se sorprende al ver que la mujer tiene los ojos llenos de lágrimas. Lo siento muchísimo. Oiga, todavía no nos han instalado la electricidad y no quiero que mi hija esté sola en la sala de espera. ¿Le importaría llevársela a su casa unas horas, sólo en lo que mi esposo regresa de una subasta agropecuaria en Big Springs?

No, señora, dice Corrine sin pensarlo. No puedo recibir a nadie en mi casa en este momento, lo siento. ¿Puedo llamar a su madre o a una hermana tal vez?

No, gracias, dice Mary Rose. Están todas con las manos llenas.

Quiero quedarme contigo, le dice la niña a la madre, lloriqueando. Ni siquiera la conozco.

Puedo llevarla al hospital y acompañar a —Corrine se detiene, la niña la mira y se aferra a la blusa de su madre— Aimee.

No la quiero en la sala de espera con un montón de hombres desconocidos, dice Mary Rose.

Las mujeres se miran una a otra por unos segundos, los labios de la más joven están sellados como una costura. Se pone de pie y le dice a su hija que corra a buscar las llaves del automóvil y el bultito que está en el armario del pasillo. Cuando Aimee entra corriendo en la casa por el garaje, Mary Rose le pide al jefe que cierre bien cuando hayan terminado de vaciar el camión de mudanza y, cuando Corrine se encamina a su propio porche, anhelando su té con *bourbon* y deseando que el gato no haya metido la nariz en el vaso para lamer el hielo, Mary Rose le grita, también. Gracias por nada, dice, pero Corrine simula no escucharla. Sigue caminando, cruza la calle y, al llegar, vacía el contenido del vaso en el seto y entra a prepararse otro trago.

Aún no ha oscurecido afuera cuando el teléfono vuelve a sonar. Corrine, que ya se ha bajado buena parte de la botella de *bourbon*, corre hacia la cocina y agarra el teléfono con ambas manos. No hay ni una maldita cosa en esta casa que no suene, zumbe o timbre. Enrolla el cordón alrededor de la base del teléfono y abre la puerta entre la cocina y el garaje con el pie. Al levantar el teléfono sobre la cabeza, la piel fláccida del brazo le tiembla. El teléfono vuela dentro del garaje, golpea el cemento y suena dos veces más cuando cae al lado del Lincoln Continental, que no ha usado en los cuarenta días después de que Potter decidiera salirse de lo que alguna vez describió como «su situación». Era nuestra situación, carajo.

La cocina se ha quedado en silencio, excepto por el tictac del reloj de pared al lado de la mesa. Corrine lo mira con los ojos entornados y reflexiona. Encima del contenedor rebosante de basura hay varias botellas de licor vacías junto a una pila de sobres de facturas médicas sin abrir. Agarra el cenicero lleno y lo vacía lentamente sobre las facturas en el medio de la mesa. Las colillas de cigarrillo ruedan despacio sobre la pila y caen sobre las piezas del rompecabezas. La máquina de hacer hielo expulsa una tanda de cubos. Al otro lado de las puertas de cristal corredizas, el cielo del oeste tiene el color de una vieja herida. Un ruiseñor se posa en la verja de atrás, su canto es triste y persistente.

Corrine agarra la basura y, al salir de la casa, cierra la puerta corrediza con tanta fuerza que el bastón de Potter cae al suelo de linóleo y rueda hasta la puerta. La delgada suela de sus zapatillas cede ante la presión de un cuerpo blando. Corrine suelta un chillido, da un salto y mira hacia abajo para descubrir un pequeño ratón marrón. Cierra los ojos y ve a Potter de pie junto a la verja, lo ve esforzarse con la pala para cavar un hoyo, lo ve colocar al animal tiernamente dentro del hoyo.

Desea poder hacer lo mismo, enterrar a la pequeña criatura, actuar como si le importara. Pero la tierra es muy dura y ella tiene los brazos débiles y las veces que trae la compra desde el camión tiene que detenerse para recobrar el aliento. No es ni la mitad de buena que Potter, nunca lo ha sido. De todos modos, busca la pala en el garaje y la desliza debajo del cuerpo pequeño y blando. Casi asfixiada de rabia, lleva al ratón hasta el callejón y lo tira en la basura. Pudieron haber hablado sobre el asunto, sobre cómo y cuándo iba a morir. Potter decía que no iba a permitir que ella tuviera que cuidar de él y ella le había prometido que no le pediría que aguantara hasta que dejara de reconocerse a sí mismo, o a ella. Pero, al final, decidió hacerlo solo.

Suena el silbido de la planta, un gemido largo y lastimero, que anuncia un accidente, y Corrine se queda inmóvil un instante con la mano sobre el contenedor de metal. Lleva toda la vida escuchando ese silbido y preguntándose que habrá ocurrido. Pero ese temor especial de que su esposo estuviera tendido bocabajo en un charco de benzina, que estuviera trabajando justo en la zona en que ocurría una explosión, que no se hubiera movido lo suficientemente rápido, esas preocupaciones ahora les tocan a Suzanne Ledbetter y a otras mil mujeres del pueblo. No a Corrine. El gato está echado en el lote baldío detrás de la casa, sus ojos verdes, fijos y ausentes, observan una serpiente ratonera amarilla debajo del canal seco donde D. A. Pierce y las demás niñitas de la calle se metían en sus bicicletas para tomar el sol en las rampas de cemento hasta que en la ciudad se dieron cuenta y le pusieron una cerca con cadena.

Detrás del canal, el 7-Eleven y la fábrica de refrescos A&W comparten el aparcamiento con el bibliobús, un remolque de diez metros lleno de estanterías de metal peligrosamente inestables y una alfombra peluda que huele a moho. Hace seis meses, en el mismo aparcamiento construyeron una barraca Quonset de tamaño industrial, un edificio de acero sin ventanas llamado Bunny Club —un bar de *strippers* que comparte el aparcamiento con el bibliobús— y es un milagro, piensa Corrine, que cualquier niña de Odessa salga adelante. Por veinte años vio a esas niñas del pueblo en la escuela, la mayoría sin otra aspiración que graduarse antes de que algún muchacho las preñara. Podía llegar a su salón de clases cualquier lunes por la mañana y escuchar rumores tristes y malintencionados sobre el hospital o la cárcel o el hogar para madres solteras en Lubbock. Ha asistido a más bodas forzosas de las que puede recordar y todavía se topa en el supermercado con algunas de esas mismas chicas —ahora mayores— con los mismos bebés regordetes y pálidos pegados al pecho, que se pasan de un brazo delgado y pecoso a otro mientras regañan a otros niños mayores, que corren como ardillas maniáticas entre las góndolas.

Corrine aún está en el callejón cuando una camioneta llega a toda velocidad por la carretera de servicio y dobla en el aparcamiento. Las ruedas giran y chillan mientras el conductor hace ochos en el pavimento. En la caja de la camioneta van varios hombres de pie que gritan y arman alboroto y se agarran como pueden para no caerse. Uno de los hombres lanza una botella al canal y el cristal se hace añicos al caer contra el cemento. Cuando uno de ellos cae de la caja de la camioneta, se golpea contra el pavimento y lanza un grito, los demás ríen y aúllan. El hombre persigue el camión tambaleándose con las manos estiradas hacia el frente y, cuando se acerca a sus amigos, la camioneta se detiene abruptamente. Aún tiene las manos sobre la caja de la camioneta cuando uno de ellos arroja dos bolsas en el pavimento y el conductor pisa el acelerador.

La camioneta da una tercera vuelta mientras un hombre, que sujeta un tubo de acero en la mano, saca medio cuerpo por un lado de la caja. La camioneta acelera y el hombre se inclina un poco más al tiempo que se agarra de la barra antivuelco con una mano, y con la otra zarandea el tubo en el aire. Corrine abre la boca para gritar *Alto*, justo en el momento en que el hombre que está de pie en el aparcamiento levanta las manos sobre la cabeza como diciendo, me rindo. El tubo lo golpea en el mismo medio de la espalda y el hombre cae redondo en el pavimento.

Señor, ten piedad, grita Corrine y corre hacia la casa. Mientras se mueve aprisa y reza por que el teléfono funcione cuando vuelva a conectarlo en la pared, pisa el bastón de Potter, sale disparada hacia delante y aterriza bocabajo en la mesa de la cocina. Las piezas del rompecabezas vuelan por el aire como murciélagos en torno a un viejo depósito de agua y cuando se deja caer sobre el suelo de la cocina, se percata del tictac del reloj de pared. También se percata de su rostro y sus manos, de sus rodillas y sus hombros, presas de un dolor tan súbito e intenso que todo a su alrededor desaparece.

Cuando eran jóvenes, Potter decía en broma que Corrine no se marcharía de este mundo discretamente. Asaltarían el banco cuando ella estuviera en la fila y se negaría a entregar el bolso. O le sacaría el dedo a algún muchachote con peor genio que ella o se le reventaría una rueda mientras conducía a exceso de velocidad en la autopista. Tal vez sus estudiantes de cuarto año la matarían a golpes con sus copias de *Beowulf*, o saldrían a escondidas de alguna celebración en la escuela para cortarle los cables de los frenos después de un examen sorpresa particularmente difícil. Mas no. Hela aquí, espatarrada en el suelo de la cocina cual ternera recién nacida, con las tetas y la barriga dentro de la cocina y los pies y el culo aún en el jardín.

Si las cosas hubieran salido como era debido, Potter la habría enterrado. La habría llorado, claro que sí, pero habría seguido viviendo, jugaría a los naipes en el club de veteranos, conduciría hasta la planta para saludar, mataría el tiempo en el garaje o el jardín. Habría armado sus rompecabezas y habría escuchado todos los cuentos infantiles de Debra Ann: de los amigos imaginarios para los que estaba demasiado grande, de las tapas de botella que encontraba en el callejón, de lo mucho que echaba de menos a su mamá y de cuándo regresaría a casa. Jamás se cansaría de escuchar a esa niña y, aun si se cansaba, no lo diría. Si Potter estuviera aquí, D. A. Pierce y la niñita que vive al otro lado de la calle, Aimee, estarían sentadas a la mesa de la cocina con sendos cuencos de helado Blue Bell y el maldito gato cenaría todas las noches en el garaje, probablemente una lata de atún. Pero es Corrine la que está aquí y no tiene la más mínima idea de qué diablos hará.

Mañana por la mañana examinará los daños: una pequeña cortadura sobre la ceja izquierda, un chichón en la sien derecha y un moretón del tamaño de una toronja en el antebrazo. La cadera estará fuera de servicio varias semanas y usará el bastón de Potter para caminar, pero sólo dentro de la casa o en el jardín de atrás donde nadie pueda verla. En el jardín del frente cuando le eche agua al árbol y en el supermercado cuando vaya a buscar provisiones para llevarle a Mary Rose junto con una cazuela de Suzanne Ledbetter que sacará del congelador del garaje, Corrine andará muy erguida y apretará los dientes y se comportará como si no le doliera nada. Cuando suene el teléfono, contestará y cuando escuche la voz de Karla al otro lado, le preguntará en qué le puede ayudar.

¿Y qué hacer con las piezas del rompecabezas de Potter que volaron sobre el linóleo, muchas de las cuales fueron a parar detrás del refrigerador y la estufa y ya nunca podrá recuperar? En unas cuantas semanas, cuando Corrine empiece a recoger las cosas de Potter para donarlas al Ejército de Salvación, le garabateará una nota a la persona que se lleve el rompecabezas, una pequeña advertencia de que le pueden faltar algunas piezas. Porque, como le dijo Potter cientos de veces, no hay nada peor que dedicarle todo ese tiempo y esfuerzo para luego descubrir que estaba incompleto.

Esta noche, se levanta del suelo de la cocina y enchufa el teléfono. Llama al cuartel de la policía del centro del pueblo y les dice que no pudo ver la matrícula ni el color de la camioneta y que no puede ofrecer una descripción de los hombres más allá de que estaban borrachos, que eran blancos y que sonaban como si aún fueran niños.

Cuando regresa al callejón, el hombre se ha marchado hace rato. Le duele todo, pero la noche está linda, hay muchas estrellas y Marte brilla en el cielo sureño. Una brisa suave sopla del norte. Si saca la radio al porche y la coloca en el marco de la ventana, tal ve pueda sintonizar la emisora de Lubbock. Han estado tocando mucho Bob Wills desde que murió y le hará buena compañía.

Sigue ahí cuando una camioneta dobla en la entrada de la casa al otro lado de la calle y un hombre, que debe ser el esposo de Mary Rose, se baja. Se dirige deprisa hacia la puerta del pasajero de donde saca a una niña dormida. Y ahora Corrine hace un enorme esfuerzo por ponerse de pie, se mueve tan rápido como se lo permite su viejo cuerpo magullado. Tiene un chichón en la frente del tamaño de un dólar de plata y no hay suficiente Chanel n°5 en el mundo que pueda taparle la peste a cigarrillo y alcohol, pero corre hacia el hombre que se pasa a la hija de una cadera a otra y agarra una linterna de la consola de la camioneta antes de entrar en la casa cuyas ventanas desnudas miran inexpresivas hacia el jardín del frente y la calle, esperando aún a que alguien encienda las luces.

Espere, grita Corrine. ¡Espere! El pelo de la niña reluce blanco bajo la luz de la calle y Corrine le agarra el piecito descalzo que se balancea cerca de la rodilla de su padre. Cuando el hombre intenta pasarle por el lado, Corrine le toca el brazo suavemente. ¿El bebé está bien? ¿Cómo está Mary Rose? Le cuesta respirar, siente una punzada en el costado. Oiga, dice casi sin aliento, dígale a su esposa que, si necesita algo, cualquier cosa, que puede contar conmigo. No tiene más que avisarme y estaré ahí.

Debra Ann

CUALQUIER OTRO SÁBADO en la tarde, en cualquier otro
año, no lo habría visto. Estaría jugando en el aro de básquet
que está en el parque de los perritos de la pradera o matando el
tiempo en el campo de práctica de la Sam Houston Elementary o
yendo en bici al hoyo de búfalos a buscar trilobites y serpientes
en el barro seco del fondo de la laguna. Antes de que se secara,
Debra Ann y su mamá iban a veces a ver a la gente salvarse. Es
algo que hacer, solía decir Ginny al tiempo que extendía una toalla de baño vieja sobre el capó del automóvil y Debra Ann se enca-
ramaba con cuidado de no tocar el metal caliente con las piernas.
Se recostaban contra el parabrisas y se pasaban una bolsa de
chips mientras los santos cantaban *te lavas en la sangre del cor-
dero* desde la orilla y los pecadores se metían descalzos en el agua,
los pies hundidos en el fango donde sólo la fe los salvaba de pisar
una serpiente mocasín o un pedazo de vidrio. Y si un predicador
les sonreía y les hacía señas para que se llegaran hasta allá, Ginny

saludaba con la mano y negaba con la cabeza. Eres buena tal y como eres, le dijo a Debra Ann, pero, si algún día sientes la necesidad de salvarte, hazlo en una iglesia. Al menos así no te dará tétano. Cuando se aburrían, Ginny guardaba las cosas en el auto y regresaban al pueblo a comer en un Whataburger. ¿A dónde iremos ahora?, le preguntaba a su hija. ¿Quieres ir a ver las tumbas en Penwell? ¿Quieres ir a las dunas de Monahans? ¿Quieres que vayamos a la subasta agropecuaria en Andrews y jugar a que vamos a comprar un toro?

Pero esta primavera Ginny no está y la gente no habla de otra cosa que de la niña secuestrada y agredida. Violada —los adultos piensan que D. A. no entiende, pero no es tonta— y ahora los padres de Larkspur Lane, incluido su propio papá, han decidido que ningún niño saldrá de la manzana sin la supervisión de un adulto o al menos sin decirle a alguien a dónde va. Es un insulto. Nadie la supervisa desde que tiene ocho años y lleva casi toda la primavera ignorando las reglas, aun después de que su papá se sentara en la mesa de la cocina y le dibujara un mapa.

El límite norte de la zona de acción aprobada es la avenida Custer y la casa vacía en la esquina marca el límite sur. La frontera oeste es el callejón detrás de las casas de la señora Shepard y Debra Ann, donde la señora Shepard va a ponerles mala cara a las camionetas que entran y salen del Bunny Club. Es un puticlub, D. A. lo sabe también. Al otro extremo de la manzana, en la casa de Casey Nunally y Lauralee Ledbetter, la señora Ledbetter vigila todo y a todos. No le importa detener a cualquier niño por el manillar de la bicicleta y acribillarlo a preguntas.

¿A dónde vas? ¿Qué haces? ¿Cuándo fue la última vez que te lavaste? Las demás niñas son dos años menores que Debra Ann. Todavía son muy jóvenes para romper las reglas, piensa, o quizás les temen a sus mamás.

Lo encuentra del mismo modo que ha encontrado la mayoría de sus tesoros. Observa. Pedalea de un lado a otro del callejón detrás de la casa de la señora Shepard esquivando latas de cerveza, clavos de carpintero y botellas de cerveza rotas. Evita piedras lo suficientemente grandes como para hacer volar a una niña sobre el manillar de su bicicleta y caer de bruces al lado de un contenedor de acero o un muro de bloques de hormigón. Con los ojos bien abiertos busca monedas, petardos sin explotar o esqueletos de chapulines, hace maniobras cuando ve una serpiente por si se trata de una cría de cascabel. Agarra lagartos cornudos por montones, los sostiene en la palma de la mano y les acaricia suavemente los cuernos entre los ojos. Cuando se quedan dormidos, los mete con cuidado en el frasco que guarda en la canasta de la bicicleta.

En el callejón detrás de la casa de la señora Shepard, hace equilibrio en los pedales de la bicicleta y mira hacia el campo. Todo lo que se extiende ante sus ojos es territorio prohibido: el canal seco, la cerca de alambre de púas y el lote baldío, la casa de la esquina que está abandonada desde que el hijo de los Wallace murió cuando una radio cayó en la bañera con él dentro y, finalmente, la parte donde el canal se estrecha y desaparece en dos tubos de acero lo suficientemente altos como para que Debra Ann quepa de pie. Más allá de todo ese territorio prohibido está el bar de *strippers* que abre todos los días a las 4:30 de la tarde. Le han dado pocas nalgadas en su vida y nunca muy fuertes, pero cuando la señora Ledbetter lo llamó en marzo para decir que la había visto merodear en la bicicleta frente al edificio y tratar de mirar dentro cuando algún hombre entraba o salía por la puerta, su papá se quedó pálido y le dio una nalgada tan fuerte que le estuvo doliendo el culo por el resto del día.

D. A. pedalea a lo largo del canal y, a pocos metros de la casa abandonada de la esquina, suelta la bici, se sube en un contenedor de metal y mira por encima del muro de bloques de hormigón antes de encaramarse y sentarse a horcajadas sobre él unos segundos. Salta al jardín y cae, primero con un gemido y luego con un grito, golpeándose las rodillas contra la tierra compacta. En el último segundo, rueda y logra esquivar un montón de caliche que sin duda la habría llevado llorando al porche de la señora Shepard y la vieja habría tenido que ir por alcohol y unas pinzas.

En medio del jardín hay tres pimpollos de olmo chino muertos y, recostadas contra la casa, unas cuantas vigas de madera blanqueadas por el sol. Varias plantas rodadoras descansan contra las puertas de cristal corredizas como si se hubieran cansado de tocar. En la esquina superior del cristal hay una pegatina que lee: *Olvídese del perro. Esta casa está protegida por Smith & Wesson*. En julio del año pasado, cuando todas las niñas aún campeaban libremente por la zona, ella y Casey y Lauralee se metieron en ese mismo jardín para explotar una caja de petardos M80 que encontraron debajo de las gradas en la escuela.

Todas las casas de Larkspur Lane son más o menos iguales y esta casa, como la de Debra Ann, tiene dos ventanas pequeñas en las habitaciones, que dan al jardín trasero. Las ventanas, desprovistas de cortinas o persianas, miran sin pudor hacia la hierba, indecentes y tristes, como los diminutos ojos negros del señor Bonham, que vive a una cuadra y se sienta todo el día en el porche a amenazar a quien se atreva a pisar su maldito césped, aunque sea con la rueda de una bicicleta. El resplandor del sol no permite ver dentro de la casa, pero no hay que hacer mucho esfuerzo para imaginar al niño electrocutado mirando desde el otro lado del cristal con el pelo aún erizado. A cualquiera le dan escalofríos, dijo Lauralee la última vez que estuvieron allí.

D. A. tiene hambre y tiene que orinar, pero quiere examinar de cerca el lote baldío, que se extiende entre el callejón y el canal. Afortunadamente, el oráculo de papel que lleva en la canasta está de acuerdo: *¡No lo dudes!* Cuando pregunta por segunda vez, sólo para asegurarse, mete el índice y el pulgar de cada mano en los huecos y cuenta uno, dos y tres, el oráculo es claro: *¡Sí!* A veces le hace preguntas al oráculo cuya respuesta ya conoce, sólo para verificar que funciona de verdad.

¿Soy más alta que una grúa Derrick? *No.*

¿Ford ganará las elecciones? *Poco probable.*

¿Pedirá mi papá alguna vez un helado que no sea de fresa en Baskin-Robbins? *No.*

Desde este extremo del callejón, Debra Ann alcanza a ver un poco del bar de *strippers* al otro lado del canal. Está casi vacío a esta hora del día, de modo que sólo hay unas cuantas camionetas y algunas grúas esparcidas por el aparcamiento. Dos hombres, uno alto y otro muy bajito, están de pie al lado de un camión de plataforma. El alto apoya un pie en el parachoques del camión mientras conversan y se pasan una botella de licor. Cuando se vacía la botella, el alto regresa al bar y el bajito arroja la botella en el contenedor de acero. Después de echar un vistazo rápido a su alrededor, salta la cerca y cruza el campo deprisa, baja corriendo la rampa de cemento del canal y desaparece en el tubo de desagüe más grande.

D. A. arrastra una caja vieja de Maytag hasta el medio del lote y usa un cúter que encontró en el garaje de la señora Shepard para abrir una ventana apenas un poco más grande que la distancia entre su frente y su nariz. Se mete en la caja y espera. Al cabo de unos minutos, el hombre asoma la cabeza por el tubo de desagüe. Mira hacia la izquierda, luego hacia la derecha y luego hacia la izquierda otra vez cual perrito de las praderas que mira si hay alguna serpiente antes de salir de su madriguera, luego sale gateando del tubo, primero la cabeza, como si naciera al día. Cuando se pone de pie y se estira, D. A. se tapa la boca con la mano para no reírse. Nunca había visto un hombre tan pequeñito. Es bajo y delgado y luce triste como un espantapájaros, tiene los huesos de las muñecas como esqueleto de ave y no debe pesar más de cuarenta y cinco kilos mojado. Si no fuera por la barba incipiente en el mentón, parecería un niño mayor.

En el extremo del canal, se agacha y mira a ambos lados, luego se inclina hacia delante y sube corriendo el empinado espolón. Una vez arriba, camina deprisa a lo largo de la cerca hasta llegar a una parte en que el alambre de púas yace plana en el suelo. Debra Ann conoce ese punto. Siempre salta por ahí, un atajo para ir al bibliobús o al 7-Eleven.

El hombre se detiene a orinar contra un contenedor de basura detrás del bar. Después de que se abotona los pantalones y toca a la puerta trasera del bar de *strippers* hasta que se abre, Debra Ann sale torpemente de la caja contorsionando los hombros y las caderas. Se sacude el polvo de la camiseta, luego da unos pasos hacia atrás y lanza una piedra que vuela hasta la mitad del lote y cae con suficiente fuerza como para levantar algo de polvo. No entiende por qué el hombre vive ahí abajo, a no ser que le ocurra algo. Su papá dice que hay que ser medio estúpido, medio loco o estar medio muerto para no conseguir trabajo en Odessa en este momento. Todo el mundo está empleando gente. Tal vez el hombre es las tres cosas —estúpido, loco y está enfermo— pero sea cual sea su historia, no representa un peligro para ella. Lo siente en lo más profundo de su corazón, está convencida como lo está de que no le pasará nada malo siempre y cuando no pise las rajaduras de la acera y coma vegetales y no hable con ningún hombre que no conozca. La confianza de D. A. sufrió una sacudida esta primavera con la partida de Ginny y es un alivio examinar a este hombre y saber que no le hará daño.

Escupe en el suelo y agarra otra piedra. Ésta cae sobre un montoncito de mezquites al lado del punto donde la tierra hace una curva hacia el canal. Lograré que una llegue al otro lado del canal antes de que termine el verano, dice en voz alta.

80

⌒

Todos los días durante una semana, sale corriendo de la escuela para verlo. Las primeras tres tardes recopila información: ¿A qué hora sale? ¿Es siempre a la misma hora? ¿Va siempre al puticlub? Luego espera la ocasión para verlo más de cerca.

Son casi las cinco de la tarde y el sol le golpea la cabeza como un puño. Tiene la boca y la garganta tan resecas que le duelen. El calor le aprieta el pecho y le corta el aliento y, como transpiró tanto a través de la camiseta hace una hora, no le queda más sudor para bajarle la temperatura. Cuando saca el oráculo del bolsillo de sus *shorts*, lo siente seco y áspero en las manos. ¿Debo ir a ver su campamento? *Sí.* ¿Debo ir a ver su campamento? *¡No lo dudes!*

El tubo de desagüe es bastante alto, así que sólo tiene que agacharse un poco para entrar y ver una bolsa de basura repleta de ropa sucia y calcetines. Al lado de la bolsa, hay un montoncito de camisetas y pantalones bien doblados. Hay un par de botas al lado de una caja de leche de metal, que está colocada al revés para que sirva de mesa, y sobre la cual descansa un pequeño cuenco de cerámica, una rasuradora y dos sobres de manila. En uno, escritas con rotulador negro, se leen las palabras *SPC Belden, Licenciamiento*. En el otro está escrita la palabra *Médico*.

Tres metros más adentro, el hombre ha construido una pared para cerrar el resto del tubo que lleva el agua hasta un campo en las afueras de la ciudad cuando se inunda el canal. En estos días, eso significa nunca. La última vez que se inundó el canal, la bicicleta de D. A. aún tenía rueditas de aprendizaje. Tras

un examen más detenido, reconoce la caja vieja de un electro-
doméstico del verano pasado que una de las niñas abandonó
después de que una tormenta de polvo la destartalara. Todavía
se puede leer claramente la palabra *Escondite* escrita en la letra
grotesca de Lauralee con una carita alegre y dos corazones atra-
vesados por flechas.

Recostados contra la pared de cartón hay un morral y un saco
de dormir. Debra Ann camina hacia la mesa del hombre y pasa
el dedo suavemente por una grieta en el cuenco de afeitarse.
Agarra la rasuradora y el pequeño peine negro, les da vueltas
en la mano y vuelve a mirar el sobre con los papeles de licenciamiento. Quizás es un héroe, decide. Quizás se lesionó en la
guerra. Desde que su mamá se fue del pueblo, D. A. ha estado
buscando algo que hacer en los fines de semana. Ha estado buscando un proyecto y este hombre bien podría serlo. Quizás está
ahí para ayudarla a ser una niña buena, no de esas que enloque-
cen a su mamá al punto que se marcha del pueblo sin decirle a
nadie a dónde va o cuándo regresará. ¿Regresará Ginny antes
del espectáculo de fuegos artificiales del cuatro de julio? *Sí.*

⌐

Deja el primer regalo en una bolsa de papel marrón en la boca
del tubo de desagüe y regresa corriendo a su caja para esperar y
ver qué pasa. El hombre abre la bolsa con cuidado, como si es-
perara encontrarla llena de tarántulas o, al menos, encontrar un
par de tortas de vaca dentro. Cuando lo que saca es una lata de

maíz en crema, un paquete de goma de mascar y un crayón marrón con la punta bota, sonríe y mira a su alrededor. También hay una nota doblada en dos con los bordes pegajosos y manchados de caramelo y Debra Ann lo ve mover los labios mientras lee. *No te preocupes, te cuidaremos. Escribe lo que necesites & ponlo debajo de la piedra grande al lado de la cerca. No le digas a nadie. D. A. Pierce.*

Lo observa afilar el crayón marrón con la navaja y, más tarde, cuando el hombre toca a la puerta trasera del bar y entra, D. A. baja corriendo la rampa de cemento a buscar la nota. Lee: *sábana, olla, abrelatas, cerillas, grcs & que Dios te bendiga, Jesse Belden, SPC, Ejército de los Estados Unidos.*

El lunes después de Pascua, le lleva todo lo que necesita en una bolsa de papel de Piggly Wiggly. Dentro ha metido dos huevos duros, un pedazo de pan de maíz envuelto en papel de aluminio, una lasca de jamón y una cazuela a medio descongelar a la que le ha arrancado casi toda la etiqueta con el nombre de la señora Shepard. Lo único que se puede leer en la etiqueta es Cor-, que no es suficiente como para identificar a nadie en particular. También le trae dos tomates maduros y un puñado de conejitos de chocolate de la canasta de Pascua que su papá le dejó en la mesa de la cocina.

Mientras el hombre lee la nota, D. A. lo observa con alegría desde su escondite en el lote y mueve los labios al mismo tiempo que él. *Feliz día de Pascua, Jesse Belden, SPC, Ejército de Estados Unidos, eres un gran americano. ¿Te gusta la ocra con frijoles pintos? Sinceramente, D. A. Pierce.*

A principios de mayo, tres semanas después de la primera vez que lo vio, D. A. espera a que el hombre entre al tubo para bajar al canal con una bolsa de comida y dos latas de Dr Pepper. Alumbra dentro del tubo con la linterna. ¿Estás ahí? Su voz se pierde en la oscuridad. No le diré a nadie que estás aquí. ¿Necesitas ayuda?

Más adelante, cuando se conozcan un poco más, Jesse Belden le explicará que estaba descansando en el cemento expuesto, que estaba más fresco, contando su dinero y pensando cómo lograr que Boomer, el primo que dice que Jesse le debe dos meses de alquiler y alimentos, le devolviera su camioneta. Jesse le dirá a D. A. que se acuesta con la oreja buena pegada a la tierra —el mundo es mucho más silencioso así— y esa es la razón por la que D. A. estaba prácticamente encima de él cuando se vieron.

¡Vaya susto que nos pegamos los dos!, dice Jesse.

Por poco me meo. D. A. lo observa y espera que la regañe por decir una palabrota, cosa que no sucede. Jesse será un hombre, pero no actúa como tal. Tal vez sea un poco estúpido, piensa D. A., y seguramente ignora la forma en que la gente les habla a los niños. Jesse le dice que tiene los ojos resecos como el polvo sobre el que duerme todas las noches, resecos como la serpiente moribunda que el gato arrastró una mañana y dejó frente a la apertura del tubo de desagüe, pero cuando Debra Ann le apuntó al rostro con la linterna y le preguntó, ¿Qué necesitas?, se le llenaron de lágrimas. Y Jesse, que no había dicho más que «sí, señor» o «no, señor» en varios días, a quien todavía le dolían las costillas por el golpe que se dio en el aparcamiento cuando prácticamente le suplicaba a su primo que detuviera la camioneta, Jesse dijo, Quiero irme a casa.

D. A. no le dice que lleva semanas observándolo. Dice, Sí señor, y le promete que siempre se sentará a su derecha para que sus palabras lleguen a Jesse tan claras como los arroyuelos helados al este de Tennessee de los que le ha contado y donde vivía con su mamá y su hermana Nadine.

⌒

Él tiene veintidós años y ella diez y son delgados como ramas de ocotillo. Ambos tienen una pequeña cicatriz en el tobillo derecho: la de él por una infección que pilló en el sudeste de Asia, la de ella, por un petardo que explotó antes de que pudiera alejarse de él. Comen salchicha de Bolonia y observan al gato cazar las cáscaras de semillas de girasol que escupen en el cemento. Hablan de conseguirle un collar al gato para que, si se pierde, alguien pueda llamar a la casa de Debra Ann y decirle que vaya a buscarlo.

D. A. trae tabletas de chocolate que se le derriten en el bolsillo y lamen el líquido tibio directamente de la envoltura. Cuando ella le pregunta por qué trabaja en un bar de *strippers*, él se mira los pies, y el cuello se le pone color escarlata. Sin su camioneta no puede trabajar en el campo petrolífero. Ahora sólo me permiten fregar el suelo y sacar la basura, dice, pero antes trabajaba con mi primo limpiando tanques de agua salada.

No le dice que vino a Texas porque en Tennessee no hay trabajo y Boomer le juró que estaba ganando dinero a manos llenas. Tampoco le cuenta de la estancia de dos semanas en el hospital de veteranos en Big Springs donde durmió en una buena cama y le dieron buena comida y habló con un doctor que el último día acompañó a Jesse a su camioneta y le entregó un sobre y le dijo, Tienes veintidós años, hijo, y tienes suerte de haber regresado a casa en una sola pieza. No tienes nada que un poco de trabajo no pueda remediar. No le dice a D. A. que sintió a través de la camiseta el peso y la forma de la sortija de graduación del hombre. A qué distancia está Odessa, le preguntó Jesse, y el doctor apuntó hacia el oeste. A noventa y seis kilómetros y asegúrate de cerrar bien la camioneta por la noche, dijo, y Jesse deseó que ese hombre fuera su padre.

D. A. le dice que ayer fue a buscar al gato y vio el Lincoln de la señora Shepard aparcado en la entrada, lo que es raro porque últimamente la señora Shepard sólo conduce la camioneta de su difunto marido. Nadie contestó cuando tocó la puerta y Debra Ann supuso que estaría durmiendo la siesta, pero luego forzó la puerta del garaje para ver qué encontraba en el congelador y vio a la señora Shepard sentada dentro de la vieja camioneta del señor Potter con el motor encendido. ¿Qué hace aquí?, preguntó D. A. y la señora Shepard se quedó inmóvil unos segundos más y luego suspiró y dijo, Maldita sea, y apagó el motor. ¿Y tú qué haces aquí?

Estoy buscando un cuchillo afilado.

Corrine apuntó hacia la mesa de trabajo cubierta de herramientas de jardinería y polvo. Tráelo de vuelta cuando termines, dijo. No corras con él.

¿Ha visto al gato?

No, no he visto al jodido gato. ¿Podrías salir de mi garaje, por favor?

Jesse y Debra Ann mascan las hojas de San Agustín que D. A. arrancó del césped de la señora Ledbetter y guardó en bolsas plásticas. Se beben cuatro litros de jugo de naranja que uno de los *bartenders* le dio a Jesse. Juegan al póker con un paquete de cartas que D. A. se robó del cajón de la cocina de la señora Shepard. Jesse le muestra una bolsita de cuero llena de ágatas que encontró cerca del río Clinch, que está a tiro de piedra de la casa de su familia. Escoge las dos que más te gusten, dice. Dan buena suerte.

Antes de la guerra, le dice, oía tan bien que su tío decía que Jesse podía oír a un venado sacudirse una mosca del culo a cien metros de distancia. Podía oír a una garrapata desprenderse de la oreja de un perro y a un pez gato tirarse un pedo en el fondo de un estanque. No le dice que cuando regresó a casa luego de tres años en el extranjero se adentró un poco en el bosque y se quedó inmóvil, esperando. Y cuando por fin regresaron los sonidos —una rama que cayó al suelo partida por el viento, un ciervo de cola blanca en el bosque, un disparo de rifle al otro lado de la hondonada— no podía precisar si de verdad los oía o sólo los recordaba. El canto de las cigarras, el croar de las ranas en la quebrada, dos cuervos que atacaban a un azulejo que intentaba robarles los huevos, el zumbido de los mosquitos y las avispas, el chapoteo de una trucha cuando Jesse la sacó del río, tal vez oía todos esos sonidos cuando regresó de la guerra, tal vez sólo deseaba poder escucharlos.

D. A. le dice que siempre examina la taza del inodoro antes de sentarse porque ha escuchado historias de serpientes mocasines que trepan por las alcantarillas y se enroscan en el borde de la taza. Había una niña en Stanton que se sentó a orinar en mitad de la noche y una mocasín de agua de casi un metro y medio salió y la mordió justo en la panocha.

¿La panocha? Jesse se desternilla de la risa. Sip. D. A. ríe. Se le hinchó como una garrapata. Inhala profundo y se llena los carrillos de aire, luego se estira, pone al gato bocarriba y le acaricia el pelaje. Cuando palpa un bulto, le arranca una garrapata gris y gorda, del tamaño de su pulgar, repleta de sangre. Así, dice y le entierra la uña hasta que explota y se le llenan los dedos de sangre.

Le dice que le ha consultado a su oráculo y que su madre regresará para el espectáculo de fuegos artificiales del cuatro de julio. La próxima vez que venga, lo traerá para que él pueda preguntarle lo que quiera. ¿Boomer le devolverá la camioneta? ¿Regresará a casa a tiempo para pescar en el río Clinch antes de que haga demasiado frío y los peces dejen de picar? Le dice que va tan a menudo al bibliobús que las dos viejas que trabajan ahí, dos hermanas solteras de Austin, la han amenazado con ponerla en la nómina. Le permiten sacar tantos libros como quiera y, algunas mañanas, ya está sentada en las escaleras de metal destartaladas cuando las hermanas llegan en su Buick. A veces, dice Debra Ann, una de las hermanas le lanza las llaves y le permite abrir la puerta de entrada del vagón, luego Debra Ann se acuesta sobre la alfombra que huele a perro mojado frente al ventilador y lee todo el día.

Todos los libros tienen algo bueno, le dice a Jesse, porque está casi segura de que no sabe leer, al menos, no muy bien que digamos. Historias de amor y tragedias y personajes malvados, tramas densas como el lodo, gente y lugares que desearía conocer en la vida real y palabras cuya belleza y musicalidad la hacen llorar cuando las lee en voz alta.

Se pone de pie y se limpia la sangre de la garrapata de los *shorts*, estira los brazos por encima de la cabeza y recita las palabras más hermosas que ha leído. *Los grillos consideraban que era su deber advertir a todo el mundo que el tiempo estival no dura para siempre. Incluso en los días más bellos de todo el año, los días en que el verano se convierte en otoño, los grillos difundían el rumor de la tristeza y del cambio.* ¿Sabes?, le dice a Jesse, no puedo siquiera imaginar un otoño, pero supongo que puedo entender la tristeza y el cambio igual que cualquiera. Yo también, dice él.

✺

Cuando el año escolar termina a fines de mayo, lo visita todos los días, al menos por una hora antes de que entre a trabajar a las 4:30. Mientras el gato duerme la siesta sobre el morral del ejército de Jesse, se sientan uno al lado del otro en unas cajas de leche que D. A. encontró al lado del contenedor de basura detrás del 7-Eleven. El «porche», lo llama Jesse, y ella dice que es un gran porche, pero ya está tramando invitarlo a almorzar un día que la señora Ledbetter salga a hacer recados. Quiere mostrarle un porche de verdad, quiere que se siente en una silla de verdad en una cocina de verdad, para que vea lo que es posible.

D. A. trae dos tenedores y en menos de cinco minutos se comen la cazuela que le robó a la señora Shepard. Hasta las partes congeladas están ricas, dice Jesse. Saben a algo que alguien hizo con esmero y amor. Cuando terminan de comer, D. A. coloca una hoja de papel de libreta sobre la caja de cartón entre ellos. Le da un lápiz y por un instante se avergüenza al ver que la banda de metal al extremo del lápiz tiene marcas de dientes. Escribe aquí todo lo que necesites, dice ella. Te lo traeré si puedo.

¿Podrías escribirlo tú? Jesse le devuelve el papel y el lápiz. Estoy cansado.

Le vendría bien una sábana vieja. Ya hace demasiado calor para usar la manta que le trajo el mes pasado. Le encantaron los cigarrillos que le trajo, aunque no fuma delante de ella. Unos cuantos más le vendrían muy bien y tal vez un poco más de ese pan de maíz, si puede conseguirlo, y de esos frijoles pintos y *chow-chow*.

Bajas una comida así con un vaso de leche agria y te sientes como un rey.

¿Qué es lo mejor que has comido en la vida?, pregunta Debra Ann.

Carne asada con papas, quizás. Tal vez el filete que me dieron en la base la noche que regresé del extranjero.

¿Merienda favorita?

Las galletitas con chispas de chocolate que hace mi mamá.

Igual que yo, dice ella, y permanecen callados por un rato. D. A. mira el rostro de Jesse como intentando memorizarlo. Voy a traerte un cepillo de dientes, le dice, y Jesse sonríe. A la única persona que le importaba si se lavaba los dientes o no era a su sargento, y lo mortificaba constantemente. Ahora está en su casa en un lugar llamado Kalamazoo. Suena a un lugar inventado, dice D. A., y Jesse le dice que él pensó lo mismo, pero luego lo buscó en un atlas y ahí estaba, a menos de tres centímetros de Canadá.

Cuando suena la sirena de la planta a la hora del cierre, Jesse dice que tiene que ir a trabajar pronto, pero que le vendría bien un collar antipulgas para el gato, si consigue uno, y unas cuantas latas de atún. Otra cantimplora de agua y tal vez un poco de insecticida. Ella lo anota todo y, cuando ve un alacrán salir del tubo donde él pone la basura, Jesse va a aplastarlo con la bota. D. A. mira sus sandalias plásticas, el esmalte de uñas rosa pálido que dejó que Casey le pusiera y se imagina al alacrán escondido bajo una de las cintas, la cola en alto lista para clavarle el aguijón ardiente y doloroso. Piensa en lo agradable que es que alguien te salve de algo, aun cuando no necesitas que nadie te salve.

Puede pedalear todo Larkspur Lane, incluso la curva, sin tocar el manillar de la bicicleta ni una sola vez. Puede hacer veintiséis volteretas en menos de un minuto y colgarse de cabeza en las barras de los columpios hasta casi desmayarse. Puede pararse de manos treinta segundos, pararse de cabeza por un minuto y en un pie por diez. Hace una demostración de todo esto en el canal de desagüe. Puede meterse un dulce en el bolsillo en el 7-Eleven, sacar una cazuela de la casa de la señora Shepard en la mochila y, si la camiseta le queda lo suficientemente suelta, escuchar un sermón de la señora Ledbetter con una lata de chili escondida en la cintura de los *shorts*.

En cualquier otro año, en un año normal, se sentiría culpable de robar. Pero, desde que Ginny se marchó, Debra Ann ha reflexionado mucho sobre el significado de vivir una vida recta. Mantiene la cocina limpia y se asegura de que su papá descanse los domingos. Está pendiente de la señora Shepard y juega con Peter y Lily; sabe que son imaginarios y no le importa, tienen las orejas puntiagudas y alas que brillan bajo el sol y vienen volando desde Londres los días malos, cuando no puede dejar de arrancarse los pelos de las cejas y preguntarse dónde estará su mamá y por qué diablos se marchó. D. A. le ha dado muchas vueltas al asunto de los hurtos menores. Analiza las lecciones que aprendió en una semana de campamento cristiano el verano pasado y concluye que robar es mejor que permitir que un hombre carezca de alimentos o compañía.

Todas las tardes, cuando Jesse sale a trabajar, D. A. pasa en su bici frente a casa de Casey o de Lauralee, por si acaso están. Se va a casa y se sienta con las piernas cruzadas en el suelo del garaje a rebuscar en el viejo arcón de cedro de Ginny. Trata de escuchar el álbum de Joni Mitchell que encontró en la basura de la cocina, pero le recuerda los recorridos que hacía por West

Texas con Ginny para matar el tiempo y ver lo que hubiera que ver. Lee un artículo en *Life* sobre la celebración del bicentenario en Washington. Se come un pedazo de pan con mantequilla y azúcar y limpia con esmero el azúcar que cayó en la encimera. Hecho esto, camina hasta la casa de la señora Shepard con una lata de Dr Pepper y una bolsa de *chips* y cuando ve que la camioneta del señor Shepard no está, se arrastra hasta el seto de espino y se acuesta bajo la sombra punteada a pensar en Ginny hasta que las mejillas y el mentón se le embarran de polvo y lágrimas. Es un buen lugar para llorar, fresco y privado, sin testigos.

La gente envejece y muere. El señor Shepard estaba enfermo cuando tuvo el accidente de cacería, aunque no quisiera hablar de ello. Se le cayó el pelo y empezó a caminar con un bastón, se le olvidaban las cosas y, hacia el final, no siempre podía decir el nombre de Debra Ann. Todo el mundo lo sabía.

Los hombres siempre mueren en peleas, explosiones de tuberías o fugas de gas. Se caen de las torres de enfriamiento o intentan ser más veloces que los trenes o se emborrachan y se ponen a limpiar sus escopetas. Las mujeres mueren cuando les da cáncer o se casan mal o se montan en un auto con un desconocido. El papá de Casey Nunally murió en Vietnam cuando ella era sólo una bebé y Debra Ann ha visto las fotografías en el pasillo de la casa: una foto de escuela superior que le hicieron pocos meses antes de que se marchara al entrenamiento básico, una foto de boda cuando estuvo de licencia y, la favorita de las niñas, una foto instantánea que le hicieron en el aeropuerto de Dallas/Fort

Worth en la que está con su uniforme de servicio verde, que tiene un parcho cosido sobre la manga izquierda, cargando a su hijita y mirando hacia la cámara con una gran sonrisa llena de dientes.

Nunca lo conocí, dice Casey. Para ella, David Nunally es la bandera que la señora Nunally guarda doblada en el arcón de cedro. Es las tres medallas en una pequeña caja de madera forrada en satén púrpura y las paredes descascaradas de la casa. Es el trabajo de la señora Nunally en la bolera, el supermercado, la tienda por departamentos y sus plegarias en una docena de iglesias diferentes, a cual más estricta. Es Casey vestida con las mismas faldas largas que usan todas las mujeres y niñas adventistas, aun en verano, e ir a la iglesia los sábados en vez de los domingos. Es Casey que le dice a Debra Ann, Todo sería distinto si…

Cuando la gente muere hay pruebas y protocolos. El de la funeraria le puso a la abuela de Lauralee su peluca y su blusa favoritas. Intentó cubrirle el cáncer con una gruesa capa de polvos y le colocó las manos justo debajo del pecho, una mano pálida y arrugada sobre otra. Lauralee reportó que la mejilla de su abuela estaba fría y gomosa y ya Debra Ann le había tomado la mano a Casey para que la metiera en el ataúd cuando la señora Ledbetter agarró a ambas niñas por la parte blandita del brazo y las pellizcó con fuerza, se inclinó sobre Debra Ann y le susurró al oído, ¿Qué haces?

Pero Ginny Pierce no está muerta. Se marchó. Se marchó del pueblo, dejó una nota y casi toda su ropa, dejó a Debra Ann y a su papá. Por eso, la señora Shepard le da palmaditas en el brazo y se ofrece a cortarle el flequillo y la señora Nunally se muerde los labios y niega con la cabeza. Los domingos por la mañana, su papá prepara el desayuno. Los domingos por la tarde asan filetes y van al Baskin-Robbins. Cuando llegan a casa, su papá se sienta en el salón a escuchar discos o da un paseo por la manzana y se sienta en el jardín del señor Ledbetter a beber cerveza. Cuando Ginny regrese a casa, Debra Ann no quiere que la casa esté tan sucia que su mamá dé media vuelta y salga de nuevo por la puerta, de modo que la ordena mientras trata de ver cómo ayuda a Jesse a recuperar su camioneta. Le preocupa su papá, que no duerme lo suficiente, y la señora Shepard, que a veces simula no estar en casa, aun cuando Debra Ann se ha tumbado bocabajo en el porche y le grita, ¡Veo sus zapatillas por debajo de la puerta! Espera a que su mamá llame y salta cada vez que suena el teléfono, luego suspira cuando oye la voz de su papá al otro lado de la línea. Practica lo que le dirá a su madre cuando por fin llame. Mantendrá un tono de voz casual, como si Ginny estuviera llamando desde el mostrador de servicio al cliente en Strike-It-Rich para preguntar si quieren helado. Cuando llame, Debra Ann va a sonar amigable, pero no desesperada, y le hará la pregunta que lleva haciéndose desde el 15 de febrero cuando regresó temprano de las canchas de básquet y se encontró la nota de Ginny sujeta con un alfiler sobre su almohada. ¿Cuándo volverás a casa?

Ginny

DOMINGO 15 DE febrero en la mañana. Es un triste consuelo saber que no está sola. Muchas otras mujeres se han marchado antes que ella. Cuando se estaciona en el carril de bomberos frente a la escuela elemental Sam Houston con dos maletas y una caja de zapatos llena de retratos familiares en el maletero, Ginny Pierce ya conoce las historias de muchas de esas otras mujeres, las que huyeron. Pero Ginny no es de las que huyen. Regresará en un año, dos a lo sumo. Tan pronto como consiga trabajo y un apartamento y tenga un poco de dinero en el banco, regresará por su hija.

¿Por qué lloras, mamá?, pregunta Debra Ann y Ginny le dice, Es la alergia, cariño, y D. A. niega con la cabeza del mismo modo que lo hace todo, con vehemencia —Estamos en febrero, es demasiado temprano para alergias— como si eso lo aclarara todo. Y Ginny traga en seco. ¿Podrías venir acá un momento, cariño? ¿Me dejas que te vea la cara?

Su hija tiene casi diez años. Recordará este día: ambas sentadas en el asiento delantero del automóvil en el que solían escaparse, un Pontiac inestable y caprichoso que Ginny conduce desde que estaba en la escuela superior. D. A. recordará que su madre la jaló hacia ella hasta que quedaron sentadas hombro con hombro.

Ginny recordará que le apartó el pelo fino y marrón de los ojos a su hija, su olor a avena y jabón Ivory, la mancha de chocolate en el mentón por todos los dulces de San Valentín que se comió esa mañana y el brillo en las mejillas por el protector solar que le untó antes de salir de casa. Cuando se acerca a su hija para frotarle una mancha de crema en el mentón, le tiembla la mano y piensa, Llévatela. Haz que funcione, como sea. Pero Debra Ann se le escurre y dice, ¡Basta ya! Porque para ella es una mañana de domingo como cualquier otra y su madre le da la lata por las mismas tonterías de siempre. Para ella, hasta las lágrimas de Ginny son cosa de todos los días.

Cuando la puerta del automóvil se cierra de golpe casi le pilla un dedo a Ginny. Una mochila enganchada en un hombro, la pelota de básquet de D. A. rebota en el cemento y rueda hasta el patio de recreo polvoriento, una mano se alza casualmente, su hija se aleja del automóvil. Adiós, mamá. Adiós, Debra Ann.

⁓

A la abuela de Ginny nunca le interesó hablar de las mujeres que lograban escapar con vida, ¿pero las historias de las mujeres que murieron en el intento? Ésas brillan y perduran como si alguien se las hubiera grabado con un hierro caliente en la memoria a Ginny.

En la primavera de 1935, la esposa de un ganadero le sirvió el almuerzo a una docena de trabajadores y luego se ahorcó en el porche. Ni siquiera lavó los platos, decía la abuela, los dejó en el fregadero, se quitó el delantal y subió a ponerse su blusa favorita. Como si ésa fuera la historia, el fregadero lleno de platos. Esa tarde, un vaquero llegó a la casa a llenar el barril de agua y la encontró, una silla de la cocina tumbada en el porche, el viento mecía a la mujer en círculos, hacia delante y hacia atrás, un pie descalzo se asomaba bajo la falda. Les tomó dos días encontrar el zapato perdido, decía su abuela, y Ginny se imaginaba una zapatilla de cuero que voló hasta el jardín cubierta de arena.

Otra mujer dejó una nota que decía que tenía que ver algo verde, lo que fuera, un corno, una magnolia, un poco de pasto de San Agustín. Ensilló la mejor yegua de su esposo y la aguijó. Iban cruzando el desierto a toda velocidad cuando chocaron con una cerca de alambre de púas a este lado de Midland. Es fácil desorientarse por ahí, decía la abuela, si no sabes a dónde vas.

Ni las mujeres que obedecían las reglas se escapaban de las historias de la abuela. Se perdían en una cellisca o en el camino de la iglesia a la casa. Se quedaban sin comida y leña en medio de una tormenta de nieve. Enterraban a los bebés que habían sido arrastrados por el aire y golpeados contra la tierra por un tornado y a los niños que salían de la casa durante una tormenta de polvo y se asfixiaban con el polvo de sus propios jardines. A veces Ginny pensaba que su abuela no era capaz de contar una historia con un final feliz.

⌣

Al otro lado del parabrisas de Ginny, la I-20 se extiende como un cadáver. Arriba, el cielo se muestra pálido e imperturbable. Nada más que el camino abierto con el que siempre ha soñado, aunque en este momento apenas lo ve. Sintoniza la emisora de la universidad y la voz de Joni Mitchell llena el automóvil, dolorosamente hermosa, diáfana y certera como una campana de iglesia o un canto llano. Le resulta insoportable. No puede apagarla lo suficientemente aprisa. Ahora sólo escucha el ronroneo de la carretera y un crujir preocupante bajo el capó. Cuando pisa el acelerador y el ruido aumenta, aguanta la respiración y cruza los dedos.

En la salida hacia casa de Mary Rose Whitehead, Ginny pone el indicador, saca el pie del acelerador y considera tomar la curva. Se imagina conduciendo por el camino de tierra y tocando a la puerta de la mujer con la que una vez esperó frente a la escuela a que llegaran su abuela y la mamá de Mary Rose a recogerlas y llevarlas a casa para siempre.

Aún no había sonado la campana de salida y ya estaban en el aparcamiento, solas, los bolsos llenos con la ropa de gimnasia y el contenido de sus casilleros, ambas con la nariz roja e hinchada de llorar en la enfermería. Mary Rose hacía girar un pequeño candado de metal en la mano. Tenía diecisiete años y, desde hacía treinta minutos, estaba lo suficientemente preñada como para que alguien lo notara. Hasta ahora creía que faltaba una eternidad para empezar a vivir mi vida, dijo Mary Rose, pero ya no. ¿Sabes a lo que me refiero? Ginny, que apenas había cumplido quince años, movió la cabeza de lado a lado y fijó la mirada en el suelo. Intentó imaginar lo que diría su abuela de que Ginny hubiera cometido el mismo error que la hija que perdió en un accidente de automóvil una década antes.

Mary Rose se inclinó y se rascó el tobillo. Se enderezó, dio unos pasos atrás y arrojó el candado contra el costado de una camioneta. Las niñas lo vieron rebotar en la puerta sin dejar una marca. Pues bien, dijo Mary Rose, creo que estamos empezando a vivirla.

Sí que lo estábamos, piensa Ginny y pisa el acelerador hasta el fondo.

∾

Y aun después de todos los gritos y las lágrimas y las amenazas, el bebé nació perfecto. Ginny y Jim Pierce apenas podían creerlo. Miren lo que hicieron. Hicieron una persona. ¡Una hija! Entonces sacaron su biblia King James de una de las cajas de la mudanza y buscaron un nombre bonito y fuerte. Deborah, *¡Despierta, despierta y entona una canción!* Pero el secretario del condado escribió *Debra* y ellos no tenían los tres dólares para volver a someter el papeleo, de modo que se quedó

«Debra» y Jim se fue a trabajar al campo petrolífero mientras Ginny jugaba a ser mamá.

En las tardes, cuando su hija dormía la siesta, Ginny se sentaba en silencio a mirar revistas con fotografías de lugares que ni siquiera había oído mencionar. Ojeaba los libros de arte que encontraba en el bibliobús, llenos de fotos de murales y pinturas y esculturas. Pasaba las páginas despacio y se maravillaba de que hubiera gente que pudiera hacer cosas así y se preguntaba si los artistas alguna vez imaginaron que alguien como ella miraría su obra. Ginny ama a su hija, pero siente que está sentada en el fondo de un barril que se va llenando gota a gota.

Y es por esa razón —más que por los hombres que le gritan en la calle cada vez que sale del automóvil a echar combustible, más que por el viento incesante y la peste implacable a gas natural y petróleo crudo, incluso más que por la soledad, que a veces se hace más llevadera cuando Jim regresa de trabajar o Debra Ann se le sube en las piernas, aunque ya es demasiado mayor como para quedarse más de un minuto— que Ginny saca quinientos dólares de su cuenta conjunta y un atlas de carreteras del estante de libros de la familia y conduce en dirección contraria a West Texas como si su vida dependiera de ello.

⌒

Había un hombre que operaba una ganadería en las mismas tierras donde vivía con su esposa y sus tres hijos. Durante la sequía de 1934, el precio del ganado bajó a doce dólares la cabeza, lo que no daba ni para moverlas a los corrales del matadero de Fort Worth. Les disparaban en la frente, decía la abuela, a veces lo hacían los hombres del gobierno que venían a asegurarse de que los rancheros redujeran sus rebaños, pero casi siempre eran los propios ganaderos, a quienes no les parecía bien pedirle a un desconocido que les hiciera el trabajo sucio. Los hombres se quedaban frente a los cuerpos con los trapos impregnados de queroseno en las manos, esperando incómodamente, como si todo fuera a cambiar si esperaban unos minutos más, unos días, unas semanas. Pero siempre había un buey viejo que se resistía a morir, que berreaba y se tambaleaba disparo tras disparo en la piel endurecida, en el costado, en el corazón. Siempre había una vaca vieja que todos creían que estaba muerta y luego se levantaba y se ponía a deambular por el campo echando humo por los costados y arrastrando tras de sí la peste a pelo chamuscado. Todo eso, decía la abuela, y el viento que soplaba todo el día, todos los días.

Una mañana llegaron unos hombres de Austin y encontraron una pila de ganado que aún ardía en un campo abierto. El ranchero estaba muerto en el establo. Su esposa yacía a pocos metros con los dedos aún enroscados en la pistola y la puerta de la casa principal estaba abierta de par en par, el viento la batía con furia contra el marco. Los hombres encontraron a los niños encerrados en una habitación en la segunda planta, donde el mayor, un niño de siete años, les entregó un sobre con el monto de la tarifa del tren y un trozo de papel de un catálogo. Había una nota garabateada bajo el nombre y la dirección de una hermana en Ohio: Amo a mis hijos. Por favor, envíenlos a casa.

La abuela de Ginny era una vieja dentuda que creía en las llamas del infierno, en el trabajo y en que el castigo debía ajustarse al pecado. Si el diablo toca a tu puerta en mitad de la noche, le gustaba decir, probablemente estuviste coqueteando con él en el baile. Al decir esto último, aplaudía con fuerza dos veces sólo para asegurarse de que Ginny le prestaba atención.

Yo no voy, dijo el hijo mayor a los vaqueros. Me quedo aquí en Texas. Muy bien, dijo uno de los hombres. Puedes venir a vivir a casa.

Ahí tienes tu final feliz, Virginia.

⌒

Está a menos de setenta y cinco kilómetros de Odessa cuando el quejido bajo el capó de su automóvil se vuelve más agudo, más fuerte, un lamento constante que no disminuye ni cuando reduce la velocidad a ochenta kilómetros por hora, setenta, sesenta y cinco. Los remolques de dieciocho ruedas le pitan y le pasan por la derecha, el viento sacude su automóvil y lo empuja hacia el camellón. Y, entonces, el sonido cesa. El auto se sacude una vez más, como para librarse de los problemas y Ginny prosigue su camino a ochenta, noventa, cien kilómetros por hora.

El sol la mira con su rostro plano y displicente. A estas alturas, Debra Ann debe haberles ganado a todas las niñas del vecindario al básquet. O estará sentada en las gradas buscando el sándwich que Ginny le metió en la mochila. O irá de camino a casa, la pelota de básquet, un latido constante contra la acera. D. A. estará bien por un par de años. Tiene lo mejor de cada progenitor: un *quarterback* suplente y una chica que amaba a Joni Mitchell, dos jóvenes que apenas se conocían cuando les dio por beber más Jack Daniel's de la cuenta en el baile de exalumnos y condujeron a través del campo petrolífero durante la peor cellisca de 1966, una historia tan común como el polvo en un ventanal.

¿Qué clase de mujer abandona a su esposo y su hija? La que entiende que el hombre con el que comparte la cama no es, y nunca será, más que el chico que la preñó. La que no puede soportar la idea de tener que decirle a su hija algún día: Debes conformarte con esto. La que cree que regresará, tan pronto como consiga un lugar donde asentarse.

⁓

Pensándolo bien, ¿también las cantantes de música *country* y *western*, esas proveedoras de canciones tristes y baladas de crímenes donde a las mujeres descarriladas les dan su merecido? No les llevan ninguna ventaja a la abuela o a Ginny, por lo visto.

Corría el año 1958, y los padres de Ginny habían muerto hacía menos de un año. Por fin el *boom* empezaba a estabilizarse y había menos hombres desconocidos en el pueblo, menos *roughnecks* y peones, que venían a gastar la paga y armar líos, pero Ginny aún era lo suficientemente joven como para ir de la mano de su abuela sin motivo aparente, sólo porque sí. Se dirigían a la farmacia en su paseo semanal para recoger las medicinas de su abuelito, tal vez una gominola de regaliz para Ginny, y tomaron un atajo por el césped del ayuntamiento. El verano recién comenzaba, el viento había cesado por unos minutos y aquí y allá el sol les prodigaba el calor justo en los rostros. Se detuvieron a observar la luz a través de las hojas finas y diáfanas de los pacanos del pueblo y no fue hasta que casi tropiezan con ella que vieron a la mujer hecha un ovillo en la hierba, dormida como una serpiente cascabel.

Ginny lo recuerda así: reconoció en el aire el olor a orín y *whisky*. Miró fijamente los pies descalzos de la mujer. El esmalte rojo brillante de las uñas de los pies estaba descascarado y el dobladillo de la falda descansaba sobre un par de rodillas peladas. La clavícula huesuda subía y bajaba y una delgada cicatriz en el cuello le recordó a Ginny el mapa del estado que colgaba en la pared de su salón de primer grado. Había algo en esa larga marca que hacía que Ginny quisiera despertarla y decirle, Señora, tiene una cicatriz con la forma del río Sabine en el cuello. Es maravillosa. Pero la abuela de Ginny le apretó la mano con fuerza y, de un tirón, la apartó de la mujer, los labios arrugados y apretados. Vaya, dijo, a ésa sí que la han montado duro y sin descanso.

Durante días, Ginny hizo un gran esfuerzo por comprender el significado de esas palabras. A veces, se imaginaba a la mujer ensillada y sedienta, la falda arrugada bajo una manta de lana, los dientes un poco apretados y las gotas de sudor en la frente, como si algún ranchero viejo hubiera cabalgado sobre ella por el campo petrolífero. Otras, pensaba en el modo en que la mujer se había enroscado detrás del pacano y en sus uñas pintadas del mismo color exacto de la carretilla con que Ginny jugaba por el jardín. Su abuela la apartó de la mujer con la misma prisa que la sacó del establo de su abuelito el día que un toro empezó a montar a una vaca.

Y si la abuela no hubiera tenido las manos llenas, si no hubiera estado casi siempre hasta las narices de Ginny y del polvo y de tener que restregar el petróleo crudo de las camisas de su esposo, tal vez Ginny le habría preguntado por qué había dicho eso. Pero no lo hizo y de vez en cuando pensaba en esas rodillas peladas y en la cicatriz, que se parecía al río Sabine y se extendía, sinuosa, en el cuello de la mujer que dormía a la sombra de un pacano. La mujer le había parecido hermosa. Aún se lo parecía.

⁓

Unos kilómetros después de Slaughter Field, las grúas Derrick y las bombas de varilla dan paso al desierto. Al lado opuesto de Pecos, la carretera comienza a subir y bajar. El horizonte se torna escarpado y la tierra, rojiza y desigual. Qué solitario es este lugar. Qué encantador.

Ginny mantiene ambas manos en el volante, alterna la vista entre el reloj que marca la temperatura del automóvil y la carretera. Se detiene a echar combustible en Van Horn y se queda dentro del vehículo, asida al volante mientras el empleado llena el depósito y le limpia los cristales. Con un cigarrillo que le cuelga de los labios, revisa la presión de las ruedas y le pregunta si necesita algo más. Su overol es del mismo color gris que los ojos de Debra Ann y tiene un pequeño parcho ovalado de Gulf Oil cosido al bolsillo. No, gracias, dice y le da cinco dólares.

El hombre señala hacia el asiento trasero. Olvidó devolver el libro de la biblioteca antes de marcharse del pueblo. Ginny gira y ve *El arte de América* rodeado de envolturas de dulces y una de las pruebas de dictado de Debra Ann; las primeras dos palabras, «cancelado» y «traspasar», están mal escritas.

Al pasar por los corrales del matadero en las afueras de El Paso, sube bien los cristales. Cuando el hedor del gas metano se cuela por las ventanillas, le arden los ojos y la piel. Está a dieciséis kilómetros de la frontera de Nuevo México, lo más lejos de casa que ha estado en la vida.

༄

¡La belleza! La belleza no es para gente como nosotros, decía su abuela cuando Ginny intentaba explicarle por qué le gustaba sentarse a mirar fotografías en las tardes. Deberías prestarle atención a lo que te conviene, decía la vieja. Si lo que querías era pasarte la vida pensando en esas cosas, debiste pensarlo antes o haber nacido en otra parte. Y puede que sea verdad, pero le parece un precio muy alto que pagar. Y, tal vez, Ginny no está dispuesta a escoger —el mundo o su hija— porque está claro que no puede tener ambas cosas.

Cuando la correa del ventilador finalmente se rompe al otro lado de Las Cruces, el auto de Ginny se sacude hacia el camellón de la autopista. Se baja del auto y ve la luna salir sobre el desierto como una cornalina rota, y tales fueron su miedo y su angustia y su anhelo, que por muchos años no recordará al hombre que se detuvo detrás de su auto, las ruedas de la grúa moliendo el caliche en el camellón. No recordará las palabras pintadas en el costado de la grúa —*Garza & O'Brien, Remolque y Reparaciones*— ni que el hombre sacó su caja de herramientas y reemplazó la correa ahí mismo mientras ella miraba las estrellas recostada contra el maletero y lloraba en silencio. Tampoco recordará lo que le dijo el hombre cuando Ginny intentó darle unos dólares. Señorita, no puedo aceptar que me pague. Pues, le dijo en español, buena suerte.

Habrá visto dos mil quinientos kilómetros de cielo antes de detenerse. Flagstaff, Reno, una temporada breve y triste en Albuquerque, que trata de olvidar a como dé lugar. Semanas y meses durmiendo en el auto después de pasar el día limpiando casas o la noche sirviendo mesas. Conducirá a través del desierto de Sonora, con sus vaguadas y cañadas que desaparecen en gargantas de cañón, se sentará al borde de una pradera justo sobre el escarpe Mogollón, recién cubierto de nieve. La carretera que lleva lejos tiene tantas curvas cerradas, que Ginny debe detenerse, retroceder y esperar que nadie aparezca antes de poder doblar.

Habrá un bar en Reno donde todas las noches llega una vieja justo a las nueve y se queda hasta que cierran, el pintalabios cuarteado, las uñas color sangre, la misma sonrisa feroz, dura y sincera que Ginny ve en el espejo casi todas las mañanas. Todo le parece hermoso: el cielo y el mar, los adictos y las viejas, los músicos que tocan en la estación del metro, los museos al final del camino. Verá puentes cubiertos de neblina y bosques poblados y oscuros y repletos de aguas ocultas. Resulta que cada lugar tiene un cielo diferente y que buena parte de la tierra no es tan marrón y llana como Odessa, Texas. Tanta belleza verde y silvestre y, sin embargo, tiene un hueco en el corazón del tamaño del puño de una niña. Ginny conducirá ese Pontiac hasta que ya no dé para más y lo llorará cuando ya no esté. Nunca, piensa, amaré a un hombre como amé ese auto. Y cuando las personas que se cruce en el camino se pregunten quién es, cuando traten de conocerla —algunas la amarán y ella amará a algunas, pero nunca como a la hija que cada día está más alta, sin ella—, cuando le pregunten «cuál es tu historia» o «de dónde vienes», Ginny no sabrá qué decir. Siempre acabará por meter todas sus cosas en el auto y marcharse.

Mary Rose

ESTA NOCHE EL viento sopla como si tuviera que demostrar algo. Mi hija viene a mi habitación justo después de la medianoche porque ha tenido otra pesadilla y no dudo en hacerle un hueco en la cama y decirle, Aquí estás segura, estamos seguras aquí en el pueblo. Saco al bebé de la cuna y me lo llevo a la cama con nosotras, aunque eso signifique tener que volver a amamantarlo para que se quede dormido. En esta cama hay suficiente espacio para mis hijos y para mí. Tenemos todo lo que necesitamos.

Por suerte, ambos duermen profundamente cuando suena el teléfono. Lo contesto y escucho. Quiero reconocer sus voces en caso de que los oiga en la calle, en el supermercado o en el juicio. Sea un hombre o una mujer, una persona joven o mayor, todos dicen más o menos lo mismo. ¿Vas a defender a esa *spic*? ¿Vas a aceptar su palabra sobre la de él?

Cuanto más borrachos, más groseros. Soy una mentirosa y una traidora. Saben dónde vivo. Le arruinaré la vida a ese muchacho porque esa niña no pudo salirse con la suya. Testificaré contra uno de nuestros chicos a favor de esa puta o cualquier otra palabra sucia que se les ocurra. Llevo escuchando ese tipo de lenguaje toda la vida sin darle mucha importancia, pero ahora me lastima.

El que llama esta noche está bastante borracho. ¿Besas a tu madre con esa bocaza?, le pregunto cuando se calla un momento para respirar o beberse otro trago de cerveza. Luego cuelgo el teléfono. Cuando vuelve a sonar, estiro la mano por detrás de la mesita de noche y lo desconecto. En el radio-reloj, la hora brilla en rojo: una y treinta. Justo después de la hora de cierre.

Supongo que ya estoy despierta. Arropo bien a los niños y coloco una almohada entre el bebé y el borde de la cama. Las luces de la cocina y el salón ya están encendidas, pero enciendo las demás a mi paso: la habitación de Aimee, el baño, el armario del pasillo. La habitación del bebé la dejo oscura excepto por la lucecita de noche al lado del cambiador. En el salón, miro detrás de mis cortinas nuevas y reviso las puertas de cristal corredizas que dan al jardín trasero. Como la puerta de entrada no encaja bien en el marco, la reviso también. La semana pasada, me fui a la cama una noche creyendo que estaba cerrada con pestillo, pero a las dos de la mañana, cuando me levanté a orinar y mirar al bebé, la encontré abierta de par en par. Me pasé el resto de la noche sentada en la mesa de la cocina con una taza de café y con Old Lady a mis pies como un perro fiel. Ahora abro la puerta para asegurarme de que la luz del porche no se ha fundido y la cierro bien, paso el pestillo, giro la perilla y vuelvo a empezar.

El viento corre de una ventana a otra, un pequeño animal que se afila las garras en la tela metálica. Allá en el rancho, cuando oíamos un ruido como ése, pensábamos que tal vez era una zarigüeya o un armadillo. Aquí en el pueblo, podía ser una ardilla o el gato de algún vecino. De un tiempo a esta parte, el viento me hace pensar en animales que no se ven por aquí desde hace un siglo —lobos y panteras— o en tornados que amenazan con elevar a mis hijos por los aires hasta una altura imposible para luego arrojarlos contra la tierra. Sintonizo el informe del tiempo y me quedo en la cocina, me fumo un cigarrillo y me bebo una de las cervezas que Robert guarda en la casa. Ésas son mías, Mary Rose, diría él. Un hombre no *guarda* sus cosas en su propia casa. Al exhalar, me inclino sobre el fregadero y soplo el humo lentamente dentro del desagüe. Robert paga el alquiler, pero no considero que ésta sea su casa. Esta casa nos pertenece a mí y a mis hijos.

La semana pasada me pareció ver la camioneta de Dale Strickland aparcada en la calle y luego otra vez en el aparcamiento de Strike-It-Rich. Ayer lo vi parado en el jardín frente a la casa de la señora Shepard mirando hacia mi casa. Lo he visto en otros lugares también. Pero está en la cárcel. Llamo todas las mañanas y todas las tardes para asegurarme de que no haya escapado o que el juez no haya decidido ponerle una fianza.

También veo a Gloria Ramírez. Ayer por la mañana, cuando Suzanne Ledbetter tocó a la puerta con una bandeja de galletitas, me quedé inmóvil por un instante con la mano en la perilla pensando que podría ser Gloria, un despojo humano más que una niña. Ayer por la tarde, cuando la señora Shepard mandó a la hija de Ginny a mi casa con una cazuela —la tercera que envía la vieja en tres semanas y las echo directamente a la basura— me quedé parpadeando en la puerta unos segundos frente a la niña alta de cabellos oscuros que estaba en mi porche. Debra Ann es idéntica a su madre, alta, los hombros rectos, el pelo marrón oscuro y unos ojos grises penetrantes. Conozco a tu mamá de la escuela superior, dije. Me ayudó una vez que me estaba yendo mal. Tomé el plato, le di las gracias y cerré la puerta suavemente. Gloria podría ser cualquiera de nuestras hijas, pensé, y me senté ahí mismo en el pasillo y lloré hasta que Aimee vino y se colocó frente a mí. ¿Estás bien?, me preguntó. Y le contesté, claro que sí, porque es mi hija y es una niña. Preguntó si deberíamos llamar a su abuela, mi madre, para ver si podía venir a ayudarnos. Por supuesto que no, le dije. Abuela tiene las manos llenas. Le recordé a mis dos hermanos menores, que todavía viven en casa, y a mi papá, que trabaja despachando camiones de agua por todo West Texas y los tres hijos de mi hermano, que viven con los abuelos mientras él trabaja en una plataforma petrolera en América del Sur. Si llamamos a la abuela, digo, pensará que algo anda mal. Nosotras podemos hacernos cargo de nuestros asuntos.

¿Quién era esa niña que tocó a la puerta? Aimee había estado mirando desde la ventana de la cocina.

No lo sé, mentí. Una niñita del vecindario.

Parece de mi edad. ¿Es simpática?

No lo sé, Aimee. Lucía alta para su edad, corpulenta. No quiero que mi hija tenga amigos. Si tiene amigos, querrá corretear por todo el vecindario y no puedo permitirle salir. No le digo que Debra Ann Pierce es el vivo retrato de su mamá, una niña callada y pensativa que siempre tenía un libro en las manos. No le digo que no puedo reconciliar a esa adolescente que aguardó conmigo en el aparcamiento de la escuela con la mujer que había abandonado a su hija.

Aimee saltaba de un pie a otro, rebotaba como una pelota de tenis. ¿Puedo salir y ver si quiere montar bici conmigo?

Afuera. Le puse una mano en la cabeza a Aimee e hice un poco de presión para que dejara de saltar. Quizás en un mes, le dije. ¿Acaso no tenemos aquí todo lo que necesitamos?

Estoy aburrida, dijo, y le prometí que estaríamos listas para recibir invitados para su cumpleaños en agosto. Si te regalan esa escopeta de perdigones Daisy que has pedido, dije, quizás la niña quiera venir y podrán dispararles a unas latas en el jardín.

Pero, mamá, ¡todavía estamos en junio! Mi hija dijo esto como si me hubiera quedado viviendo en febrero, como si no supiera el día o el mes en que vivíamos.

Hay mucho tiempo para que conozcas a esas niñas, pero a ti y a mí —le apreté con ternura las mejillas suaves y pálidas y miré sus ojos azules— ¿cuánto tiempo nos queda juntas? ¡Vas a cumplir diez!

Voy a cumplir el primer número de dos dígitos, un número compuesto, dijo.

Y yo te protegeré, Aimee, dije. Te protegeré siempre.

¿Noche y día?

Tenemos un pequeño ritual desde que nos mudamos al pueblo. Yo digo, Te protegeré y Aimee dice ¿Noche y día? Pero esa tarde frunció el ceño como para protestar. Cuando el bebé empezó a lloriquear anunciando un buen berrinche, agradecí el pretexto para salir de la habitación.

Es el mismo llanto que escucho ahora, el llanto de cuando tiene hambre y, aunque me duelen los pechos cuando lo escucho, voy hacia él. En media hora estaremos todos dormidos, la boca del bebé aún chupándome el pezón, Aimee pegada contra mi espalda con los pies sobre mis tobillos y el brazo como si quisiera enroscárseme en el cuello. Sí, noche y día. Siempre.

El radio-reloj da las 5:30 cuando vuelvo a zafarme del bebé y me dirijo a la cocina. El sol saldrá en menos de una hora, de modo que puedo fumarme otro cigarrillo y esperar que el bebé no se despierte. En nuestra vieja casa, solía sentarme afuera y escuchar los movimientos de los animalitos entre los arbustos mientras el desierto se pintaba de rosa y naranja y oro. Una vez vi una pareja de correcaminos cazar y comerse una pequeña serpiente cascabel. Los ruidos de allá me parecían los verdaderos ruidos del mundo; así debía sonar el mundo. Eso creía hasta la mañana en que Gloria Ramírez tocó a mi puerta. Las bombas de varilla y los camiones cargados de tubos que pasaban por nuestra propiedad me molestaban menos que los ruidos del pueblo: los cláxones y los gritos, las sirenas y la música de los bares de Eighth Street.

En la lavadora, una tanda de toallas se ha abombado y la mesa de la cocina está cubierta de tijeras, crayones y trozos de cartulina, restos del proyecto de fin de curso de Aimee: un diorama de la masacre de Goliad. Recojo mientras se hace el café y, cuando me siento a la mesa, me acuerdo del cubo que recoge un goteo lento bajo el lavamanos del baño. Después de sacarlo y vaciarlo en la bañera, me detengo un instante. ¿Cuándo fue la última vez que me bañé o me maquillé en la mañana? Estoy abandonándome, diría mi madre, pero ¿para quién habría de acicalarme? A Aimee y al bebé no les importa y Robert todavía está tan enfadado conmigo por haberle abierto la puerta a esa niña y permitirle entrar en casa, que ni cuenta se da. Le echa la culpa de todos nuestros problemas.

En la iglesia donde me crie, nos enseñaron que el pecado, aun si sólo ocurre en nuestros corazones, nos condena igual. La gracia no se le puede garantizar a nadie, ni siquiera a una mayoría, y aunque salvarse signifique que tenemos más probabilidades de alcanzarla, siempre debemos procurar que el pecado alojado en nuestro corazón, cual bala que no se podría extraer sin matarnos, no sea un pecado mortal. La iglesia tampoco era muy misericordiosa que digamos. Cuando intentaba explicarle a Robert lo que sentía los días después del crimen, cuando le decía que había pecado contra esa niña, que la había traicionado en mi corazón, me decía que mi único pecado había sido abrir la puerta sin pensar antes en mis malditos hijos. El verdadero pecado, decía, estaba en la gente que les permitía a sus hijas estar en la calle toda la noche. Desde entonces, no soporto verlo.

El ayudante del *sheriff* arrestó a Strickland sin que opusiera resistencia. Cuando Aimee llamó al *sheriff*, le contó extensamente sobre la niña que estaba sentada frente a ella en la cocina y sobre el hombre que veía desde la ventana. ¿Dónde está el hombre ahora?, le preguntó el empleado y, cuando Aimee le dijo frente a la casa con mi mamá, vinieron a toda prisa. El asistente del *sheriff* fue hacia el joven y le puso el cañón de la pistola en el esternón. Hijo, dijo, no sé si eres estúpido o estás loco, pero quítate esa maldita sonrisita de la cara. Estás metido en un lío muy serio.

El ayudante tenía razón. El nuevo fiscal de distrito, Keith Taylor, le impuso cargos de agresión sexual grave e intento de homicidio. La secretaria del señor Taylor, Amelia, me llama cada cierto tiempo para decirme que el juicio se ha retrasado de nuevo o para preguntarme por Gloria. ¿La conocía de antes? ¿Qué le dijo? ¿Me sentí amenazada por Dale Strickland?

Entre en la casa y búsquela, me dijo. Hágalo en este instante. No despierte a su esposo que está durmiendo arriba, que en realidad no está durmiendo arriba, que ni siquiera está en casa. Entre, Mary Rose, agarre a esa niña por el brazo, haga que se ponga de pie y tráigamela.

Y yo iba a hacerlo.

Cuando amanece, recorro la casa y apago todas las luces. Robert hará un berrinche cuando vea la factura de la electricidad. No podemos darnos el lujo de alquilar una casa en el pueblo, dirá, sobre todo este año. Ya tenemos una casa. Sí, pero allá, digo, y tú mismo querías que nos mudáramos al pueblo antes de que ocurriera todo esto y entonces Robert me recordará que me encantaba aquella casa y que ahora no puede permitirse estar lejos de sus vacas. Cuando dejó a un hombre a cargo de ellas los tres días que me tomó dar a luz a nuestro hijo y recuperarme lo suficiente como para regresar a casa, el hombre se marchó a trabajar en el campo petrolífero. Los gusanos barrenadores se les metieron en las heridas abiertas a los animales, en las orejas, incluso en los genitales. Robert perdió cincuenta cabezas de ganado. Las ganancias de un año se fueron al carajo, dice con amargura cada vez que surge el tema, que es todos los domingos cuando viene al pueblo con una bolsa de dulces para Aimee y flores para mí.

Gracias, digo. Después de que las pongo en agua, nos quedamos cada uno en un extremo del salón, él pensando que he arruinado a nuestra familia y yo pensando que él hubiera preferido que dejara a esa niña sola en el porche mientras Aimee y yo permanecíamos al otro lado de una puerta cerrada con llave.

Los domingos Robert mira al bebé como quien acaba de comprar un toro en una subasta. Se coloca a mi hijo sobre las piernas unos segundos y se maravilla ante el tamaño de sus manos —manos de *quarterback*, dice— y me lo devuelve. En unos cuantos años, cuando sea lo suficientemente grande como para capturar una pelota de fútbol americano o lanzar una bala de heno desde la parte posterior de una camioneta o dispararles a las serpientes en el rancho, el niño le resultará más interesante. Hasta entonces, será todo mío.

Después de que los niños se duermen, le doy a Robert un par de cazuelas para la semana y se marcha directamente o peleamos y luego se marcha. Es un alivio escuchar cuando cierra la puerta de la camioneta y arranca el motor.

Estoy decidida a mantener a mis hijos seguros aquí en el pueblo, pero echo de menos el cielo y la tranquilidad. Casi desde el instante en que nos mudamos al pueblo, deseé irme. No de regreso al rancho, sino a un lugar tan tranquilo como lo era el rancho antes de los gusanos barrenadores y los campos petrolíferos, antes de que Dale Strickland se presentara a la puerta de mi casa y me convirtiera en una cobarde y una mentirosa.

En mis veintiséis años de vida, sólo he salido de Texas dos veces. La primera vez, Robert y yo condujimos hasta Ruidoso en nuestra luna de miel. Parece que fue hace tres vidas —yo tenía diecisiete años y estaba en el tercer mes de embarazo de Aimee— pero aún puedo cerrar los ojos y recordar el pico de Sierra Blanca, que se erigía sobre el pueblito. Aún puedo inhalar despacio y profundo y recordar los pinos, su aroma intenso y penetrante, que se volvía aún más fuerte cuando doblaba un puñado de agujas por la mitad y las apretaba en la mano.

Regresamos a casa al cabo de tres días, después de detenernos a ver Fort Stanton, y por primera vez en la vida noté cómo huele el aire de Odessa: una mezcla de olor a puesto de gasolina y bote de basura lleno de huevos podridos. Uno no lo siente cuando ha crecido aquí, supongo.

La única otra vez que olí esos árboles fue hace dos años cuando le dije a Robert que Aimee y yo iríamos en el auto hasta Carlsbad por tres días a ver a un primo segundo mayor, que él ni siquiera sabía que yo tenía. Al salir del pueblo, escuchamos por la radio la noticia de las nueve personas que murieron en Denver City por un escape de ácido sulfhídrico.

Qué es el ácido sulfhídrico, Aimee quiso saber y yo le dije que no tenía idea. ¿Quién es el Carnicero de Skid Row?, preguntó. ¿Qué es el Ejército Republicano Irlandés? Sintonicé la emisora de la universidad y escuchamos a Joe Ely y The Flatlanders. Cuando llegamos a Carlsbad, seguí conduciendo.

Aimee —vi por el espejo retrovisor una camioneta que nos había seguido a muy poca distancia los últimos ocho kilómetros y quité el pie del acelerador— ¿qué te parece si tú y yo vamos a Albuquerque?

Aimee levantó la vista de su Etch A Sketch y frunció el ceño. ¿Por qué?

No sé, ¿por ver algo diferente? He oído que hay un nuevo Holiday Inn en el centro y que tiene una piscina bajo techo y un salón de juegos con máquinas de pinball. Tal vez lleguemos hasta las montañas para ver los pinos Ponderosa.

¿Puedo comprar un *souvenir*?

Esta vez no habrá *souvenirs*, sólo recuerdos. La palabra se me atragantó y me acerqué lo más posible al arcén para darle paso a la camioneta. Cuando el hijo de puta por fin nos adelantó, se detuvo justo al lado nuestro, tocó el claxon y yo por poco me orino encima. Ocho años antes, le habría sacado el dedo. Ahora, con mi niña sentada a mi lado en el asiento delantero, apreté los dientes y sonreí.

A la gente que vive en Odessa le gusta decirles a los desconocidos que vivimos a trescientos kilómetros de cualquier lugar, pero Amarillo y Dallas están a al menos cuatrocientos ochenta kilómetros, El Paso está en otro huso horario y Houston y Austin podrían estar en otro planeta. «Cualquier lugar» es Lubbock; sin contratiempos, se puede llegar en dos horas en auto. Pero, si hay una tormenta de arena o un fuego o si uno se detiene a comer en el Dairy Queen de Seminole, puede tomar toda la tarde. ¿Y la distancia de Odessa a Albuquerque? Setecientos tres kilómetros, un poco más de siete horas si no te pillan en el control de velocidad que está en las afueras de Roswell.

Nos daba tiempo de comernos una hamburguesa con queso y darnos un chapuzón en la piscina antes de acostarnos. Mientras Aimee se bañaba, llamé a Robert para decirle que habíamos llegado sanas y salvas a Carlsbad y que mi primo estaba rebosante de energía. Resopló y gruñó algo sobre la dificultad de recalentar la cazuela de pollo a la King Ranch que le había dejado en la encimera de la cocina para que se descongelara. Cúbrelo con papel de aluminio, le dije, y métrelo al horno. Después de que colgamos, me senté en la cama y miré el auricular. Tenía diez semanas de embarazo y la mera idea de tener otro bebé me daba ganas de ahorcarme en el granero. Robert quería un varón, incluso dos, pero a mí me bastaba con Aimee. Había considerado tomar el examen para obtener mi título secundario, tal vez tomar algunas clases en el Odessa College.

A casi cinco kilómetros de nuestro hotel, en una calle de casas de adobe, en un edificio de ladrillos rojos con un muro de bloques de hormigón, tan soso que bien podría albergar desde un proveedor de rodamientos hasta una oficina de contadores, había una clínica femenina. La puerta de entrada era de cristal grueso y no tenía ventanas. El aparcamiento tenía capacidad para unos doce autos y camionetas y, detrás del edificio, totalmente expuesta al sol, había una mesa de picnic con dos bancos de madera y varios ceniceros desbordantes de colillas. Nos sentamos a la mesa y le expliqué a Aimee que tenía que esperar en la salita mientras yo hablaba con un hombre que nos iba a construir unos muebles para el porche, que fue el tema menos apasionante que se me ocurrió. Mi cita era a las diez, pero nos quedamos esperando bajo el sol hasta pasada la hora. No tenía la menor duda de lo que iba a hacer, pero me costaba levantarme de aquel banco. Mira esa camioneta con un gallo pintado en el costado, dije. ¿Hueles la carne que alguien está cocinando? ¿Eso que la viejita está paseando es un cerdito? Cuando Aimee dijo que tenía que orinar, entramos.

Esto es legal, me repetía una y otra vez, lo es desde hace casi dos años. Pero me costaba asimilarlo con un montón de mentiras, seiscientos kilómetros y la frontera de un estado a cuestas. Me acerqué a la ventanilla y hablé tan pausadamente como pude mientras pasaba los trescientos dólares que había sacado de mi cuenta de ahorros personal al otro lado del mostrador. Cualquiera diría que estaba comprando cocaína con tanto disimulo.

La recepcionista sonrió y metió el dinero en un cajón. Me pasó una tablilla con sujetapapeles y miró a Aimee por encima de mi hombro. Señora Whitehead, ¿quién la llevará a casa después del procedimiento?

Nadie, dije. Yo misma.

Necesita a alguien que la lleve a casa. ¿Tiene a alguien?

Vine desde Texas.

Oh, ya veo. Hizo una pausa y empezó a morderse una uña. ¿Va a pasar la noche en el pueblo?

Estamos en el Holiday Inn, dije sin alzar la voz.

¿El nuevo que está en el centro? Sonrió más calmada y yo asentí.

Muy bien, dijo. Algunas mujeres intentan conducir hasta su casa y eso puede causar complicaciones. Usted tiene suerte, dijo. Tomará unas dos horas.

¡Dos horas! Miré a mi hija, que estaba sentada en una silla con una bolsa de papas fritas y su libro de Nancy Drew. La mujer se inclinó por encima del mostrador y me tocó la mano. Esto pasa siempre. La cuidaremos.

Me quedé ahí de pie pestañeando y tratando de enfocarme en la mano de la mujer. Tenía las uñas pintadas de rosa y llevaba una alianza de oro sencilla en el anular izquierdo. Gracias, dije. Se llama Aimee.

A mi hija, le lancé una gran sonrisa. Regreso en un momentín.

No se preocupe, dijo la mujer mientras yo entraba por una puerta batiente y casi tropiezo con una mujer, una paciente, que estaba al otro lado. ¡Lo vamos a pasar muy bien! Quieres que te traiga un Dr Pepper muy frío, le preguntó a mi hija.

Sí, señora, dijo Aimee. Que te diviertas con el señor de los muebles, mamá.

De regreso al Holiday Inn, nos detuvimos en Whataburger. Aimee veía los dibujos animados en la televisión mientras yo vomitaba en el baño y esperaba a que se me pasaran los calambres. Esa hamburguesa no me cayó bien, dije cuando tocó a la puerta del baño. Dame unos minutos.

Esa tarde, Aimee nadó y jugó en las máquinas de *pinball* mientras yo descansaba en un sillón y me bebía un par de *salty dogs*. A la mañana siguiente, muy temprano, nos dirigimos a la sierra de Sandía para oler los pinos. Piñón, pícea, abeto, junípero. Cerré los ojos y nos imaginé viviendo en una cabañita de madera en lo profundo de un bosque lleno de criaturas sin intención ni malicia, un lugar donde una podría lastimarse, pero no porque nada tuviera la intención de lastimarla.

Entre las paradas en los puestos de gasolina que tuve que hacer cada hora para cambiarme las compresas —y dos veces más para que Aimee pudiera vomitar parte de los dulces que le permití comerse en el hotel— llegamos a casa cerca de la medianoche. A mi hija le dije: Jamás te pediré que le ocultes nada a papá a no ser que sea verdaderamente importante y esto es verdaderamente importante. A mi esposo le dije: Tengo infección vaginal. No me toques por unos días. Al cabo de cuatro meses estaba embarazada de nuevo y, esta vez, sin apenas dar crédito a mi propia estupidez, decidí tener el bebé.

Cuando era niña, el tiempo parecía volar. En el verano me montaba en mi bici después de desayunar y en un dos por tres era hora de cenar. Ahora miro el reloj de la cocina y me cuesta creer lo temprano que es. No son ni las once de la mañana y ya he alimentado al bebé tres veces desde que se despertó a las seis. Me duele un poco el pecho derecho y, cuando me toco el pezón, lo siento duro y caliente. Mientras el bebé juega tranquilamente en su cuna, Aimee brinca en la cama y grita, Estoy aburrida, noche y día. ¡Estoy aburrida!

Es el tercer día de las vacaciones de verano.

Cuando suena el teléfono, me sobresalto, pero no es más que la secretaria de Keith Taylor. La madre de Gloria ha tenido un problema, me dice, pero esperan que Gloria aún pueda testificar. Cuando le pregunto cuál es el problema, no me dice. Cuando le pregunto si puedo ver a Gloria, tal vez hablar con ella, preguntarle cómo está, Amelia se queda callada. ¿Cómo estás, Mary Rose?

Oh, estoy bien, digo alegremente. ¡No se preocupe por mí!

Quiero decirle que mis hijos están seguros en el pueblo, en esta casa. A todas horas del día y la noche recibo llamadas de hombres, de algunas mujeres también, pero todas esas cosas feas que dicen son un reflejo de ellos, no de mí. Tengo mi vieja escopeta en casa y una pistola nueva en la guantera del auto. En cambio, agradezco a la buena señora la llamada y me despido.

En el suelo frente a la lavadora, la ropa sucia se reproduce como conejos. Se nos han acabado la leche y los huevos y le he prometido a la Asociación de Damas de nuestra nueva iglesia que iré a la reunión de esta tarde. El bebé grita como si lo hubiera picado una avispa y, luego, como si hubieran ensayado, Aimee se cae de la cama y se golpea la cabeza con el ropero. Se escucha un alarido proveniente de la habitación. Ya se le está haciendo un chichón en la frente, pero lo que más le molesta es que no la deje salir de casa sola, ni por un instante.

En las semanas justo después de que Dale Strickland violó a Gloria Ramírez, la gente se reunía en centros comunitarios, bares y salas de descanso. Salían al jardín y conversaban en las góndolas del supermercado. Celebraban juicios en el aparcamiento de la cafetería y distraían a los devotos del fútbol americano en el campo de práctica. Yo lo escuchaba todo. Del resto me enteraba por la radio o el periódico.

La mamá y el papá de Strickland están en su hogar en Magnolia, Arkansas, y si una fuera a darle crédito al periódico local y a los residentes más elocuentes del pueblo, es un buen muchacho. Según el pastor Rob en su transmisión dominical, no ha recibido siquiera una multa por conducir a exceso de velocidad. Nadie recuerda cuándo fue la última vez que faltó a una práctica de fútbol o a la iglesia y siempre ha sido respetuoso al cien por cien con las chicas del pueblo. Su padre, un pastor pentecostal, envió a la oficina del fiscal de distrito cartas y testimonios de miembros de su congregación que daban fe del buen carácter de su hijo. Se rumoraba que Keith Taylor había tenido que llevar una mesa adicional a su oficina, sólo para tener dónde ponerlas todas.

Un editorial señaló que, la noche en cuestión, el acusado llevaba dos días sin dormir y había ingerido unas tabletas de anfetaminas que le dio su jefe, una práctica común en los campos petrolíferos y, aunque nadie justificaba el uso de drogas —la gente aún hablaba de la hija de Art Linkletter— el ritmo del trabajo en el campo petrolífero a veces obligaba a los hombres a extralimitarse de formas poco saludables. Los hombres allí luchan, señalaba el autor del editorial, luchan por extraer ese petróleo de la tierra antes de que la tierra se desplome alrededor del pozo, luchan contra los precios de la OPEP y los árabes.

En cierto sentido, podría decirse que luchan por los Estados Unidos.

Al cabo de una semana, se publicaron dos cartas al editor sobre el tema. El reverendo Paul Donnelly de la Primera Iglesia Metodista y su esposa escribieron sobre la tristeza y el disgusto que sentían ante la forma en que se estaba manejando el asunto, tanto en la prensa como en el pueblo. Nos rogaban que nos comportáramos mejor y preguntaban, ¿Cómo actuarían si hubiera sido su hija?

En la segunda carta, un ciudadano de bien nos recordaba a todos que la alegada víctima era una joven mexicana de catorce años, que estaba sola en el Sonic un sábado por la noche. Había testigos que juraban que la habían visto subirse a la camioneta del muchacho por su propia voluntad. Nadie le puso una pistola en la cabeza. Debemos pensar en eso, escribió la persona, antes de arruinarle la vida a un muchacho. Es inocente hasta que se demuestre lo contrario. Al llegar a esa parte, lancé el periódico hasta el otro extremo de la cocina, un gesto que no me satisfizo en lo más mínimo porque las páginas apenas volaron unos centímetros antes de caer sobre el suelo de linóleo con un leve crujido.

Unas semanas después de mudarnos al pueblo, ya fuera en el aparcamiento de la cafetería Furr's, al teléfono con la escuela de Aimee o en la fila del DMV donde fui a cambiar la dirección en mi carné de conducir, me hallaba diciendo, ¿Disculpe? O, lo siento, pero eso no es cierto. La esposa de Bobby Ray Price quiso conversar sobre lo que llamó «este asunto desagradable» mientras esperábamos en la fila para pagar en el Piggly Wiggly. Aimee gimoteaba porque quería un caramelo nuevo que, decía, le explotaría en la boca. Escuché a la señora Price hablar por unos segundos y moví la cabeza de lado a lado. Mentira, pensé. Pero no dije nada.

Ya al mediodía, le he puesto hielo en el chichón a Aimee y hemos salido un momento a tomar el fresco. Mientras paseo por el jardín con el bebé dormido en los brazos, Aimee se escapa de la casa y se pone a dibujar números en la acera con un trozo de tiza. El bebé suspira y me da puñitos en el pecho derecho, pero siento un dolor súbito y agudo, de modo que me lo paso al otro lado y agradezco que se tranquilice y vuelva a quedarse dormido. Primero vemos a Suzanne Ledbetter. Lleva puestas unas sandalias blancas y unos *shorts* del mismo color que le caen a mitad del muslo. Una camisa blanca sin mangas acentúa el color rojo de su pelo y muestra sus hombros pálidos y pecosos; de uno de ellos cuelga un bolso. Parece que se ha duchado esta mañana, pienso con tristeza. Cuando Suzanne nos ve a Aimee y a mí, saluda con la mano y le da unos golpecitos al bolso. ¡Ding Dong, Avon llama!

La señora Nunally aparca su viejo Chevy y se une a nosotras. Según el trabajo que esté realizando, la señora Nunally suele llevar un guardapolvo o un delantal sobre la ropa, pero hoy lleva una falda larga negra y una blusa verde claro de mangas largas que le cubren hasta las delgadas muñecas. Lleva una chapa con su nombre justo encima del pecho izquierdo. Va de camino a la tienda por departamentos Beall's donde trabaja dos tardes a la semana. La señora Shepard me dijo que la señora Nunally dejó de maquillarse cuando se volvió adventista, pero hoy lleva un lápiz labial rosa pálido y sombra de ojos a juego con la blusa.

Mírate, le dice Suzanne. Estás guapísima.

Por Dios, dice la señora Nunally, mírale las manos a ese bebé. Será jugador de fútbol. Las dos mujeres se inclinan sobre el bebé unos segundos y le hacen ojitos y le tiran besitos. Suzanne me lo arrebata de las manos y lo abraza contra su pecho. Con los ojos cerrados, lo mece hacia delante y hacia atrás por unos segundos antes de devolvérmelo con ternura. Pienso en el pezón que me quema y las noches sin dormir y, por un instante, considero devolvérselo. Espere un momento, me gustaría decirle, en lo que busco el bolso de los pañales.

¿Dónde está Lauralee? Aimee gime desde la acera donde ha pintado una rayuela con poco entusiasmo.

Clases de natación, dice Suzanne. La recogeré en un rato para llevarla a las clases de baile.

La señora Shepard está en su jardín con la manguera sin abrir.

¿Ella está bien?, le pregunto a la señora Nunally.

Suzanne se inclina hacia delante y baja la voz. Oí decir que Potter se suicidó.

¿Qué?, digo. No, por Dios. Fue un accidente de cacería. El bebé suspira dormido y me busca el pecho, pero el dolor me irradia del pezón al brazo y me lo paso al otro lado.

Potter jamás cazó en su vida, dice Suzanne. Ese hombre no podía dispararle a un animal, aunque estuviera muriéndose de hambre.

La señora Nunally se muerde los labios y frunce el ceño levemente. Espero que no sea verdad, dice, por el bien de ambos.

Cuando la señora Shepard cruza la calle con su jarra llena de té helado, la hija de Ginny aparece por detrás de un largo seto que se extiende a lo largo de la casa de la señora Shepard.

Debra Ann y Aimee se quedan de pie en el jardín y se examinan durante uno o dos minutos, luego Debra Ann, que se ha rascado una picada de mosquito hasta sacarse sangre en el brazo, le pregunta a Aimee si quiere montar en bicicleta con ella. No, digo, Quédense aquí en el jardín, por favor.

Por Dios, dice la señora Shepard. No les va a pasar nada.

No, digo secamente. La señora Shepard sorbe un largo trago de té helado y chasquea los labios.

Ya les he dado las gracias a Suzanne por la cazuela y a la señora Nunally por el bizcocho de limón. Ahora le doy las gracias a la señora Shepard por la suya, que, al echarla a la basura, noté que aún tenía una pegatina con el nombre de Suzanne.

Oh, es un placer, cariño. Señoras, nos dice, conozco a una jovencita que está buscando trabajo de niñera. Busca en uno de sus bolsillos, saca tres trozos de papel y nos da uno a cada una. Aquí está su número de teléfono. Karla Sibley. La recomiendo mucho.

Suzanne mira el trozo de papel y frunce el ceño. ¿Y de dónde conoces a esta jovencita?

De la iglesia, dice la señora Shepard sin titubear.

¿Oh?, dice Suzanne. ¿Has regresado a la iglesia, Corrine?

¡Por supuesto, Suzanne! Ha sido un gran consuelo desde el accidente de Potter.

Ya veo. Suzanne entorna los ojos y se pasa el bolso al otro hombro. Pues en Crescent Park Baptist todos rezamos por ti.

Dios los bendiga, dice la señora Shepard.

La señora Nunally frunce el ceño y se dirige a Suzanne. ¿Cómo te sientes?

Perdí el embarazo, dice y se sonroja. ¡Pero estoy bien! Lo intentaremos de nuevo en unos meses.

Oh, no, dice la señora Nunally.

Tienes mucho tiempo por delante, dice la señora Shepard. Sólo tienes veintiséis años.

Gracias, Corrine, pero tengo treinta y cuatro.

¿En serio? Porque parece que acabas de cumplir veintiséis —la señora Shepard hace una pausa y mira a la señora Nunally— ¿les molesta si fumo?

Lo lamento, le digo a Suzanne.

No te preocupes, dice. Tengo una hija hermosa, talentosa e inteligente. ¡Y mira lo que tengo aquí! Busca en su bolso y saca un puñado de muestras de Avon —perfume, crema facial, sombra de ojos y hasta unos pintalabios chiquititos— y nos los entrega.

La señora Shepard le da las suyas a la señora Nunally sin mirarlas y saca un cigarrillo del bolsillo de su camisa. Cuando exhala, el olor cálido y robusto del humo me da ganas de arrancarle el cigarrillo de los dedos y fumármelo hasta el cabo.

¿Sigues preparándote para el juicio?, me pregunta.

Sí. Me paso al bebé al otro brazo y miro hacia Aimee. Debra Ann y ella conversan apasionadamente bajo el árbol muerto y, de vez en cuando, miran hacia nosotras.

Suzanne se inclina hacia delante un poco y sacude el humo del cigarrillo. He oído que el tío de la niña está intentando chantajear a la familia del señor Strickland.

Eso es una calumnia, digo antes de poder contenerme. Es terrible que alguien pueda decir eso.

No dije que fuera cierto, nos recuerda Suzanne. Ya saben cómo se riegan los rumores.

¡Por supuesto que lo sabemos! La señora Shepard suelta una carcajada como un bocinazo, exagerada y desentonada, que me recuerda las grullas que dejé atrás en el rancho. Levanta las cejas que, por suerte recordó pintarse esta mañana y da varios pasos hacia atrás para alejarse del grupo y exhalar el humo del cigarrillo lejos del bebé.

Sin duda suena a difamación, dice la señora Shepard, pero ¿qué se puede esperar de una partida de mojigatos?

Suzanne levanta el labio superior y aspira un poco de aire. Hablas por ti, Corrine, porque yo no soy una mojigata, pero... Se detiene un momento y mira al grupo en busca de aprobación, Suzanne Ledbetter no es ninguna mojigata. Pero la señora Shepard y yo permanecemos calladas y la señora Nunally se dirige a su auto diciendo, Muy buenas tardes, señoras. Suzanne se excusa y comienza a caminar despacio, como si anduviera perdida, calle abajo.

Al llegar a su casa, hace mil aspavientos cuando mira en el buzón y arranca un par de dientes de león que han tenido la osadía de instalarse en su San Agustín. Por último, agarra la escoba que está en el porche y se pone a limpiar la acera.

La señora Shepard, quien al parecer no tiene a dónde ir ni nada mejor que hacer, me observa acariciar con la nariz a mi hijo. Es lo suficientemente nuevo como para que me entren ganas de olfatearlo de vez en cuando, sólo para saber que es mío.

Un bebé nuevo, dice la señora Shepard. Lo único que huele mejor es un Lincoln Continental nuevo. ¿Me permites que lo huela un poquito? Extiende hacia atrás la mano con la que sujeta el cigarrillo, se inclina hacia delante y huele a mi hijo. Chica, dice, no echo de menos los pañales sucios, y desde luego que no echo de menos las noches sin dormir, pero sí echo de menos ese olor.

Le arremeto la sábana por debajo del mentón al bebé y la miro. Tenía que haber visto a Gloria Ramírez. Le dio una paliza que por poco la mata. El bebé da un salto dormido, abre y cierra la boca. Me acerco y bajo la voz. Señora Shepard, parecía que un animal la había atacado.

Llámame Corrine, por favor.

Corrine, digo, Dale Strickland no es más que un cerdo salvaje. De hecho, peor. No pueden controlarse. Me gustaría que lo condenaran a la silla eléctrica, de verdad que sí.

Corrine deja caer la colilla del cigarrillo en la acera y la patea hacia el bordillo. Ambas observamos el humo elevarse mientras enciende otro de una vez y piensa en lo que va a decir. Sonríe y le hace cosquillas al bebé en el mentón. Lo sé, cariño. Esperemos que les toque un juez medianamente decente. ¿Vas a testificar?

Sí. Estoy ansiosa por contarles lo que vi.

Muy bien. Es todo lo que puedes hacer. Déjame preguntarte algo, Mary Rose. ¿Estás durmiendo lo suficiente?

Alejo la cabeza del bebé, lista para decirle que estoy bien, que mis hijos están bien, que no necesitamos nada de nadie, pero Corrine me observa como un crupier en una mesa de juego.

Podría decirle la verdad, que algunas noches sueño que Gloria toca a mi puerta de nuevo, pero no le abro. Me quedo en la cama y me cubro la cabeza con las almohadas mientras los golpes en la puerta suenan más y más fuerte y, cuando ya no aguanto más, salgo de la cama y recorro el pasillo de mi nueva casa. Cuando abro la pesada puerta, mi Aimee está en el porche, golpeada y desgarrada, los pies descalzos y ensangrentados. Mamá, grita, ¿por qué no me ayudaste?

Podría contarle de las llamadas telefónicas que recibo casi desde el día en que la telefónica conectó nuestra nueva línea y podría decirle que algunas noches no puedo distinguir entre el cansancio y el miedo.

Sin embargo, digo, estoy bien. Gracias por preguntar.

Corrine hurga en la cajetilla para sacar otro cigarrillo, el tercero, pero, al ver que está vacía, la estruja y se la mete en el bolsillo del pantalón. Juraría que tenía por lo menos media cajetilla de cigarrillos, dice. Desde que murió Potter, no recuerdo nada, carajo. La semana pasada perdí una manta. ¡Una manta! Mira melancólicamente hacia la puerta de su garaje.

Bueno, debo mover el surtidor de agua y prepárame otro té helado. Hoy llegaremos a los treinta y ocho grados. ¡En junio!

Ya ha desaparecido dentro de la casa cuando me doy cuenta de que ha dejado a Debra Ann Pierce en mi jardín. Me quedo observando a las niñas que, de vez en cuando me miran, hacen una mueca y luego me ignoran por completo. Cuando el bebé se despierta, hago que todo el mundo entre en la casa y cierro la puerta con pestillo. Mientras las niñas juegan en la habitación de Aimee, trato de amamantarlo. El pecho derecho me quema y siento un nudo al lado del pezón, lo que sugiere un conducto infectado. Cuando el bebé se me pega al pecho, el dolor me recorre todo el torso.

Para cuando estamos listas para ir a la reunión de la Asociación de Damas, ya el termómetro marca treinta y dos grados. Aimee se enfada porque he enviado a su nueva amiga a su casa. Se sienta en el asiento delantero y patea la guantera y juega con la rejilla del acondicionador de aire mientras el bebé lloriquea entre nosotras.

¿Te divertiste con Debra Ann?, pregunto.

Estuvo bien, dice mientras patea y patea y patea.

Basta ya, Aimee. ¿Tienen muchas cosas en común?

Supongo, dice. Tiene un montón de amigos, pero creo que casi todos son imaginarios.

Ésta es la segunda vez que voy a una reunión de la Asociación de Damas. Cuando nos mudamos al pueblo, decidí que era mejor abandonar nuestra emisora de radio bautista y asistir a una iglesia de verdad. Tal vez nos haga bien pertenecer a algo y Aimee ya ha empezado a hablar de salvarse. Sin embargo, la reunión de hoy es un espanto. El ventilador sopla en vano y el calor no hace más que exacerbar la quemazón que siento en el pecho. Cuando llegamos, algunas damas hablan de pedirles a los esposos que lleven cajas de ropa de verano a las familias que viven en las afueras del pueblo, en los campamentos de los campos petrolíferos que han aparecido de la noche a la mañana.

Esos campamentos son horribles, nos dice la señora de Robert Perry. Hay basura por todas partes y la mayoría no tiene ni agua corriente —hace una pausa y baja la voz— y están llenos de mexicanos.

Un murmullo de aprobación recorre el salón. Es terrible cómo se comportan, dice alguien, y otra nos recuerda que no son todos, sólo algunos, y yo me quedo sentada boquiabierta. Como si nunca en la vida hubiera oído ese tipo de comentarios, como si no hubiera crecido escuchándoselos a mi papá en la mesa, a mis tías y mis tíos en la cena de Acción de Gracias, a mi propio esposo. Pero ahora pienso en Gloria y en su familia y me irrita, como una herida abierta que no puedo dejar de rascarme.

Aimee y el bebé están al otro lado del pasillo en la guardería de la iglesia. Esto es una iglesia, me dije cuando la jovencita dio un gritito y me arrancó al bebé de los brazos. No les pasará nada aquí. Cierro los ojos y me presiono la frente con la mano. Creo que tengo un poco de fiebre. En el lado derecho, desde la axila hasta las costillas, siento como si alguien me estuviera quemando con una antorcha.

Mary Rose, ¿estás bien? Barbie, la esposa de B. D. Hendrix, está de pie al lado de mi silla. Me pone una mano sobre el hombro.

Alguien dice que probablemente estoy agotada y otra mujer menciona el terrible asunto de la muchacha Ramírez y vuelve a escucharse un murmullo de aprobación. Es una lástima. ¿Cómo dormirá la mamá del señor Strickland por las noches? Debe estar preocupadísima por su niño y todo por un malentendido.

No fue un malentendido, digo. Fue una violación y estoy harta de que todo el mundo trate de hacerlo ver de otro modo. Me callo y paseo la vista por el salón comunitario. Hace un calor infernal. Varias señoras que han estado abanicándose con su copia del acta ahora están inmóviles en el borde de sus sillas plegadizas como esperando una revelación, y yo lo tomo como una señal de que debo continuar hablando. En pocas horas, reconoceré que fue un grave error, pero no lo vi en ese momento.

Porque pueden llamar brisita a una tormenta de arena todo lo que quieran, les digo, y pueden llamar veranillo a una sequía, pero, a fin de cuentas, la casa quedará hecha un desastre y se perderán los tomates. Mi voz se tensa y, para mi espanto, los ojos se me han llenado de lágrimas. No voy a llorar delante de estas buenas señoras. Aún podría callarme y todo estará bien, con el tiempo, más o menos.

Yo la vi, les digo. Vi lo que él le hizo.

Con tu permiso, Mary Rose —la voz llega desde donde está el enfriador— sé lo que crees haber visto, pero hasta donde tengo entendido, estamos en los Estados Unidos de América donde un hombre es inocente hasta que se pruebe lo contario.

Un murmullo recorre el salón, mentiras piadosas que pasan de una buena mujer a otra. Si bien tienen razón respecto a los derechos constitucionales de Strickland, tal parece que ya han sentenciado a la niña. Con su permiso, por favor, digo y salgo hacia el baño de damas.

Al cabo de un rato envían a la tesorera, la señora L. D. Cowden a ver cómo estoy. La señora Cowden es un miembro sénior que alega que su abuela sembró la primera hilera de pacanos en el pueblo en 1881, el mismo año en que cinco ferrocarrileros chinos murieron en una explosión cerca de Penwell. Una tormenta partió por la mitad todos los árboles jóvenes. La historia es una mentira descarada. Todo el mundo sabe que fue la abuelita de la señora Shepard, Viola Tillman, quien sembró esos árboles, pero nadie quiere admitirlo. A Corrine le pidieron que renunciara a su membresía hace seis años, me contó Suzanne, después de una escaramuza con Barbie Hendrix. Todo pudo haberse perdonado, al menos, tolerado, dadas las raíces profundas de Corrine en la comunidad, pero luego dejó de ir a peinarse los jueves por la tarde. Estoy harta de todo esto, les dijo a las buenas mujeres de la Asociación. De ahora en adelante, yo sola me las arreglaré para llegar a Jesús, carajo.

La señora Cowden me encuentra en el baño de damas que está al lado del salón comunitario, doblada sobre el lavamanos y aguantando las ganas de llorar. Se asoma en silencio a la puerta del baño mientras me echo agua tibia en el rostro y me digo a mí misma. Qué grandísima *mier...* Qué farsa. No lo puedo creer.

¿Quiere que le traiga un vaso de té helado?, dice la señora Cowden.

No, gracias.

Oiga, dice, la gente sabe lo que esa jovencita anda diciendo que ocurrió allí. No necesitamos que se nos recuerde constantemente. Y esa palabra es tan fea.

Cierro el grifo y la encaro. ¿Se refiere a violación?

Se estremece. Sí, señora.

Cuando me fui de parto prematuramente, sin haber terminado de desempacar la mudanza y con Robert perdiendo la razón porque se le había perdido un toro, Grace Cowden me trajo comida para una semana y una pila de cómics de *Archie* para Aimee. Jamás le ha dicho una palabra desagradable a otra persona, que yo sepa. Le extiendo la mano. Lo siento, Grace.

Me toma la mano y se la lleva al corazón. Yo también lo siento, Mary Rose. Ríe suavemente. Han sido unos meses terribles. El hijo de un predicador está en la cárcel del pueblo. Ginny Pierce abandona a su familia y sabe Dios por dónde anda. Tú con tu recién nacido y un juicio por delante. Y este calor, tenaz como una serpiente.

Me sujeta la mano mientras se pregunta en voz alta si el juez me permitiría simplemente escribir una carta o algo así. Sería menos incómodo para mi familia y para mí. Además —se me acerca— Lou Connelly se enteró de que deportaron a la madre de la niña y que habían enviado a la niña a Laredo con su familia. Vaya uno a saber, es probable que ni siquiera regrese para el juicio. A menos que haya algo de dinero en juego.

Suavemente aparto la mano del corazón de Grace y me vuelvo hacia el lavamanos, acciono el grifo con los dedos mientras ella continúa la perorata. En cuanto a la Asociación de Damas, dice, se supone que estas reuniones son para divertirnos. Nadie viene a estas reuniones para sentirse mal.

La señora Cowden dice que ella y otras señoras se han preguntado si no preferiría dejar de venir a las reuniones por un tiempito, sólo hasta que las aguas se calmen y esta situación tan fea sea cosa del pasado. Sólo hasta que me sienta un poco mejor.

Sí, pienso, la Mary Rose de antes. Sostengo los dedos bajo el grifo unos segundos y veo el agua correr sobre mi piel, siento el olor a azufre y polvo que sube por el desagüe. Esa mañana, frente a mi porche, cuando ya lo habían esposado y metido en el asiento trasero del sedán del asistente del *sheriff*, uno de los paramédicos, un joven de ojos color arena, me presionó con los dedos el nudo que tenía en la nuca. El otro me dio un vaso de agua con hielo que olía a frío y azufre. Qué diablos pasó, ambos querían saber. Y yo sacudí la cabeza de lado a lado. La sacudí y la sacudí, pero no podía hallar las palabras. Los paramédicos me dijeron que no podían lograr que las niñas les abrieran la puerta y, cuando por fin abrieron, Gloria no permitía que ninguno se le acercara. Me bebí el vaso de agua y los dos hombres esperaron fuera mientras yo entraba y humedecía un trapo y se lo colocaba con suavidad en la mejilla a la niña.

Vas a estar bien, le dije, mientras mi hija observaba en silencio desde una esquina de la habitación. Todo va a estar bien, dije de nuevo y esta vez me aseguré de mirar a ambas. Seguí limpiándole el rostro a la niña y diciéndole que todo iba a estar bien, que todas íbamos a estar bien.

Allá, el agua del grifo sale helada, aun en el verano, pero aquí en el pueblo, sale tibia, sin la suciedad y la tierra del agua de pozo. Agua limpia, un nuevo comienzo, borrón y cuenta nueva. La niña no había llorado, ni una vez, pero cuando los paramédicos intentaron que subiera a la ambulancia, cuando uno de ellos le tocó la espalda baja, chilló como si estuvieran apuñalándola. Casi hubiera sido mejor ponerla de pie sobre un tronco y rajarla a lo largo. Peleó y pateó y gritó que quería a su mamá. Corrió y se abrazó a mí como si estuviera atrapada en un tornado y yo fuera el único poste que quedara en pie. Pero, ya en ese momento, estaba agotada y asustada y di media vuelta. La niña trataba de agarrarme y yo di media vuelta y me metí en la casa y cerré la puerta. Desde dentro oí a los hombres agarrarla y forzarla a subir en la ambulancia y cerrar la puerta.

Y ahora, aquí en el pueblo, la gente trata de pintar a esa niña como una mentirosa, una chantajista, una puta. Perdona nuestras ofensas, de acuerdo. Ahueco las manos y dejo que el agua se me acumule en las palmas. ¿Cuál será mi lugar aquí en Odessa? ¿Cómo serán mis días de ahora en adelante? ¿En quién me convertiré? ¿En la Mary Rose de siempre? ¿En Grace Cowden? Sonrío sin ganas y cuando el agua comienza a escapárseme entre los dedos, los aprieto un poco más. Si me apresuro, puedo beber del cuenco que forman mis manos, y lo hago. Al sorber hago mucho ruido, el agua me corre por el mentón mientras Grace hace ruiditos con la garganta. Vuelvo a inclinarme hacia delante y dejo que las manos se me llenen de agua otra vez. Tal vez la mejor parte del valor es la prudencia. Pero tal vez no. Y sabiendo que le he fallado a la hija de otra mujer de todas las maneras que realmente importan, lo único que quiero en este momento es ser una persona de valor.

¿Y en qué consistirá mi gran acto de valor?

En esto: cuando la estimada señora L. D. Cowden empieza a decirme que debo descansar más y quizás combinar la lactancia con fórmula de bebé, saco la cabeza del lavamanos y, con las manos ahuecadas, le echo el agua en la cara.

Grace se queda inmóvil. Por fin no tiene nada que decir. Al cabo de unos segundos, levanta la mano para secarse el agua de la frente y luego la sacude en el suelo. Vaya, dice. Eso fue una grosería.

Váyase al infierno, le digo. ¿Por qué no se va a preparar las cajas que le darán a esa pobre gente que no pueden dejar de juzgar?

Podría tener a los dos niños enfermos en casa y la alacena vacía y Robert se quejaría de tener que abandonar el rancho. Pero en el instante en que se entera de lo sucedido, viene al pueblo. Cierro los ojos y no me cuesta imaginar cuando el teléfono suena en la cocina del rancho. Robert está de pie y sujeta una salchicha de Bolonia en la mano mientras una mujer o su esposo expresan su enorme preocupación por mi bienestar. Después de que los niños se han acostado, me sigue de habitación en habitación rugiendo mientras recojo los libros y los juguetes de Aimee. Los pechos me escuecen como si alguien me los estuviera quemando con una antorcha. Lucho contra la urgencia de quitarme el sujetador de lactancia y tirarlo en medio de la alfombra del salón.

No puedes siquiera intentarlo, Mary Rose, dice él. Todos los días me esfuerzo por evitar que lo perdamos todo, la tierra por la que mi familia ha trabajado durante los últimos ochenta años. Me sigue hasta la cocina y me observa sacar una bolsa de papel y llenarla de latas de comida para que se las lleve a la finca. ¿Crees que le haces un favor a nuestra familia si te conviertes en la loca del pueblo?

Me arrodillo y me quedo mirando un estante lleno de alimentos enlatados e intento sumar y restar. Juraría que aún tenía dos latas de chili Hormel y una lata de maíz.

La bota de Robert está justo al lado de mi pierna, tan cerca que puedo sentir el olor a mierda de vaca impregnado en el cuero. En las últimas cuarenta y ocho horas ha perdido más de una docena de vacas a causa de las moscas azules. A las que no murieron, las tuvo que matar y, como las moscas azules ponen los huevos en los animales muertos, tuvo que mover los cadáveres con una excavadora, hacer una pila y rociarla con keroseno.

Pongo los platos de la cena en el fregadero y abro el agua caliente. ¿Qué quieres que te diga, Robert? La gente de este pueblo parece decidida a creer que todo este asunto es una especie de malentendido, una riña de novios.

¿Y cómo sabes que no lo fue?

Meto las manos dentro del fregadero lleno de agua lo más caliente que puedo soportar. La tufarada de lejía es tan intensa que pienso que he medido mal y, cuando saco las manos del agua, están rojas.

¿Me estás jodiendo, Robert? ¿No escuchaste lo que contaron de las heridas que le hallaron? Tuvieron que sacarle el bazo, por el amor de Dios. Es más, ¿escuchaste lo que yo misma te conté?

Sí, Mary Rose. Lo escuché las treinta veces que lo contaste.

Me aprieto las manos en la toalla de la cocina para aliviarme la quemadura. Toda la cocina huele a lejía. Intento mantener la serenidad cuando le hablo a mi esposo. Robert, Gloria Ramírez tiene catorce años. ¿Y si hubiera sido Aimee?

No compares a esa muchacha con mi hija, dice.

¿Y por qué diablos no?

Porque no es lo mismo, ahora casi grita. Sabes cómo son esas jovencitas.

Agarro una pila de platos que siguen en el escurridor desde ayer y los pongo sobre la encimera con tanta fuerza que las puertas de los gabinetes se estremecen. No, le digo. Y cierra esa maldita boca.

Robert se muerde los labios. Entorna los ojos y cuando cierra la mano en un puño, abro las cortinas de la cocina de un tirón y busco mi cucharón de madera. Si vamos a golpearnos, quiero ser quien dé el primer golpe. Y puede que quiera testigos también.

Perdóname, Mary Rose, dice, pero creo que no voy a quedarme callado.

Todavía está con la cantaleta cuando suena el teléfono. Déjalo, le digo, hay un vendedor que no para de llamar. El teléfono suena y suena, deja de sonar por unos segundos y vuelve a sonar. Robert se pone de pie y me mira como si me hubiera vuelto loca. Déjalo, le grito cuando se dirige al teléfono. Es un maldito vendedor.

Cuando el teléfono para de sonar, pregunta por cuánto tiempo voy a tener a Aimee bajo arresto domiciliario y le miento diciendo que tiene un montón de amigos nuevos aquí en Larkspur Lane.

Cuando se desliza hasta mi lado y me pregunta si no lo echo de menos ni un poquito, me agarro el pecho y le cuento del conducto infectado.

Bingo.

He visto a mi esposo meterle el brazo hasta el codo a una vaca parturienta para enderezarle un ternero que viene de nalgas y luego echarse a llorar cuando ni la vaca ni el ternero sobreviven la noche, pero basta que le mencionen el pezón infectado de su esposa para que salga disparado por la puerta.

Se lleva las latas de comida y una de las cazuelas congeladas de Suzanne y toca el claxon brevemente al salir para que me entere de que se va en serio. Me tomo unas aspirinas y le echo más agua al fregadero. Al otro lado de la calle, Corrine Shepard está sentada en su porche. Saco la mano del agua jabonosa y la levanto hacia la ventana; ella levanta la suya, sujeta el cigarrillo descuidadamente, la cereza incandescente baila alegremente en la noche. Hola, Mary Rose.

Cuando el teléfono empieza a sonar de nuevo, tengo que recurrir a toda mi fuerza de voluntad para no arrancarlo de cuajo. Ven cuando quieras, hijo de puta, me dan ganas de decirle. Estaré en el porche con mi Winchester, esperándote.

Glory

A LAS SEIS de la mañana Alma ya está cansada, como siempre, luego de pasarse la noche limpiando las oficinas administrativas y el departamento de seguridad, la unión crediticia y los salones de descanso, los baños donde los hombres a veces mean el suelo al lado del inodoro y los botes de basura desbordantes de comida dañada y latas vacías de solvente limpiador en aerosol. Pero hoy es viernes y Alma y las otras seis mujeres del equipo de limpieza esperan con ansias su paga —dinero para el alquiler y los alimentos, dinero para todas esas cositas que su hija siempre necesita, dinero para enviar a casa y, si sobra algo, dinero para comprarse alguna una tontería: crema de manos, un rosario nuevo, una barra de chocolate— y quizás por eso se sienten menos cansadas que de costumbre.

La furgoneta de la patrulla fronteriza está aparcada frente al portón principal, la puerta corrediza está abierta esperándolas y, porque son todas mujeres, la más joven apenas una adolescente, y la mayor de casi sesenta con media docena de nietos, y porque los cuatro agentes que esperan al lado del vehículo son más grandes y fuertes que ellas, y porque llevan el arma de servicio de forma prominente en la cadera derecha, la detención se realiza sin mayores complicaciones. Las soltarán al otro lado del puente Zaragoza antes de que Alma pueda llamar a su hermano y contarle del dinero que tiene escondido en el armario de su habitación, antes de que pueda agarrar una botella de agua o un segundo par de zapatos para el largo trayecto hasta Puerto Ángel, antes de que pueda despedirse de Glory. Alma dice el nombre de su hija de forma extraña. Glory, el nombre en que insiste su hija. Glory, el latido extra que ha sido cercenado. Lo echa de menos.

La noticia se riega rápidamente en la comunidad gracias a la señora Domínguez, que había regresado a buscar su abrigo en uno de los salones de descanso y vio desde una ventana cómo se llevaban a las demás mujeres. Cuando partió la furgoneta, permaneció ahí casi una hora, como si le hubieran clavado los pies al suelo, y luego se escurrió sin hacer ruido por el portón principal en el cambio de turno. Durante meses la gente comentará la triste bendición de que a Lucha Domínguez se le olvidara el abrigo, una chaqueta de punto de algodón que lleva consigo incluso en la primavera y el verano, no sólo porque es friolenta, sino porque el color añil del tejido le recuerda el cielo nocturno de su hogar en Oaxaca. De otro modo, esposos e hijos y hermanas no sabrían por varias semanas lo que les ocurrió verdaderamente a Alma Ramírez y Mary Vázquez,

Juanita González, Celia Muñoz y una niña de dieciséis años que había comenzado a trabajar en el equipo hacía menos de una semana y que las demás mujeres sólo conocían como «Ninfa», de Taxco, en el estado de Guerrero.

⌒

Tres días después de la redada, Víctor toca a la puerta del apartamento de Alma. No te preocupes, no estoy sacrificando una habitación en el Ritz, le dice a su sobrina al tiempo que coloca dos bultos y una bolsa de comestibles sobre la alfombra. En la barraca del campamento de hombres en Big Lake hay un grifo que gotea y unos grillos tan grandes que parecen jalapeños. Sostiene en el aire ambos dedos índices y los separa poco a poco, tres centímetros, cinco centímetros, para mostrarle cuán grandes son y luego mira el apartamento con admiración, como si no cenara allí dos veces por semana desde que llegó de la guerra. Como si no viera las paredes descascaradas y manchadas o la alfombra que se riza en los bordes o las persianas tan viejas que, si Glory no las abriera y cerrara con cuidado, se romperían. Como si aquí el grifo no goteara también, una gota constante que apesta a huevo podrido en el verano. Como si aquí los grillos no se escondieran también entre las paredes.

Los grillos, había dicho Alma en español hacía unas semanas y Glory puso los ojos en blanco. Por Dios, ¿tan difícil es decir la palabra *cricket*? Ay mija, no maldigas el nombre del Señor.

Habla en inglés, dijo Glory. Actúa como si fueras de aquí por una vez en la vida.

Glory observa a su tío buscar el resto de sus pertenencias en la acera y llevarlas hasta el sofá cama donde duerme ella. Coloca sobre el sofá un tercer bulto y una pequeña caja de madera que contiene dos libros, una bolsa de papas fritas, una caja de cereal, un galón de leche y dos paquetes de seis Coors Light. Este lugar es más agradable que el mío, dice, tiene aparcamiento bajo techo. Mi El Camino estará a salvo del granizo, ¿eh, Gloria?

Glory se tapa las orejas con las manos y camina de espaldas hacia la habitación de su madre. Cuando se lo recuerda a su tío, la mira, inexpresivo. Llámenme como quieran, les suplicó a su madre y a su tío, incluso al fiscal de distrito la vez que la entrevistó, pero no así.

¿Por qué no, mija?, dice Víctor. Es tu nombre. Porque cada vez que lo escucho, quiere gritarle a su tío, escucho su voz.

Apenas han dado las cuatro de la tarde y el complejo de apartamentos canta y suspira con el ruido de los niños que regresan a casa de las guarderías y el campamento cristiano. Las madres y las hermanas mayores les gritan para que se apresuren y las ayuden con las tareas de la casa. Los ventiladores de caja zumban en las ventanas abiertas y soplan aire caliente en el pequeño patio. Las rancheras suenan por todo el aparcamiento y Glory vuelve a luchar contra el impulso de correr a la habitación de su madre, meterse en la cama y taparse las orejas con todas las almohadas para aislarse del mundo. Allá en el campo petrolífero él puso su música a todo dar y se detenía para cambiar de una emisora de música *country* y *western* a otra; una de las veces sintonizó un programa nocturno de punk en la emisora de la universidad que tanto le gustaba a Glory. ¿Y por qué no habría de tocar la música a todo volumen? ¿Quién la escucharía ahí? Nadie vendrá a ayudarte, le dijo, y tenía razón.

Glory sigue en la habitación de su madre cuando el administrador de la propiedad, el señor Navarro, toca a la puerta. No pueden quedarse aquí, le dice a Víctor. El señor Navarro se enteró de la redada en la planta y no quiere ilegales en el complejo. Víctor le dice al hombre que su sobrina, Glory, nació aquí mismo en Odessa, en el centro médico.

¿Y tú?, dice el hombre en español.

Víctor le contesta en español, de modo que Glory no entiende. Aquí en Texas, su madre le ha dicho siempre, el español es la lengua de los conserjes y empleados domésticos, no de su hija, y los niños que hablan español en la escuela terminan castigados después de clases o incluso peor. Al igual que su sobrina, él también es americano, le dice al hombre. Se ganó la ciudadanía sirviendo en dos misiones en Vietnam, cabrón.

Unos minutos más tarde, su tío toca a la puerta de la habitación y dice que va a buscar otro lugar donde vivir, un lugar mejor. Así que empieza a empacar, Glory.

No les toma mucho tiempo recoger sus vidas. Hace cuatro años, Glory y Alma llegaron al apartamento amueblado con tres maletas y una caja de leche llena de utensilios de cocina. Ahora Glory pone su ropa en una maleta y la de Alma en otra. Dobla la colcha de su madre, quita las sábanas de la cama y las empaca junto con las almohadas y su cuchillo en la tercera maleta. Hay una caja de cigarros hecha de madera con un olor leve a cedro, que contiene las fotos de la familia en Oaxaca. Donde las playas de arena son blancas como la sal, dice el tío, y el huachinango sabe a mantequilla. Glory mete la caja dentro de la maleta de la madre, entre un pantalón vaquero azul y su blusa favorita.

En la cocina, abre el gabinete que está al lado de la estufa. Dentro de la caja de leche van a parar la olla de Alma, sus cucharas y tazas de café, los platos descascarados que consiguió en la tienda de la iglesia y el cucharón de madera con el que cruzó la frontera hace dieciocho años. Ese cucharón revolvió muchos frijoles y guisos cuando Alma compartía un apartamento de una habitación con media docena de mujeres que trabajaban para enviar dinero a sus hogares. De pequeña, Glory sintió alguna vez el cucharón en las nalgas y, cuando cumplió diez años, Alma lo lanzó por los aires en la cocina y le pidió a Glory que, de una vez y por todas, dejara de preguntar por el padre que nunca había conocido. ¿Dónde está?, preguntó Glory. ¿Pues, quién sabe? Tal vez en California, tal vez muerto. ¿Y a mí qué me importa?

Y varios años después, cuando Glory era más alta y más fuerte que su madre, y Alma sospechaba que estaba faltando a clases, le apuntó a la cabeza con el cucharón y le dijo a Víctor que le tradujera mientras le suplicaba a su hija que usara el cerebro que Dios le había dado para hacer algo más en la vida que robar cervezas en Pinkie's Liquor Store y plantarse en el hoyo de búfalos. Es ese mismo cucharón el que ahora manda a Glory a llorar a la mesita de la cocina, donde se sienta con las piernas cruzadas y se frota las cicatrices color rojo brillante en los pies y se pregunta cuánto tiempo le tomará a Alma hacerse del dinero, el valor y la oportunidad de cruzar el río.

⌒

Hay treinta y seis habitaciones en el Motel Jeronimo, un motel en forma de U, cerca de la intersección de Pearl y Petroleum, a menos de un kilómetro y medio de la refinería. En una noche calurosa, si vuelan un fusible por encender el acondiciona-dor de aire al mismo tiempo que la hornilla y el televisor, los huéspedes podrían salir de su habitación, reclinarse sobre la baranda de hierro y ver las llamas color azul-naranja de las antorchas. No es que haga mucho más fresco ahí afuera, pero casi siempre la brisa sopla en esa dirección.

En un espacio frente a la piscina, Víctor aparca su El Camino —«El Tiburón», lo llama— largo y blanco. Pues puedes pasarte el día entero flotando ahí, le dice a su sobrina, que está inclinada sobre la puerta del pasajero con la mejilla apretada contra el vidrio caliente. Han dado las diez y el aparcamiento ya está lleno de camiones de diésel, camionetas y un puñado de sedanes y rancheras. Una caravana pequeña ocupa dos espacios de apar-camiento al otro lado de la piscina, la luz amarilla del porche se refleja en el agua. Una mujer nada en la piscina y su cabeza y sus manos irradian una pequeña ola. Cuando llega a la mitad de la piscina, da una vuelta de espaldas y se queda flotando en la oscuridad, su cuerpo expuesto al aire, el pelo amarillo ondula como un montón de anguilas alrededor de su rostro. La mujer lleva un pantalón vaquero cortado y una camiseta, Glory la ve ahora, sus enormes brazos y piernas brillan en la oscuridad como dientes de tiburón.

Luego de ayudar a Glory a subir sus cosas a la segunda planta, Víctor le da una llave en un llavero plástico con la silueta de Texas. Lo mejor de este lugar es que es tan barato que Glory puede tener su propia habitación. En el Motel Dixie que está en la autopista Andrews, las habitaciones cuestan el doble. Víctor le da la habitación 15. Tiene sentido porque cumplirá quince este otoño. Este año pasará, mi vida, le dice, y pronto te sentirás mejor. Esto no es tu vida.

La habitación 15 huele a cigarrillo y a grasa, pero en la alfombra se ven las marcas de la aspiradora acabada de pasar y el baño huele a Pine-Sol de limón. Hay un televisor sobre una cómoda color marrón, casi tan larga como la habitación, y la cama doble tiene una colcha de poliéster color zanahoria. Mientras Víctor busca la máquina de Coca-Cola, Glory deshace la cama y vuelve a hacerla con las sábanas de Alma, que huelen a esencia floral, y la colcha que su madre compró el otoño pasado después de trabajar algunos turnos extra. La colcha está cubierta de altramuces azules, la flor oficial de Texas, que Alma dice que es su favorita, aunque nunca en la vida ha visto una de verdad. El otoño pasado Víctor les prometió a Alma y a Glory que las llevaría a Country Hill en abril para que Alma le hiciera una foto a su hija sentada en un campo forrado de florecitas violeta y luego la enmarcara y la colgara en el pasillo como hacen todos los padres en el gran estado de Texas. Gracias, le dijo Glory a su tío, pero prefiero quedarme en casa leyendo *La letra escarlata*. Hay que ver lo malagradecida que es, dijo Alma, y se miraron a los ojos hasta que Glory bajó la vista. Y ahora estamos en junio, piensa Glory. Nos lo perdimos.

Víctor llega con una botella de Dr Pepper fría y la promesa de traerle una dona por la mañana antes de irse a trabajar. Cuando su tío sale al pasillo que se extiende a lo largo de todo el edificio, Glory cierra la puerta y pasa la delgada cadena de metal. Hay una puerta que conecta ambas habitaciones, pero él dice que es sólo para emergencias. Tocará a la puerta de la habitación como todo el mundo. Glory ha soñado casi toda la vida con tener su propia habitación, su propia puerta para pasarle el pestillo, y ahora siente una chispa de placer en medio del horror que los ha traído hasta aquí.

Un pequeño rectángulo de sol vespertino se cuela por una estrecha separación entre las cortinas, la luz cae inclinada sobre la alfombra y captura las partículas de polvo que flotan en el aire. Glory junta bien las cortinas y la luz desaparece. La ventana apenas es del tamaño de una caja de pizza, imposible que incluso un hombre pequeño pueda entrar por ella. Sin embargo, Glory revisa la manecilla de metal de la ventana y el pedazo de escoba que alguien ha colocado a modo de calzo entre la parte superior y la parte inferior del marco de la ventana. La mujer de pelo amarillo está en la piscina. Se sienta en una tumbona con la cabeza envuelta en una toalla y un cigarrillo en la mano, la ropa mojada se le pega al enorme cuerpo. Las demás habitaciones están apagadas, el Motel Jeronimo está tranquilo y en silencio.

El dueño no tolera bobadas, le dijo Víctor cuando llegaron y Glory abrió los ojos al ver la hilera de camionetas. Sólo les alquila a trabajadores y familias. Estarás segura aquí —extendió la mano como para darle unas palmaditas en el brazo a su sobrina, pero se detuvo antes de tocarla— estarás bien.

Puede que tenga razón, pero, al acostarse, Glory mete la mano debajo de la almohada y pasa los dedos por la navaja de bolsillo que ha guardado ahí. Si alguien entra por esa puerta o por la ventana, estará preparada para recibirlo. Una, dos, tres veces pasa los dedos por el acero y el mango liso de cuero. Sin soltarlo, repasa los pasos —agarra la navaja, presiona el seguro, acuchilla el aire hasta hacer contacto— y se queda dormida.

En todos los sueños, el desierto está vivo. Camina con cautela, pero la luna se esconde tras una nube y no ve el montón de piedras o el nido de serpientes al otro lado. Cuando cae y se levanta del suelo chillando, ya están sobre ella, se le enroscan en los tobillos y las piernas, le trepan por la barriga y los pechos. Una le rodea el cuello y Glory siente el roce fino y fugaz de una lengua contra las pestañas. Se queda inmóvil esperando a que se le quiten de encima y regresen a la oscuridad. La luna brilla a través del cristal de la camioneta. Sus pupilas son agujeros negros rodeados de cielo azul. Es hora de saldar cuentas, Gloria, le dice, es hora de pagar por toda la cerveza que bebiste, por todo el combustible que usé para llegar hasta aquí. Espera, dice ella. ¡Espera! Mete la mano en el bolsillo de su pantalón vaquero y agarra el mango de cuero. La navaja se abre sin esfuerzo y encuentra la garganta con precisión.

Ahora, despierta en la oscuridad, Glory se pasa un dedo de arriba abajo sobre la piel abultada del vientre. La cicatriz es casi del ancho de un tallo de diente de león, comienza justo debajo de los pechos y se extiende, sinuosa, sobre el torso, como si la hubieran abierto por la mitad y vuelto a coser. Se curva alrededor del ombligo y se detiene justo bajo la línea del pubis. Cuando se despertó en el hospital, la habían afeitado y tenía la barriga sujeta con una larga hilera de grapas de metal. Tiene el bazo lacerado, le dijo el cirujano a Víctor, posiblemente de los puñetazos en el abdomen. Ella luchó, y luchó, y luchó. Le habían vendado los pies y las manos con gasa blanca y le habían rapado la cabeza, una hilera de puntos se extendía sobre la coronilla. Víctor se inclinó sobre ella y le susurró que su mamá no podía venir al hospital —demasiados policías, demasiadas preguntas— pero esperaba a Glory en casa. Escucha, le susurró a su sobrina, sobreviviste a esto. Dijo algo más entonces, pero Glory ya volvía a sumergirse en el sueño y el dolor, de modo que no entendió bien lo que dijo. Le pareció que dijo, Ésta es una historia de guerra. O quizás, ésta es la tuya.

⌒

Cuando Víctor toca a la puerta todas las mañanas a las cuatro y media, le trae una dona de chocolate y un cartón de leche.

Mantén la puerta cerrada con pestillo, dice. Si necesitas ayuda, marca el cero para hablar con la oficina del motel. Cuando se marcha, Glory se queda en la cama y escucha cómo se va despertando el aparcamiento. Motores de diésel, portazos. Los hombres medio dormidos murmuran al otro lado de su puerta. Escucha el eco de las botas de trabajo sobre las escaleras de metal y el estruendo de un claxon cuando alguno se ha quedado dormido. Y ella se encoge bajo las sábanas, los dedos aún sujetan el mango de la navaja. Ya a las cinco, el aparcamiento está casi vacío. Hasta que los niños y las esposas y las novias se despiertan, el Motel Jerónimo permanece en silencio como una iglesia abandonada y es entonces cuando Glory duerme mejor.

Ya a última hora de la mañana, cuando los niños comienzan a subir y bajar corriendo las escaleras y a tirarse de bomba en la parte más profunda de la piscina, cuando las esposas y las novias salen a trabajar en el turno del almuerzo o a buscar alimentos en Strike-It-Rich, cuando la mujer de la limpieza toca a la puerta y le entrega toallas limpias —no, gracias, le dice cuando quiere entrar a cambiarle las sábanas— Glory ha tenido el televisor encendido por horas. Las telenovelas y los comerciales de detergente son un ruido de fondo que la acompaña mientras duerme y come, se baña y se ducha, se asoma por la cortina, observa un rayo de sol moverse a través del suelo. En un par de ocasiones levanta el teléfono y piensa en llamar a Sylvia, pero no ha hablado con nadie de la escuela desde febrero. ¿Y qué le diría? Hola de parte de la niña más estúpida del mundo, que se subió a la camioneta de un desconocido y cerró la puerta de un golpe y cuya foto terminó en el periódico y arruinó cualquier posibilidad de salir de esto.

Su tío regresa todas las noches a las siete en punto con bolsas de Whataburger o KFC y algún regalito: una revista, cacao para los labios, una hornilla eléctrica pequeña y latas de sopa para que pueda prepararse el almuerzo, mantequilla de cacahuate y galletitas saladas, un cuaderno de español casi nuevo que encontró tirado cerca de una bomba de varilla. Todas las noches le trae algo y, al entregárselo, Glory se da cuenta de que ha hecho todo lo posible por lavarse bien el petróleo de las manos.

Una noche llega con unas gafas de sol, una casetera portátil y tres casetes: Carole King, Fleetwood Mac y Lydia Mendoza. Busqué por todo West Odessa hasta encontrar ese último, dice. La casetera es portátil. Puedes llevarla a cualquier lugar y no tienes que buscar un enchufe. Le muestra dónde poner las pilas y cómo ajustar el tirante.

No la quiero, dice Glory. No quiero escuchar música y, aun si quisiera, no sería esta porquería.

Okey. Víctor lo guarda todo en una bolsa de papel. Lo dejaré sobre la cómoda por si cambias de opinión. Voy a ducharme y luego podemos ver tele. Dentro de poco, Víctor le dice a su sobrina, Alma regresará y se sentarán juntos a ver sus programas. Víctor le ha enviado cartas a la familia en Puerto Ángel con su nueva dirección. En poco tiempo, Alma escribirá para decirles que está bien. Tu madre tendrá un plan, dice. Intentará cruzar de nuevo en septiembre cuando haga más fresco.

Es junio y los parchos de pelo que le cubren la cabeza a Glory son apenas una pelusa. Su cabello, como el resto de su ser, está comenzando de nuevo. Como Brandy Henderson, el personaje de la telenovela *The Edge of Night*, que se esconde y desaparece de la historia, la vida de Glory es una pausa prolongada, una cinta que se ha detenido. Pero está preparándose para empezar a moverse de nuevo. Cuando llegue agosto, sólo tendrá que testificar, dice su tío. Sólo tienes que ponerte un vestido bonito, entrar en la sala del tribunal y decir la verdad. No lo haré, le dice. No me importa lo que le pase.

⌒

Afuera hace un calor de treinta y siete grados cuando el acondicionador de aire se apaga, suenan unos golpecitos rítmicos durante unos minutos y se silencia. Como si hubiera estado esperando la ocasión para atacar, el calor se cuela rápidamente por el cristal de la ventana y las pequeñas grietas del alféizar. Repta por la estrecha apertura entre la puerta y la alfombra y se desliza desde el ventilador que está encima de la cama.

Glory suele pasarlo en una bañera llena de agua fría, pero hoy hace tanto calor que el agua del grifo sale tibia, y la vergüenza por las cicatrices y el cabello, el deseo de no ser vista, el miedo y la tristeza de haber sido arrebatada de sí misma, de haber sido herida, tal vez de muerte, todo queda en suspenso por una sensación que no ha tenido desde febrero. Está aburrida. O al menos así lo llama esta mañana. En unos cuantos años, puede que lo llame «soledad». Esta tarde busca en una caja hasta que encuentra un traje de baño que Víctor le trajo, un modelo sencillo azul de una pieza con manguillos gruesos. Se lo pone sin mirarse el vientre ni los pies ni los tobillos ni la cicatriz en forma de estrella en la palma de la mano.

¿Te agarraste de una cerca de alambre de púas para no caerte?, dijo Víctor cuando se la mostró en el hospital. Mija, tienes la fuerza de un soldado. Pero me caí de todos modos, dice ella. Pues no cuentes esa parte de tu historia, dice él. Le dices a la gente que apretaste esa cerca hasta aplanar las púas con las manos.

¿Mi historia? No. Ésa no es mi historia.

Gira la perilla de la puerta de la habitación y se agarra bien de la baranda de hierro colado que se extiende a lo largo del pasillo de la segunda planta. El corazón le late con fuerza, mete una mano en el bolsillo de los *shorts* y siente la presión de la navaja en la ingle. Glory intenta actuar como si fuera a la piscina todos los días, como si bajara por esas escaleras de metal varias veces al día, como si fuera una niña normal y corriente.

Se sienta en una silla de patio a un extremo de la piscina sin quitarse la camiseta de Led Zeppelin y los *shorts* vaqueros que se puso sobre el traje de baño. Antes de salir de la habitación, envolvió una botella de Coca-Cola en una toalla de baño blanca, que ahora descansa en el suelo a sus pies. Se la bebe deprisa. Lleva semanas asomándose entre las cortinas para observar a la mujer que vio en la piscina la noche que llegó al Motel Jeronimo. Todos los días baja a la piscina con sus dos hijos: un niñito regordete, que tiene el mismo pelo amarillo de su madre y siempre lleva el mismo traje de baño azul marino, y una niñita, larga y flaca como una escopeta, cuyas pecas y melena roja relucen al sol.

Hoy, cuando se dirigen hacia el extremo más llano de la piscina, los tres se detienen y miran a Glory por un instante como si estuviera allí sin permiso. La niña se acuesta en una tumbona y abre un libro grueso y el niño se mete en la piscina con su pequeña colección de cosas que flotan: un barquito de plástico despintado, una pelota de tenis, un flotador inflable remendado en varios lugares con cinta adhesiva. La madre nada de un extremo a otro de la piscina varias veces, luego se enrosca una toalla en la cabeza y se pone las gafas de sol antes de ir a sentarse al lado de su hija. Madre e hija se untan aceite de bebé en las piernas y los brazos. Se recuestan y esperan a que el sol les pinte la piel de rosa, luego de rosa oscuro, luego de rojo langosta. Llevan trajes de baño de una pieza a juego con grandes flores amarillas y rojas; el de la niña, un poco grande para su cuerpo delgado, el de la madre, un poco pequeño.

Debe ser la gente más común y corriente que Glory ha visto en la vida. El niño tiene una gran mella donde solía tener dos dientes de leche y la niña se arranca los pellejos de los hombros quemados por el sol y se los mete en la boca disimuladamente mientras lee. La madre tiene los brazos y las piernas redondos, lampiños y rosados, parecen algo extraído de una concha.

Glory se recuesta y cierra los ojos hasta que el sol le quema los párpados y la navaja se calienta contra su piel. La guarda en la toalla blanca doblada, pero, al cabo de unos minutos, vuelve a echársela en el bolsillo de los *shorts*. Cuando el calor aprieta, va hasta el borde de la piscina, mete la toalla en el agua, la exprime y se la coloca sobre las piernas, los brazos y el rostro.

El niño nada con el flotador hasta el extremo más profundo de la piscina y se queda merodeando a pocos metros de donde Glory está sentada. ¿Tienes cambio para un dólar?, pregunta de repente, como si tuviera un billete en alguna parte del traje de baño y fuera a sacarlo, arrugado y enchumbado, para cambiárselo por unas cuantas monedas. Glory lo mira con la boca abierta, como si su presencia, más bien su voz, la hubiera pasmado.

¿Sabes hablar inglés?, insiste alargando las palabras.

¡T. J.! Deja tranquila a esa niña. La mujer se pone de pie y camina aprisa por el borde de la piscina, voluminosa y veloz como una carroza empujada por un vendaval. Cuando la toalla que lleva en la cabeza se suelta y empieza a rodarle por la espalda, la tira en el suelo. Se mueve con agilidad para ser tan grande y en pocos segundos se ha colocado entre Glory y el niño.

T. J. le hace una mueca a Glory y empuja el flotador lejos del borde de la piscina. ¿Por qué no te metes en el agua?, dice el niño. ¿Te da miedo llenarla de grasa? ¿Te da miedo mojarte la espalda como cuando cruzaste? Luego se ríe y se lleva el puño a la boca como para callarse. Espalda mojada, le dice. Debe pesar unos treinta y seis kilos y, aunque Glory no sabe nadar, piensa que podría ahogarlo.

La madre se arrodilla en el suelo, estira el brazo sobre el agua y agarra el flotador. Maldita sea, T. J., niño de mierda. Sal del agua ahora mismo. Coloca el flotador en el borde de la piscina y tan pronto como el niño empieza a berrear, la madre lo agarra por el brazo. Se pone de pie y levanta en peso a su hijo, que sacude las manos y los pies como un loco. La fuerza de la mujer es sorprendente, maravillosa.

Glory se ha puesto de pie y agarra su toalla con la mirada fija en el portón. Tendrá que pasarles por delante a la mujer y a su hijo para salir o dar la vuelta alrededor de la piscina y pasarle por delante a la niña que ha cerrado el libro y está sentada en su tumbona riéndose.

Espera, le dice la mujer a Glory. ¿Puedes esperar un momento? Jadeante y con el rostro encendido, la mujer baja al niño y se inclina sobre él como una torre. Lo agarra por la parte blandita del brazo y lo pellizca con tanta fuerza que lo hace chillar. Si vuelvo a escucharte hablar de ese modo, no vas a poder sentarte en tres días. Lo aprieta aún más fuerte y el niño resopla.

¿Entendido? Aún lo tiene agarrado por la parte blandita del brazo.

Sí, señora, dice el niño.

Sube a la habitación y échate una siesta. ¡Tammy! Llévate a T. J. a la habitación —le lanza una mirada fulminante a su hijo— está cansado. El acento sureño de la mujer es tan fuerte que Glory piensa por un instante que ha dicho algo así como *cagao* en inglés. Está *cagao*.

La niña se pone de pie y le grita a su mamá mientras sacude el libro en el aire. Allí hace calor y me prometiste llevarme al bibliobús.

Veremos, quizás más tarde. Bajo la camiseta, el pecho de la mujer sube y baja agitado. Los quiero a ambos en la habitación, ahora mismo.

Observan al niño cruzar el aparcamiento pataleteando y luego la mujer levanta una mano. Siento mucho lo ocurrido, eso le viene del lado de la familia de su papá. Glory se mete las manos en los bolsillos. En verdad no me importa.

Soy Tina Allen de Lake Charles, Luisiana y esas dos fieras son T. J. y Tammy. Mi esposo trabaja en una plataforma de perforación cerca de Ozona.

Glory la mira sin decir palabra hasta que Tina suspira y regresa a su tumbona. Busca en su bolso unos segundos. Voy a buscar una soda fría. ¿Quieres que te traiga algo?

No, gracias.

Vamos, cariño. Deja que te compre un Dr Pepper. Me hará sentir mejor. Cuando sonríe, Tina parece un caballo y a Glory le recuerda a una maestra a la que odiaba cuando sólo era una estudiante mediocre que soñaba con aprender a tocar la guitarra y ganar su propia plata y hacer lo que le diera la gana, cuando la maestra llamaba a los niños mexicanos sus «refugiaditos marroncitos», cuando Glory y su amiga Sylvia se robaron un cúter y le cortaron dos ruedas del auto a la mujer. Ojalá supiera cómo cortarle el cable de los frenos a esa cabrona, dijo Sylvia y extendió los brazos como si sujetara un volante en el aire. ¡Sálvenme, refugiaditos marroncitos! Glory aún se ríe de la ocurrencia y extraña mucho a su amiga.

¿Me da un cigarrillo?, le pregunta a Tina.

Disculpa, pero no parece que tengas edad para fumar.

Pues sí. Esta es la conversación más larga que Glory ha sostenido con alguien que no sean su madre o su tío desde que salió del hospital. Le encantaría fumarse un cigarrillo, piensa, y tal vez sentarse con los pies en el agua mientras se lo fuma.

Sí, supongo que tienes razón. Tina va hacia ella y le da un Benson & Hedges delgado y bonito. ¿Puedo sentarme un momento?

Se sientan y miran hacia el aparcamiento. Son más de las doce del mediodía y todo el rigor del sol se desata sobre sus cuerpos. Los acondicionadores de aire aún no funcionan y el patio está más tranquilo que de costumbre, aunque, al otro lado de la carretera, los camiones de plataforma entran y salen de los almacenes de tubería y los suplidores de piezas. Detrás del motel hay un solar color parduzco salpicado de pedazos de cristal roto que capturan la luz y producen destellos verdes, rojos, azules. Y detrás, hay unas pequeñas casas de madera con jardines de tierra y cortinas delgadas que huelen a los gases nocivos de la planta.

Tina le da una calada profunda a su cigarrillo, echa la cabeza hacia atrás y exhala el humo hacia el sol. Echo de menos Lake Charles y no es que sea exactamente un paraíso terrenal. Hay muchos chicos pesados y el bayú está lleno de cocodrilos y mosquitos y ratas tan grandes como perros; las llaman «nutrias» —echa la ceniza en el suelo y la frota con el dedo gordo del pie— pero la pesca es buena y hay alguna gente simpática. Y hay árboles. Cornejos y almeces, cipreses. Echo de menos los árboles, y echo de menos chuparme las cabezas de los cangrejos de río. Terry y yo estamos aquí sólo para ganar el dinero necesario para comprar un barco pesquero. Eso es lo único que deseo, un barco pesquero para que Terry se gane la vida y mis hijos puedan regresar a la escuela. No es mucho pedir, supongo.

Le sonríe a Glory. ¿Y tú? ¿Llevas mucho tiempo aquí?

Glory ha estado escuchando a la mujer con interés y ahora se le ocurre que debe decir algo, contarle a la mujer de su vida, participar en un intercambio. Estoy aquí con mi tío, dice. Trabaja en Big Lake transportando agua y limpiando contenedores. Me estoy recuperando de un accidente.

Pauvre ti bête, dice Tina y, cuando Glory la mira, Pobrecita. ¿Eso es lo que te ha pasado en los pies?

Glory mira hacia abajo. Tiene los pies cubiertos de decenas de pequeñas cicatrices —de espinas de cactus y trozos de metal, cristales rotos, clavos doblados, abrojos y un pedazo de alambre de púas, todas las cosas con las que tropezó mientras huía de la camioneta— y se le hace un nudo en la garganta.

Está bien, cariño, dice Tina.

Glory abre la boca y la cierra. Niega con la cabeza y mira el cigarrillo. Un hombre me atacó en el campo petrolífero.

Maldita sea, dice Tina y, luego de una larga pausa, lo siento.

Me subí en su camioneta y me fui con él.

Diablos, linda, dice Tina. Eso no es razón. Esa maldad la lleva él por dentro, no tiene nada que ver contigo.

Permanecen en silencio unos minutos y luego Tina empieza a hablar de los árboles de su región: el ciprés de los pantanos, cuyas raíces son como tacos que brotan de la tierra y que pierde todas las agujas en invierno y puede vivir mil años, el tupelo con sus frutos color escarlata. No se pueden comer, pero el árbol da buena miel. Tina lanza la colilla del cigarrillo hacia la verja y enciende otro de una vez. Pero no todo es verdor y buena pesca, dice y le extiende la cajetilla a Glory. ¿Quieres que te cuente un chiste?

Supongo. Glory saca un cigarrillo de la cajetilla y se lo pone entre los labios.

¿Cuál es la definición de una virgen en Lake Charles? Tina inhala el humo profundamente y exhala tres anillos perfectos hacia el sol. Durante unos segundos flotan en el aire caliente como nubes de lluvia.

No sé. ¿Cuál es la definición de una virgen en Lake Charles? Tina resopla. Una niña de doce años fea y veloz. Hace una pausa y se queda mirando la piscina. Parece que yo no fui ni lo suficientemente fea ni lo suficientemente veloz.

Ja, dice Glory. Ja, ja. Y ambas se echan a reír. Sentadas bajo el sol ardiente, fuman y se ríen a carcajadas.

Aquí hace un calor de cojones, dice Tina. Voy a nadar un poco. Se pone de pie, apaga el cigarrillo a medio fumar dándole golpecitos contra el suelo y lo deja sobre la mesa para luego. Mete su inmenso cuerpo en el agua, el traje de baño le sujeta los enormes pechos y brazos. ¿Quieres meterte, Glory? Está rica.

En pocos segundos, la camiseta y los *shorts* de Glory están saturados y la halan hacia el fondo de la piscina, como diciendo, «adelante, húndete». No es buena nadadora —la piscina pública es para los niños blancos y, aunque sus amigos a menudo nadaban en los bebederos del ganado que hallaban cuando iban de paseo en auto, Glory nunca se metió con ellos— pero ahora descubre que puede flotar si extiende los brazos y mueve las manos en pequeños círculos. Con los ojos cerrados, Tina y Glory flotan una al lado de la otra en la piscina. El sol les taladra los párpados y el calor cae como peso muerto sobre su piel expuesta. Flotan y de vez en cuando Tina suspira, maldita sea, maldita sea.

Cuando el agua las acerca lo suficiente como para que la mano de Tina apenas roce la suya, Glory retira la mano de golpe como si hubiera tocado una serpiente. A finales de febrero, una enfermera le sujetó el mentón y le dijo que cerrara los ojos mientras otra enfermera le quitaba los puntos de la cabeza suavemente. Tiró de los puntos con unas pinzas, uno a uno, y fue poniéndolos en un recipiente al lado de la mesa hasta formar una hilera de hilos negros. Esa fue la última vez que Glory sintió las manos de alguien contra su piel.

Una vez quemé la colcha favorita de mi mamá a propósito, dice Glory, y me arrepiento de haberlo hecho. Habíamos peleado por la escuela. Yo no quería seguir yendo. Quería irme a trabajar con ella y ganar dinero. Quería comprarme ropa y una guitarra, quizás tomar algunas lecciones.

Los niños hacen todo tipo de estupideces, dice Tina. Mira a los míos. Seguro que a tu mamá no le importó que la colcha tuviera un agujero. Estira los brazos sobre la cabeza. Glory jamás ha visto una persona que pueda flotar de ese modo.

¿Y cuándo regresarás a la escuela?, dice Tina. ¿Qué quieres ser cuando seas mayor?

Glory levanta una mano del agua y levanta un dedo. Primera pregunta: nunca. Levanta otro dedo. Segunda pregunta: no sé. En la escuela, solía marcharse a la hora del almuerzo y no regresar en el resto del día. Sylvia y ella solían conseguir a alguien que las llevara a casa de un amigo y pasaban toda la tarde allí escuchando música y fumando churros, viendo cómo algunos chicos se agarraban por la cintura, caminaban por el pasillo y se metían en alguna de las habitaciones.

Tina suspira, expande y contrae su enorme cuerpo sobre el agua. ¿No vas a ir a la escuela? ¿En serio? Nena, estoy desesperada por que mis dos angelitos regresen a la escuela. Tu mamá tiene razón.

Quizás. Glory flota con los ojos cerrados mientras mueve las manos en pequeños círculos. Cuando el agua vuelve a acercar a la mujer y a la niña, estira el brazo y le agarra la mano a Tina y se la aprieta con fuerza. Glory espera y, después de una pausa, Tina le aprieta la mano suavemente.

Jamás volverán a verse. Este día le parecerá demasiado intenso a Glory, que se retirará a la habitación 15 por una semana. El esposo de Tina conseguirá un trabajo mejor pagado en una plataforma petrolera más cerca de casa y, después de discutirlo, montarán a los niños dormidos en la furgoneta en mitad de la noche. Cuando Glory regrese a la piscina con su navaja, su toalla y una botella de Dr Pepper fría, Tina ya estará de regreso en Lake Charles. Pero Glory nunca olvidará su bondad, su risa ronca y la tibieza escurridiza de su mano contra la de Glory cuando entrelazaron los dedos y le preguntó, ¿Cuándo pasó?

〜

En febrero, cuando Alma y Glory peleaban a diario por las tareas y el dinero. Cuando Glory dijo, Quiero abandonar la escuela y trabajar, quiero mi propia plata y Alma meneaba la cabeza con fuerza. A ella le tocaba trabajar, a su hija, estudiar. Cuando los chicos se detenían en el callejón detrás de su apartamento y tocaban el claxon hasta que Glory agarraba la chaqueta de piel de conejo y salía corriendo por la puerta, no sin que antes el señor Navarro tocara a la puerta y les gritara a Glory y Alma que dejaran de gritar. Cuando su madre la maldijo en español la noche de San Valentín mientras esperaban por la furgoneta que la recogería para llevarla al trabajo y Glory fue a la habitación y se subió sobre la cama de su madre unos segundos y luego, casualmente, como si fuera un tiesto, apagó el cigarrillo en la colcha nueva. No te entiendo, *Alma*. No me dejas aprender español y en la escuela tampoco me lo permiten, así que habla en inglés, carajo. Y cuando, dos horas más tarde, Glory echó un último vistazo al aparcamiento del Sonic y decidió que no tenía nada que perder. Cuando se subió a la camioneta de Dale Strickland y cerró la puerta. Cuando la mañana llega con la calma de un cadáver. Cuando las plantas rodadoras recién arrancadas de raíz vuelan sobre la tierra. Cuando levanta el viento, cuando dice ponte de pie. Y ella se pone de pie. Cuando una rama de mezquite se quiebra bajo el peso de su pie descalzo y la voz de su tío resuena en el leve eco que sigue. Camina despacio, Glory. Cuando piensa que echará de menos este cielo azul que se extiende sobre el borde de la tierra porque no podrá permanecer aquí, no después de esto. Cuando el viento no cesa de tirar y empujar, de cobrar y soltar, de levantar, sostener y dejar caer, cuando todas las voces y las historias comienzan y terminan del mismo modo. *Escucha, ésta es una historia de guerra.* O quizás, *ésta es la tuya.*

Suzanne

TODOS LOS PRIMEROS y terceros viernes de mes por la mañana, Suzanne Ledbetter y su hija van a la cooperativa de crédito a depositar el salario de Jon junto con el dinero en efectivo y los cheques de las ventas de Avon y Tupperware de Suzanne. Para evitar las hordas de hombres que trabajan en la planta al otro lado de la autopista y van a la hora de almuerzo, llegan unos minutos antes de las nueve. Mientras Lauralee espera en el auto o en el aparcamiento haciendo piruetas con su batuta, Suzanne llena una hoja de depósito para cada una de las cuentas: cheques, ahorros, jubilación, vacaciones, estudios y boda de Lauralee y una cuenta registrada en su libreta como «caridad». Es una cuenta que tiene desde que trabajaba a tiempo completo vendiendo seguros de vida y nadie, ni siquiera Jon, sabe de su existencia. Es su malla de seguridad. Si las cosas se ponen malas de repente, tendrá opciones.

Cuando Suzanne le entrega a la cajera los cheques, el dinero en efectivo y las hojas de depósito, la mujer expresa su admiración en voz alta —como lo hace cada dos semanas— por la caligrafía impecable de Suzanne y por lo bien organizado que tiene todo. Creo que usted es la mujer más organizada que he visto, dice la mujer y Suzanne responde, Qué amable es usted, señora Ordóñez y busca en su bolso una tarjeta de presentación y una muestra de perfume. Puesto que prefiere vender productos que hagan a las mujeres sentirse bellas, no menciona el nuevo sistema de envases para guardar alimentos que tiene en el maletero. En cambio, coloca un catálogo en el parabrisas de la mujer al salir.

Estamos a finales de junio y el sol está criminal. Los tacones de Suzanne se entierran en la brea negra y la gravilla mientras camina hacia el auto donde Lauralee espera con los cristales cerrados y el motor encendido. El pelo le cae en mechones finos sobre la cara. Sacó el pelo rojo de su madre, así como Suzanne lo sacó de la suya.

¿Cuánto ganamos esta semana?, pregunta Lauralee una vez que Suzanne ha cerrado la puerta y extraído un pañuelo desechable del bolso para secarse la frente y las axilas.

Cuarenta y cinco dólares. Tenemos que mejorar el juego en la práctica de esta tarde.

Tú puedes, dice Lauralee. La batuta rueda sobre el asiento y Lauralee se inclina para recogerla, gruñe cuando el cinturón de seguridad le aprieta la barriga y patea el asiento de su madre

173

mientras estira los brazos para alcanzarla. Eres la mejor vendedora de Odessa.

Porque no hay nada mejor que ganar tu propio dinero, dice Suzanne. Sus entregas están en bolsitas blancas en el asiento del pasajero, las rejillas del acondicionador les apuntan directamente. Saca una pequeña libreta de espiral del bolso y anota los balances de sus cuentas. Le faltan cinco dólares para alcanzar la meta bisemanal. Hace dos semanas le faltaban diez. Suzanne se seca las axilas con el pañuelo una vez más, luego se pone las gafas de sol y se retoca el pintalabios. Hora de emular a Arlene, piensa al tiempo que suelta la libreta y agarra un bloc de papel tamaño legal donde ha escrito la lista de lo que le toca hacer: llevar a Lauralee a las lecciones de piano, llevarle una cazuela a Mary Rose, recoger a Lauralee, colgar el cuadrito bordado en el dormitorio de L, llevar bolsas de regalo para las señoras en la práctica, llamar al Dr. Bauman, ir a la cooperativa de crédito. *Hecho.*

Llevan retraso, así que pone el auto en primera y sale del aparcamiento, las ruedas chillan y el motor ruge con fuerza. Van casi a cien kilómetros por hora cuando pasan con luz verde el semáforo de Dixie y South Petroleum Street, pero el tren las pilla igual. Suzanne frena en seco y golpea con una uña el volante mientras ve pasar los vagones del tren Burlington Northern. Cuando el tren reduce la velocidad y se detiene por completo, se muerde una cutícula, luego pone la marcha atrás y toma otra ruta. Nunca dependas de un hombre, Lauralee, dice. Ni siquiera de uno tan bueno como tu papá.

No lo haré. Su hija lleva el cinturón de seguridad bien apretado, a su lado en el asiento hay una pila de libros de piano. Los zapatos de *tap-dance* y las zapatillas de ballet están en el maletero junto con su bolso de natación y un gran contenedor de plástico lleno de envases Tupperware.

Tuve suerte porque tu papá es el mejor hombre de Odessa, dice Suzanne, pero no siempre es así. Vas a lograr todo lo que desees en la vida —intenta que su hija la mire por el espejo retrovisor— pero no puedes quitarle el ojo a la pelota, ni por un instante. A la gente que le quita el ojo a la pelota, le golpean la cara.

Suzanne cree firmemente en la luz del sol y la lejía y en no decir mentiritas piadosas. Mientras más pronto Lauralee tenga una idea clara de su situación, mejor para ella, así que le dice: Basura, eso es lo que la gente dice de mi familia. Basura cuando eran aparceros en Inglaterra y minifundistas en Escocia, basura cuando eran medieros, primero en Kentucky y luego en Alabama y basura aquí en Texas donde los hombres se convirtieron en ladrones de caballos y cazadores de bisontes, miembros del Ku Klux Klan y vigilantes, y las mujeres se convirtieron en mentirosas y confederadas. Y ésa es la razón, dice, por la que sólo somos tres a la mesa el día de Acción de Gracias todos los años. Ésa es la razón por la que no vienen a la celebración del bicentenario en el pueblo. No me sentaría a la mesa con ninguna de esas personas, aunque me apuntaran con una pistola en la cabeza, que muy bien podrían hacerlo.

Cuando su hija sea un poco mayor, Suzanne le dirá que, hasta hace menos de cien años, su gente aún vivía en refugios para esconderse de los cobradores y los Texas Rangers hasta que llegaron los comanches y los acribillaron a flechazos. Su gente era demasiado estúpida o estaba demasiado aislada para saber que la Guerra del Río Rojo había terminado hacía más de cinco años y que la poca gente que quedaba del pueblo comanche, en su mayoría mujeres, niños y viejos, estaba confinada en Fort Still. Hasta el día en que murió, el tatarabuelo de Suzanne llevó consigo una bolsita de tabaco hecha del escroto de un mezcalero apache que asesinó en Llano Estacado. El primo de Suzanne, Alton Lee, aún la guarda en un viejo arcón de cedro lleno de quemaduras de cigarrillo y pegatinas de las barras y las estrellas.

No tengo ganas de ir a la clase de piano, dice Lauralee. Es aburrida.

Suzanne aprieta los dientes y se muerde la mejilla por dentro. Muchachita, ¿crees que te va mal? Cuando tenía tu edad, vi un cocodrilo comerse a un niño. Lo único que encontraron fue su camisetita de los Dallas Cowboys y una zapatilla.

¿Por qué se lo comió? Lauralee ha oído la historia una decena de veces y sabe qué preguntar.

Porque no estaba prestando atención por donde iba. Cuando la gente no mira por donde va, los cocodrilos se la comen. De todos modos, la madre del niño —la señora Goodrow y su familia vivían en East Texas desde que salieron huyendo de Luisiana— se resignó. Tenía ocho hijos y no tenía tiempo para afligirse, pero su papá no volvió a ser el mismo. Al menos eso es lo que tu abuela Arlene nos dijo a todos los niños. Tu abuela podía venderle un vaso de agua helada a un oso polar. Podía empalagar a un terrón de azúcar. Y era tan linda como un prado de altramuces azules. Por cinco años consecutivos fue la reina del rodeo en el condado de Harrison.

Me gustaría que estuviera aquí, dice Lauralee.

A todos nos gustaría, cariño. Endereza la espalda, le grita a Lauralee cuando sale del auto, te va a salir una joroba de viuda. Clases de piano. *Hecho.*

Arlene y Larry Compton arrastraron a Suzanne y sus hermanos por todo West Texas tras el *boom:* Stanton, Andrews, Ozona, Big Lake. Se pasaban la vida ahorrando para cuando las cosas se pusieran malas, pero, cuando bajaba el precio del petróleo o a Arlene le rebotaban suficientes cheques como para llamar la atención del *sheriff,* la familia metía sus pertenencias al auto en un santiamén. Suzanne y sus hermanos iban sentados, hombro con hombro, en el asiento trasero mientras sus padres fumaban y peleaban y se echaban la culpa uno al otro. Si se daban prisa, decía su papá, llegarían a tiempo para ver el amanecer sobre el pantano. Su madre decía, Maldita sea, Suzie, si no dejas de patearme el asiento, voy a darte una paliza.

En East Texas encontraban una chabola a orillas del pantano, un lugar donde el dueño no reconociera su nombre, Compton, como quien dice: los chicos Compton están de vuelta en el pueblo, no dejen que sus gatos salgan de casa, cierren las puertas y guarden la plata, díganles a sus hijas que tengan cuidado. Y si el dueño reconocía el nombre, no le importaba. Nadie más querría vivir ahí.

Su mamá era tan impredecible como los perros callejeros que a veces se metían en el jardín cuando Suzanne dejaba el portón abierto. Su papá la mandaba a cerrarlo y, mientras cruzaba el jardín oscuro, se juraba a sí misma que la próxima vez no olvidaría cerrar el portón y rogaba que las cosas que veía moverse en la noche no fueran más que la sombra de la luna sobre la tierra. A veces, en la mañana, antes de salir a buscar trabajo, cuando sus hermanos aún dormían o no habían regresado a casa desde la noche anterior, el papá de Suzanne le daba una moneda de diez centavos. No hagas ruido, le decía. Tu mamá necesita descansar.

Esos días, Suzanne iba andando al pueblo más cercano de donde estuvieran y gastaba la moneda de diez centavos y, cuando el sol amenazaba con ponerse o cuando le daba hambre de nuevo, regresaba a casa y se quedaba en el porche con la mano en la perilla y una oreja pegada a la puerta. Las astillas le raspaban la mejilla y el revestimiento batía suavemente contra la pared próxima a la puerta mientras intentaba hacerse una idea de lo que le esperaba al otro lado.

⌒

Si se le fuera a dar crédito al Dr. Bauman, Suzanne no podrá llevar a término otro embarazo. Su útero es un enjambre de tumores fibrosos, dice, y los abortos naturales le hacen daño al cuerpo, le hacen daño al espíritu, le hacen daño a la familia. Mejor sería sacárselo todo. Dalo por perdido, dice, si de todos modos no los vas a usar —«los» son los ovarios de Suzanne—.

Apenas notará la diferencia, dice el médico, excepto que no volverá a tener el ciclo mensual. Dime que no sería fantástico.

Cuando Suzanne toca a la puerta de Mary Rose, trae consigo una cazuela de King Ranch, que sujeta con la mano que no se muerde. Admira al nuevo bebé y celebra su tamaño y su peso y Mary Rose se lo pasa sin titubear. Cuando Suzanne menciona su conversación con el médico, Mary Rose dice, Lo lamento, pero en verdad está mirando por encima de Suzanne, sus ojos escrutan el jardín frente a la casa y la calle.

No han vuelto a hablar desde que Corrine Shepard prácticamente acusó a Suzanne de mojigata, una idea descabellada que se le ha metido en la cabeza, o eso le ha dicho D. A. Pierce a Suzanne.

Oh, por Dios, le dice a Mary Rose, estoy bien. Hay gente que muere de hambre en Camboya. Observa la delgadez de Mary Rose, las sombras alrededor de sus ojos. Tú también pareces estar muriéndote de hambre.

Mary Rose mira la cazuela que de pronto le ha caído en las manos y al bebé, que sujeta como si fuera una bolsa de supermercado en el hueco del otro brazo. Bien, dice sin entusiasmo, gracias.

Te pegué un catálogo de Tupperware debajo del envase de cristal.

Mary Rose pasa un dedo por debajo del envase. Ah, ya veo.

También le di uno a una amiga que trabaja en la cooperativa de crédito. Suzanne se mira una cutícula mordida y en seguida se lleva la mano a la espalda. ¿Conoces a la señora Ordóñez?

Nosotros vamos al Cattleman's Bank, dice Mary Rose.

Pues es una señora amabilísima. Suzanne mira su reloj. Si preparas una ensalada verde, es un alimento completo.

Cazuela. *Hecho.*

Suzanne tiene buenas intenciones, pero no puede dejar de preguntarse en voz alta cómo es posible que haya gente tan estúpida. En medio de cualquier calamidad, siempre dice algo indebido. Un año atrás, cuando un tornado barrió un campamento de caravanas en West Odessa y mató a tres personas e hirió a más de una docena, preguntó en voz alta cómo había gente que escogía vivir en estructuras tan mal hechas. Los que sobrevivieron, le dijo a Rita Nunally, deberían ir a juicio por poner en riesgo a sus familias. ¿Pero esas cazuelas hechas en casa para que alguien no tenga que cocinar esta noche? Esas sí le quedan bien. Donde la receta pide una lata de sopa de crema de champiñones, ella rehoga los champiñones y les echa una lata de leche con una cucharada de harina. Y, aunque sus cazuelas no son exactamente una *quiche lorraine*, todas son un alimento completo: carne, vegetales y una pasta o grano.

Sus galletas de chispas de chocolate llevan mantequilla de verdad, no margarina, y nunca escatima en la azúcar morena. Todo fresco, nada enlatado. Ése es su lema. Lauralee no comerá frijoles pintos ni pan de maíz, le gusta decirles a las vecinas, ni tendrá bebés antes de que termine la universidad. Su hija nunca comerá guisos de hojas de diente de león ni cocodrilo ni serpientes ni coles. Nunca comerá pez gato, carpa ni nada a lo que haya que quitarle una vena de fango y siempre habrá postre después de la cena, por más simple que sea. Todas las noches antes de cenar, enciende dos velitas y las coloca en el medio de la mesa del comedor, luego da un paso atrás y admira la escena. Son bonitas, les dice a Jon y a Lauralee. Hacen que todas las noches sean especiales, incluso los miércoles. Y en esa luz nadie puede verle el chichón rojo en el mentón donde le está saliendo un grano, el diente que se le partió cuando se cayó a los quince años, las cutículas que no puede dejar de morderse.

Cuando era pequeña, le dice a Lauralee, habría dado cualquier cosa por vivir en una casa con alfombra y una bañera lo suficientemente grande como para acostarse dentro y un piano que mi madre hubiera comprado pasándole la lengua y pegando cuatrocientos cincuenta y seis mil sellos verdes de S & H. Tu papá y yo somos los primeros de cinco generaciones en tener casa propia, pero algún día tu casa será aún mejor. Te graduarás de la universidad y te comprarás una más grande que ésta, con una segunda planta llena de ventanas para que puedas mirar hacia afuera y ver el mundo entero girar ante tus ojos.

Han regresado de las clases de piano, *Hecho*, y Suzanne cuelga el cuadrito bordado sobre la cabecera de mimbre blanco de Lauralee. Es el único proyecto que terminó durante su breve incursión en las manualidades la primavera pasada después de perder el embarazo, que fue tan breve que no sabe con certeza si fue un embarazo malogrado o una menstruación más fuerte y copiosa que de costumbre. Ha colocado el bordado en un marco de metal. Las ramas verdes y delgadas y las rosas blancas forman una cadeneta alrededor de las palabras *Casa limpia*, *vida limpia, corazón limpio.* Sujeta un clavo que sobró entre los dientes y se sube en la cama de una plaza de Lauralee y le da un toquecito al marco, primero en una esquina, luego en la otra y de nuevo en la primera hasta que queda perfectamente derecho. Retrocede hasta el centro de la cama y examina su obra de arte, luego se inclina hacia delante y apenas toca la esquina superior derecha. Perfecto.

Sentada en la alfombra con las piernas cruzadas y los hombros caídos, Lauralee escucha a Gordon Lightfoot en su pequeño tocadiscos rosado. Desde que salió el álbum hace unas semanas, el maldito disco ha estado girando las veinticuatro horas del día y Lauralee se emociona hasta las lágrimas cuando escucha la canción del barco que se hundió en Lake Superior.

Mira lo perfectamente colgado que está este cuadrito, dice Suzanne y se inclina para tocar el pelo fino de su hija. Cariño, ¿por qué no apagas eso un ratito? Es bastante llorón.

Tal vez Jon y ella puedan ir a Dallas para que un especialista les dé una segunda opinión. Tal vez puedan adoptar o, la próxima vez que uno de sus hermanos o primos llame para preguntar si Suzanne y Jon pueden cuidar a sus hijos un ratito en lo que se organizan, Suzanne puede decir que sí, pero sólo si están dispuestos a dejárselos para siempre. Si decide hacerse el procedimiento, no se lo dirá a nadie hasta que todo haya pasado. Irá sola al hospital, le harán la cirugía y estará de regreso en su cocina antes de que Lauralee llegue a casa, antes de que suene la sirena y Jon regrese de la planta.

Suzanne va a la mesa de la cocina a buscar su bloc de papel tamaño legal y las bolsas de regalo que había sacado del auto más temprano ese día. Cuando mira por la ventana de la cocina y ve a D. A. Pierce hacer círculos en la bicicleta frente a su casa, suelta todo y corre hacia afuera, Oye, Debra Ann Pierce, ven aquí. Quiero hablar contigo. La niña suelta un chillido agudo y huye pedaleando calle abajo; sus piernas fuertes se mueven como dos pistones. Maniobra como una desesperada para evitar un camión que se ha saltado el Pare en la esquina y sigue pedaleando.

⌒

Para evitar que las atropelle un muchacho con el ojo en la pelota, caminan por el borde del campo de práctica. Cuando Lauralee se distrae, Suzanne le recuerda que debe prestar atención. Dejas de prestar atención y lo próximo es que alguien vino y remolcó el auto de la familia o regresas de la iglesia un día y te encuentras todos los muebles en el césped hundiéndose en el pantano.

Lleva un envase de plástico para alimentos en una mano y seis bolsas de Avon en la otra. En el pesado bolso que lleva colgado en un hombro hay otras tres bolsas de regalo. Hace un calor infernal, pero Suzanne se ha recogido la melena roja detrás de las orejas con mucho esmero. Sus pantalones a media pierna color anaranjado brillante están recién planchados y su blusa es blanca como una flor de magnolia. Aun en un campo de fútbol polvoriento y caluroso, quiere que sus vecinas digan, Suzanne Ledbetter parece que acaba de bajarse de un avión.

Lauralee camina a pocos pasos detrás de su madre mirando al suelo y sujetando la batuta en la curva del codo. Tiene piernas de liebre y tantas pecas que parecería que un bolígrafo rojo le ha explotado en la cara y, aunque Suzanne le hizo rizos antes de salir de la casa esta tarde, ya se le han caído. Un bucle solitario y tenaz cuelga valiente en medio de la frente. Enderézate, dice Suzanne, y Lauralee echa la cabeza hacia atrás y marcha a paso redoblado sujetando la batuta como si fuera la espada de Judith.

En el campo de fútbol, el equipo hace el primer set de *burpees*. Cuando llegan a cincuenta, el entrenador Allen les dice que vuelvan a empezar. El sudor les corre a chorros por la frente a los chicos; los bordes de las hombreras y las camisas oscurecidos por la humedad. Un chico se cae al suelo y se queda tendido. Cuando alguien le echa un chorrito de agua fría en la cara, los espectadores ríen. Mierda, antes, cuando se jugaba de verdad, ¡el entrenador les echaba un cubo de agua helada en la cara! Una vez un chico agarró una insolación y no fue al vestidor. Siguió jugando.

Suzanne y Lauralee caminan hasta las gradas donde están sentados las hinchas con cervezas frías o vasos plásticos de té helado entre las rodillas y, cuando alguien murmura por lo bajo, Dios la bendiga, Suzanne sabe que se refiere a Lauralee, que ha bajado hasta el borde del campo de práctica y ha empezado a hacer ochos con la batuta.

Muy bien, cariño, grita la madre. Ahora intenta hacerlo en la espalda y luego lanza la batuta al aire.

Lauralee se lleva el brazo a la espalda y le da vueltas a la batuta hasta que sale volando y cae en el suelo con un golpe seco. Es tan talentosa, dice una mujer. Muero por verla en intermedia en unos años. ¡Y es alta!, dice otra. Dios la bendiga. Intenta hacer una mariposa, grita Suzanne. Ahora una vuelta doble. Lauralee lanza la batuta al aire, da dos vueltas y ve el batón rodar hacia la línea de banda.

Suzanne sube las gradas y reparte bolsas blancas y rosadas de Avon. Cada bolsa contiene el catálogo del próximo mes, además de pintalabios y sombra para los ojos, perfumes y cremas y lociones. Cada artículo está envuelto en papel tisú rosa claro y atado con una cinta blanca, que no es más ancha que una uña. Con una amplia sonrisa y asegurándose de agradecer a cada mujer individualmente, Suzanne mete los cheques y el efectivo en un pequeño sobre blanco y lo guarda en el bolso.

Diez a uno que Suzanne tiene algún pariente que le debe dinero al menos a uno de los hombres que están sentados en el otro extremo de las gradas. Diez a uno que, en los buenos tiempos, al menos a uno de sus padres le rebotó un cheque de su mamá. Jamás se lo sacarían en cara, pero se le va la vida en demostrar que es distinta. Por tanto, Suzanne sigue adelante. Recoge, lleva y trae. Hace trabajo voluntario, cuenta, planifica y se arroja al suelo de rodillas para recoger las migajas que nadie ve. Siempre hay algo que limpiar: una mesa, una ventana, el rostro de su hija.

Golpéalo con más fuerza, grita uno de los hinchas. Con esa actitud no van a ganarle a Midland Lee. Dos chicos chocan de frente con fuerza y caen inmóviles en el suelo donde permanecen unos segundos. Vamos, por Dios, grita uno de los hinchas desde las gradas de aluminio, sólo te han sacudido un poco las bolas. De pie, chicos, grita el entrenador y los chicos se vuelven lentamente hacia un lado para arrodillarse y ponerse de pie.

Después de distribuir los productos Avon, Suzanne abre el contenedor plástico que le pidió a Lauralee que trajera del auto. La tapa gira para revelar tres docenas de *cupcakes* de chocolate que hizo para el equipo cuando termine la práctica. Una de las mujeres hace un comentario sobre el contenedor y Suzanne reparte los catálogos. Hará una demostración la semana entrante. Deberían venir a probar los sándwiches de queso con pimiento y beber té helado. Y traigan sus chequeras. Les hace un guiño justo como lo habría hecho Arlene.

En sus mejores días, la madre de Suzanne podía convencer a cualquiera de cualquier cosa. Todo el que la conocía tenía grandes expectativas sobre ella. Era una maestra en leer una situación y convertirse en lo que hiciera falta: adventista, tramposa, madre desvalida. En Blanco fue católica practicante. En Lubbock hablaba en lenguas y caminaba sobre brasas calientes. Durante un tiempo, cuando vivían en Pecos, le hizo creer a todo el mundo que había perdido la vista en una explosión de gas. La familia se carcajeó de ésa todo el camino hasta la frontera del condado.

Todo esto va al fondo universitario de Lauralee, Suzanne les dice a las mujeres, y, aunque no es del todo cierto, es lo suficientemente cierto.

Estoy segura de que le irá muy bien en lo que se proponga hacer, dice una de las señoras antes de girar hacia la mujer que está sentada a su lado para comentarle sobre el tiempo, el equipo de fútbol, el precio del petróleo. Cuando una mujer las pone al día sobre el caso Ramírez, otra pregunta qué haría la madre de esa niña mientras su hija campeaba por las calles. Pues te diré lo que *no* hacía, dice Suzanne. Prestar atención.

Unjú, dice otra mujer.

Pudo haber sido cualquiera de nuestras hijas, dice una tercera.

La mía no, dice Suzanne. No le quito el ojo de encima ni por un instante.

Y entonces, justo cuando uno de los defensas da un tropezón y cae en la línea de banda y empieza a vomitar en el césped, Lauralee lanza la batuta al aire con fuerza, la batuta da tres vueltas y Lauralee mira hacia el cielo con una gran sonrisa. La batuta le golpea un ojo con tal fuerza que hasta al entrenador Allen se le corta la respiración. Lauralee da un alarido que cruza el campo como una nube de polvo, un grito agudo que es un atentado contra el oído y la razón.

Suzanne baja las gradas de metal corriendo, a cada paso contundente, tiemblan los escalones, el bolso le golpea la cadera, los *cupcakes* quedan olvidados derritiéndose en la última fila. Agarra a su hija por los hombros y le mira el ojo. Apenas está rojo. A lo sumo, se le formará un pequeño chichón.

Estás bien, le dice a su hija. Frótatelo con un poco de tierra. Pero Lauralee chilla y chilla hasta que todo el mundo deja de hacer lo que estaba haciendo —el entrenador Allen deja de gritarle al equipo, las mujeres dejan de mirar el contenido de sus bolsas de regalo, los hinchas dejan de dirigir desde sus asientos, hasta los jugadores se quedan inmóviles— y todos, en lo que a Suzanne le parece una única movida coordinada, la miran como diciendo, Bueno, haz algo.

Odio la batuta, grita Lauralee.

Claro que no. Suzanne se muerde el dedo y mira por encima del hombro a la fila de hinchas que permanecen sentados con la boca abierta esperando a que controle la situación. No lo odia, les grita.

Lauralee chilla de nuevo, luego cae al suelo y rueda de un lado a otro con una mano sobre el ojo, *Ay, ay, ay.*

Basta ya, Suzanne susurra, feroz. ¿Quieres que esa gente te vea llorar? Levanta a su hija del suelo, la arrastra a través del campo y la mete de un empujón en el asiento delantero del auto mientras le ruega que deje de gritar, carajo, y se comporte como una niña grande, por el amor de Dios. Prende el auto y gira las rejillas del acondicionador de aire para que le den directo en la cara a su hija y ahora se da cuenta de que, después de todo, el ojo ha comenzado a hincharse. Se le va a hacer un moretón del tamaño de una nuez.

Podemos ir a casa, pregunta Lauralee en voz baja.

En un minuto, cariño. Suzanne cierra la puerta con suavidad y se dirige a la parte posterior del auto, donde se reclina contra el maletero y espera a que termine la práctica.

Al cabo de unos minutos, los chicos corren al vestidor y los entrenadores se dirigen a la oficina a ver el vídeo. Los hinchas bajan de las gradas y caminan hacia sus autos y camionetas aún hablando de la temporada, el precio del petróleo y el concierto de Elvis en el coliseo el pasado mes de marzo. Y su hija sigue llorando. Cuando tres hombres caminan hacia su auto, y uno detrás del otro se detiene extrañado y mira hacia el asiento delantero, Suzanne pide disculpas por su hija y luego busca en el bolso y le da a cada hombre una bolsa de regalo: para una esposa, para una novia y para él, aunque ella jamás dirá nada. Sonríe y les guiña un ojo y mete el dinero en el sobrecito blanco. Les muestra los envases Tupperware que lleva en el maletero.

Algún día Suzanne morirá y, cuando muera, ¿qué dirá la gente de ella? ¿Que murió debiéndole dinero a medio pueblo? ¿Que era una borracha impresentable? No y no. ¿Que no tenía dónde caerse muerta? No. Dirán que Suzanne Ledbetter era una buena mujer, una mujer de negocios astuta y fiel a las reglas. Era un ángel en la tierra, dirán, y nuestro pueblo ha sufrido una gran pérdida con su partida. Mira su lista y suspira, luego toma el bolígrafo y se inclina para darle unas palmaditas en la espalda a su hija. Nunca dejes que te vean llorar, cariño. Es lo que quise decir.

Lauralee se endereza en el asiento y se pasa la mano por la nariz. Lo sé.

Tienes que ser más fuerte que ellos.

Antes de conocer a Jon, Suzanne tuvo que esquivar uno o dos puñetazos y alguna bofetada. Esquivó dedos que querían enredársele en las nalgas, treparle por la espalda, frotarle los hombros. Tenía doce años cuando un chico le tocó los pechos

189

por primera vez, pero no le contará a Lauralee los detalles, aún no, todavía es demasiado pequeña. Por ahora, lo único que le dirá a su hija cuando vayan juntas en el auto con el acondicionador de aire a toda marcha es lo siguiente:

Un chico trató de agarrarme una vez cuando era apenas un poco mayor que tú. Caminó hacia mí y ante Dios y el resto del mundo me puso una mano encima.

¿Y qué hiciste?

Agarré un tablón y le di en la cabeza. Cayó al suelo de una vez. No se despertó en tres días. También tuvieron que coserlo, quince o veinte puntos, no recuerdo bien.

¿Te metiste en un lío?

Claro que no. Su mamá mandó al *sheriff* a que me preguntara qué había pasado y, cuando se lo conté, ¿sabes lo que me dijo? Me dijo: La próxima vez asegúrate de agarrar un tablón con un par de clavos mohosos y luego dile a uno de tus hermanos que lo arrastre hasta el pantano y lo deje a la merced de los cocodrilos. Luego me dio un dólar, que es como cinco dólares ahora. Me dio unas palmaditas en la cabeza y le dijo a mi mamá que fuera a la estación al día siguiente a hablar de otro asunto. Suzie Compton, me dijo, eres lo mejor que hay en este lugar. ¿Y sabes lo que hice con ese dólar?

Compraste dulces.

No, señorita. Lo puse en una caja con un candado y me colgué la llave al cuello hasta que me fui de casa para siempre.

Corrine

CUANDO DEBRA ANN pregunta si puede tomar prestada la vieja tienda de campaña militar de Potter, que lleva veinte años agarrando polvo en el garaje, Corrine le dice que Potter y ella pasaron muchas noches felices en esa tienda cazando venados de cola blanca en Big Bend u observando las estrellas en las montañas Guadalupe. La primera vez que se tomaron unas vacaciones familiares fue en el verano de 1949, los tres frente al Gran Cañón, Potter y ella sujetando a Alice por los dedos con tanta fuerza que chilló. Cuando regresaron al campamento, Alice iba de pie entre ellos en el asiento delantero y cada vez que caían en un hueco en la carretera, se reían y le ponían los brazos por delante y decían, ¿no sería gracioso si Alice saliera volando por la ventana? Cuando se bajó del asiento y se quedó dormida a los pies de Corrine en el suelo, Potter apagó la radio y redujo la velocidad hasta que llevó a su hija a la tienda y la metió en el saco de dormir que habían colocado entre ellos.

D. A. bosteza y arrastra los pies, se restriega los ojos y se hala una ceja. Okey, señora Shepard. ¿Me la presta?

Eso es lo que hace la gente cuando llega a mi edad, recordar todo lo que puede, todo el tiempo. ¿Cómo está usted, señorita Pierce?, pregunta Corrine y Debra Ann sonríe. Es la primera sonrisa sincera que ve Corrine desde que el cuatro de julio llegó y pasó sin señales de Ginny.

To bien, dice D. A. Voy a ayudar a mi amigo Jesse a regresar a su casa en Tennessee.

¿A quién?, empieza a decir Corrine porque Debra Ann está muy mayor para tener amigos imaginarios, pero decide no entrar en el asunto. ¿Quién sabe qué historias estará inventando D. A. este verano, qué tramas enrevesadas tejerá? ¿Quién puede entender la mente de un niño?

Se dice *todo* bien, cariño. ¿Dónde están Peter y Lily?

No son reales. Jesse es una persona real.

Ajá. Corrine se inclina hacia la niña y le quita el pelo de la cara. Ven mañana a que te corte el flequillo.

Luego de que Debra Ann arrastra la tienda calle abajo sujetando un sándwich de mantequilla y azúcar en la mano que le queda libre, Corrine se sirve un vaso de leche agria y se prepara un sándwich de huevo frito mientras medio ve y medio escucha las noticias. Jimmy Carter, un escape de gas cerca de Sterling City, sube el número de plataformas y baja el precio de la carne, ni una palabra sobre Gloria Ramírez o el juicio pautado para dentro de un mes, pero esta noche, un nuevo horror. El presentador del noticiero corta a un reportero en un arrendamiento petrolero cerca de Abilene. El cuerpo de una vecina ha sido encontrado, el cuarto en dos años. Lo que le hace un *boom* petrolero a un pueblo, Corrine solía decirle a Potter con amargura. Atrae a los mejores tipos de psicópatas. Y, si les damos crédito a los pronosticadores, este *boom* apenas está empezando. Apaga el televisor y sale al jardín a mover el surtidor de agua.

Ha sido un verano muy seco y Corrine ha hecho la rutina de prender el surtidor de agua en la mañana y moverlo lentamente a lo largo del jardín frente a la casa. Por la tarde, se baja un sándwich con un té helado mezclado con *bourbon* o escocés, luego conduce hasta Strike-It-Rich a comprar cigarrillos. Unas semanas atrás, metió la camioneta de Potter en el garaje para siempre. Subir y bajar de la cabina le estaba haciendo mucho daño a las rodillas y echaba de menos la radio FM y los interiores de terciopelo rojo de su Lincoln, la sensación de desplazarse en un yate por Eighth Street. A veces coloca un trago combinado en el portavaso y conduce por el pueblo con los cristales bajos y riñe con los conductores de otros estados y los remolcadores de equipo que le hacen cortes cuando intenta cambiar de carril. Si bien detesta el petróleo, le encanta el calor y la tierra, su belleza austera y su sol implacable. Es algo que compartía con su abuelita, además de la afición de cenar una taza de café y una dona de chocolate.

Y esto también forma parte de la rutina de Corrine: todas las noches después de las nueve, cuando por fin oscurece, se sienta en la camioneta de Potter con las llaves en la ignición y la puerta del garaje cerrada. Se queda ahí una hora o más deseando tener las agallas. Cuando vuelve a entrar en la casa, deja las llaves en la ignición. Se prepara otro trago, enciende otro cigarrillo y se va al porche. Han pasado casi cinco meses desde la partida de Potter y… cómo detesta esa palabra, «partida», como si hubiera conducido un poco de más en el desierto, como si pudiera darse cuenta del error, dar media vuelta y regresar a ella.

Alice llama todos los domingos y dice que va a venir a verla. Le gustaría que Corrine considerara mudarse a Alaska. Estoy muy preocupada por ti, le dice a su madre a finales de julio.

Si voy a vivir a Alaska, ¿irás a mi funeral?

Madre, no seas injusta. No tienes idea de cómo es mi vida aquí.

Pero Corrine no va a olvidarlo en mucho tiempo, tal vez en muchos años. Supongo que no. Adiosito, cariño.

⌣

Todos los meses de agosto durante los casi treinta años que enseñó Literatura inglesa en un aula calurosa llena de rancheritos, porristas y aspirantes a *roughnecks* hediondos a loción de afeitar, Corrine identificaría el nombre de al menos un soñador o inadaptado en el listado de estudiantes. En un buen año habría dos o tres: los marginados y raros, los chelistas y genios y tubistas con la cara llena de acné, los poetas, los niños cuya asma había tronchado una carrera de futbolista y las niñas que no habían aprendido a ocultar su inteligencia. Las historias salvan vidas, les decía a esos estudiantes. Al resto les decía, los despertaré cuando haya terminado.

Mientras un ventilador de caja colaboraba heroicamente con una ventanita como de celda, que abría cada mañana para despejar el aire del olor a sudor y chicle y maldad, Corrine paseaba la vista por el aula y estudiaba la reacción de sus inadaptados. Invariablemente, algún tonto explotaría un globo de chicle o eructaría o se tiraría un pedo, pero uno o dos recordarían sus palabras siempre. Se graduarían, saldrían de Dodge y le enviarían cartas desde la UT o Tech o el ejército, una vez incluso desde la India. Y durante casi toda su carrera como maestra, eso le bastaba. Cuando digo «historias», les decía a esos espíritus atormentados, también me refiero a los poemas y los himnos, al canto de los pájaros y al viento entre los árboles. Me refiero al griterío, al llamado y la respuesta, y el silencio entre medio. Me refiero a la memoria. Así que piensen en eso la próxima vez que alguien les dé una paliza a la salida del colegio.

Las historias salvan vidas. Corrine aún lo cree, aunque no ha sido capaz de concentrarse en un libro desde que murió Potter. Y la memoria divaga, a veces como una ráfaga de viento en un llano sin árboles, otras, como un tornado al final de la primavera. En las noches, se sienta en el porche y deja que esas historias la mantengan viva un poco más.

En la vida de Corrine han transcurrido muchos meses y años tan insignificantes o desagradables que apenas puede recordar nada de ellos. No recuerda, por ejemplo, el nacimiento de su hija en el invierno de 1946 y recuerda muy poco del mes que le siguió, pero sí recuerda cada detalle del 25 de septiembre de 1945, el día que Potter regresó a casa de Japón, intacto, a excepción de los terrores nocturnos y su nueva aversión a volar. Tres años en la cabina de un B-29 han sido suficientes, le dijo a Corrine. Jamás volveré a montarme en un avión. Hace cinco meses que murió Potter y Corrine aún escucha su voz fuerte y clara como un trueno.

⌒

Potter está en casa con una licencia de tres días y por primera vez han hecho el amor en el asiento trasero del Ford del papá de Corrine. Se sientan uno frente al otro, sonrientes y ensangrentados y doloridos. Eso estuvo fatal, dice Corrine. Potter sonríe y le promete que la próxima vez será mejor. Le besa el hombro pecoso y comienza a cantar. *Qué feliz me hace pensar en esa fantástica ave jaspeada… y en que mi nombre está escrito en su libro sagrado.*

⌒

Corrine tiene diez años y está sentada en primera fila en el funeral de su abuela. Cuando su padre comienza a llorar con tanta fuerza que el ministro tiene que terminar la elegía, se da cuenta de la magnitud de su pérdida.

Tiene once años y observa por primera vez el nacimiento de un ternero, todo patas inestables y berridos lastimeros y piensa en lo mucho que a su abuelita le hubiera gustado verlo.

Tiene doce años y su papá regresa a casa de la plataforma con una botella de aguardiente y dos dedos menos. No llores, mi niña, le dice. No usaba mucho esos dedos. Pero, si hubieran sido estos, levanta la otra mano y mueve los dedos y ambos ríen a carcajadas, aunque en ese momento recuerda lo que dijo su abuela al ver el primer pozo de petróleo. Dios nos ayude.

Tiene veintiocho años y un capataz llama para decirle que ha habido una explosión en el pozo de Stanton. Alice va dormida a su lado en el asiento delantero mientras conduce hacia el hospital convencida de que Potter está muerto e intenta imaginarse cómo diablos seguirá viviendo sin él. Pero lo encuentra sentado en la cama con una sonrisita tonta. Tiene manchas de quemaduras bastante feas en la cara y el cuello. Cariño, dice, me caí de la plataforma justo antes de que explotara. Y la sonrisa desaparece de sus labios. Pero algunos muchachos no.

Octubre de 1929, el padre de Corrine ha venido a casa a almorzar. Un hombre que por lo general detesta las conversaciones triviales —el «cotorreo», lo llama— hoy no puede dejar de hablar ni para masticar el sándwich. Se ha abierto el pozo de Penn y la explosión de la superficie fue tan poderosa que parte del encamisado salió volando por los aires a ochenta kilómetros de altura junto con trozos de caliche y piedra. El pozo explotó a las nueve de la mañana y todavía está escupiendo petróleo crudo. ¿Quién sabe cuántos barriles ya corren por el desierto? El operador de la excavación no tiene idea de cuándo podrá encamisarlo. Hoy es un día histórico, les dice Prestige a Corrine y a su abuela, Viola Tillman. Esto pondrá a Odessa en el mapa.

Corrine y Viola ya han ido a buscar los sombreros y los guantes cuando Prestige sacude la cabeza y se echa en la boca el último pedazo del sándwich de huevo frito. Un pozo petrolero no es lugar para una niña ni —mira a Viola— una señora mayor. Quédense en casa. Lo digo en serio.

Corrine es alta para su edad, pero aún tiene que sentarse en el borde del asiento del conductor para llegar al pedal de embrague del Modelo T de su padre. Cruzan Llano Estacado a toda marcha, la niña y la mujer van dando saltos en el asiento del auto mientras algunas de las Hereford de Prestige las miran sin dejar de moler y moler con la quijada. Aún les queda un kilómetro y medio para llegar al pozo de Penn cuando el cielo se torna oscuro y el suelo bajo el auto comienza a temblar. El aire se llena de tanto polvo y escombros que tienen que cubrirse la boca con un pañuelo. Dios nos proteja, dice Viola.

Cuando vuelve a caer en la tierra, el petróleo se derrama sobre el suelo y lo cubre todo a su paso: la salvia morada, la grama azul que tanto le gusta a Viola, el pasto de tallo azul y la hierba de búfalo que casi le llegan a la cintura a Corrine. Una familia de perritos de las paraderas está a unos treinta metros de su madriguera, levantan la cabeza y se ladran entre sí. Una pequeña hembra corre al borde de una madriguera y mira dentro y Corrine se imagina todos los hoyos y madrigueras en ocho kilómetros a la redonda llenos de pequeñas criaturas confundidas que no sabrán qué les pasó. Pero los casi cincuenta hombres y niños que están en el campo petrolífero no miran la hierba o las criaturitas o la tierra. Miran el cielo, absortos. Va a matar a todo ser viviente, dice Viola.

Corrine frunce el ceño y huele el aire mientras su abuela se apoya contra la puerta del pasajero. Viola se ha puesto pálida, se le ha nublado la vista. Tose y se pone la mano sobre la boca y la nariz. Ese olor, dice. Es como si todas las vacas de West Texas se hubieran tirado un pedo al mismo tiempo. Y nuestros árboles, grita al ver una línea de pacanos jóvenes justo en el paso del río de petróleo. ¿Qué será de ellos?

Pero pondrá a West Texas en el mapa, dice Corrine, y papá dice que, de todos modos, esta tierra no vale un comino. Viola Tillman mira fijamente a su nieta como si nunca la hubiera visto en la vida. Llano Estacado podrá no tener más que las estrellas, el espacio y el silencio, los pájaros cantores en el invierno y el olor penetrante de los cedros tan pronto caen unas gotas de lluvia, pero ella lo ama. Juntas, la vieja y la niñita han cabalgado a través de arroyos secos y bosques de creosote, luego se han sentado en silencio a observar a una familia de pecaríes forrajear entre los nopales. Juntas descubrieron y le pusieron nombre al árbol más grande de su propiedad —«El Fantasma Galopante»— por su corteza desaliñada que se parecía al abrigo de piel de mapache de Red Grange. A Viola se le ha puesto el rostro rojo como un tizón y le tiemblan las manos. Llévame a casa, le dice a su nieta.

Sí, señora, dice Corrine.

¿Puedes llevarme de regreso a Georgia?

En tres meses Viola habrá muerto y, para entonces, su nieta habrá visto lo suficiente de un *boom* petrolero como para aborrecerlos por el resto de la vida.

Durante tres días, el pozo de Penn escupe al aire un chorro descontrolado de petróleo crudo. En cuestión de horas se forma una piscina del tamaño de una casa, que pronto se desborda y destruye todo a su paso. Más de treinta mil barriles de petróleo se derraman en la tierra antes de que los hombres puedan controlar el pozo. Y, cuando por fin lo logran, los hombres que están encima de la plataforma pringosa con la cara y las manos manchadas de negro gritan y se dan la mano y palmaditas en la espalda. La encamisamos, se dicen unos a otros. La dominamos.

~

Desde que murió Potter, Corrine se aprende el cielo nocturno como se aprendió los contornos de su rostro. Esta noche en Larkspur Lane la luna creciente repta hasta el cénit donde permanecerá una o dos horas antes de comenzar a descender hacia el extremo occidental de la tierra. Sólo queda un puñado de estrellas —*La noche hierve con once estrellas*— y los bares cerraron hace dos horas. La calle está oscura, excepto la casa de Mary Rose, que está iluminada cual plataforma de perforación en medio de un mar negro.

Corrine oye a Jon Ledbetter antes de verlo. El auto arranca chillando ruedas de la señal de Pare en la esquina de Custer y Eighth Street y toma la cerrada curva aprisa. Lleva los cristales bajos y la música a todo dar, la voz de barítono borracho de Kris Kristofferson sacude los altoparlantes del auto sin piedad. Un vaso de té helado suda un anillo de humedad sobre el cemento del porche. Corrine está demasiado vieja para sentarse en el suelo con las piernas cruzadas por tanto tiempo y casi rompe el vaso cuando intenta con mucho esfuerzo ponerse de pie para cruzar la calle y decirle a Jon Ledbetter que baje el volumen de la maldita radio.

Va a mitad de camino cuando Jon baja la música y la calle vuelve a quedar en silencio. El rostro de Mary Rose aparece en la ventana, la luz de la cocina hace que su pelo claro parezca blanco. Permanece ahí unos segundos, luego se inclina hacia delante y cierra la cortina. A Corrine se le ha dormido una pierna y le pesa cada gota de *bourbon* que le echó al té helado, pero logra cruzar al otro lado de la calle donde Jon, sentado en el asiento del conductor con las manos en el volante, escucha una canción triste en la radio.

Corrine apenas conoce a este joven vecino, el esposo de Suzanne, que se la pasa trabajando y siempre va a la planta en mitad de la noche después de que suena la sirena, pero reconoce la espalda arqueada y las manchas en las manos. A veces Potter lucía así en las semanas y meses después de que regresó de la guerra.

Cuando se dirige al auto, tiene cuidado de no tocarlo. En voz baja le pregunta si le gustaría sentarse en su porche un rato, tal vez beberse un vaso de agua helada o un trago. Tiene ese mismo disco y puede ponerlo si Jon quisiera escucharlo de nuevo.

El gran *boom* de la posguerra apenas comienza y ha transcurrido suficiente tiempo desde el fin de la guerra como para que la gente empiece a mirar hacia el futuro. Corrine y Potter pasean tomados de la mano por el lote de autos nuevos en Eighth Street. Patean unas cuantas ruedas y hacen un par de pruebas de rodaje, luego compran al contado una camioneta Dodge y no podrían sentirse más satisfechos de sí mismos. Es una máquina hermosa, una Pilothouse último modelo con cabina extendida, motor de cabeza plana y seis cilindros en línea. Potter convence a Corrine de gastar un poco más en la plataforma larga para poder hacer viajes largos y tumbarse en ella y contemplar la Vía Láctea.

En el momento en que comienza a notársele el embarazo, el director de la escuela envía a Corrine a casa con un apretón de manos y un tarro del famoso *chow-chow* de su esposa. ¿Qué diablos voy a hacer en casa por los próximos seis meses?, grita en la oficina de la secretaria de la escuela, ¿tejer botines? La secretaria ya ha visto esta escena. Sus propios hijos se han marchado de casa hace diez años y, aunque los ama profundamente, aún se despierta todas las mañanas y le da gracias a Dios de que no tiene que preparar almuerzos ni ayudar a nadie con las tareas. Cariño, dice, serán más de seis meses.

La bebé Alice llora toda la noche desde la medianoche hasta las tres de la mañana. Potter y Corrine no saben por qué y no logran calmarla. Están tan cansados que Potter desarrolla un tic nervioso en el ojo izquierdo y comienza a escuchar ruidos invisibles. Corrine llora y luego se odia por llorar porque, antes de convertirse en madre, jamás había llorado, jamás, jamás, jamás.

~

En noches como ésta, Corrine le dice a Jon, no soporta estar en ningún lugar de la casa. No quiere estar en el salón ni en la cocina, mucho menos en la habitación. No puede mover nada de sitio: ni la pila de revistas *TV Guía* al lado de la butaca de Potter, ni su toalla, que sigue colgada en el toallero. En la alfombra aún se ve la mancha de la lata de rapé de la que se quejó durante cuarenta años. Aún puede ver la marca de su pulgar en el viejo forro del volante del auto y la suave huella de su cuerpo en el colchón. Sus zapatos están por todas partes. No puede cambiar el canal del televisor.

¿A Jon le apetecería un trago? Porque a ella sí.

Jon agarra un pequeño libro de poemas que Corrine ha dejado en el porche. Lo sujeta cuidadosamente entre el pulgar y el índice como si fuera a explotarle en la mano. *Vive o muere*. Ríe. ¿La pregunta es en serio?

Claro que sí, dice ella. ¿Quieres un cigarrillo?

~

Potter y ella no hablan más que del dinero y la bebé. Por las noches han hecho la costumbre de tumbarse en la cama y pelear por todo lo que les molesta. A ella le enloquece tener que quedarse en casa. Él trabaja treinta y seis horas a la semana y no se explica cómo Corrine no ve lo afortunada que es de no tener que trabajar. Ella ha descubierto que no estaba preparada en absoluto para el aburrimiento que supone la maternidad. Él piensa que ocuparse de Alice y la casa debería bastarle. ¿Por qué no habla con otras madres jóvenes o va a reuniones de la iglesia o algo? Corrine suelta una carcajada y mira al cielo. Vaya, eso puede mantenerme ocupada como mínimo dos horas al día, dice. Y esa tontería de que las mujeres se queden en casa con sus bebés si pueden permitírselo es una mierda de primerísima categoría. Potter dice que no puede imaginar qué les dirá a los muchachos si su esposa sale a trabajar. A Corrine le importa un carajo lo que piensen los muchachos. Giran y se dan la espalda y cada cual se queda mirando la pared de su lado. Y así todas las noches.

⌒

El operador de transporte perdió el equilibrio, le dice Jon a Corrine. Tal vez estaba cansado. Tal vez riñó con su esposa antes de salir a trabajar o tenía un hijo enfermo o alguna deuda que lo mantenía despierto por las noches. Tal vez estaba trabajando un turno adicional porque uno de los hombres se había reportado enfermo y el técnico de operaciones tiene suficiente experiencia como para saber que un *boom* petrolero no es eterno. En cuanto a trabajar horas extra, su filosofía era simple: hay que hacerlo mientras se pueda.

Quizás sea algo tan simple como que resbaló, se cayó. Porque era una tarea que el operador de transporte había realizado cientos de veces y podía hacerla con los ojos cerrados: la inspección rutinaria de los tanqueros alineados junto a la plataforma de carga en la planta petroquímica, el último paso antes de llenar los tanques de etileno líquido para enviar a California. Estaba en el último peldaño de la escalera de metal, le dijeron los hombres a Jon, cuando el ingeniero que estaba hacia el final de la línea le dio paso a un camión adicional y el enganche provocó un golpe leve que le desestabilizó las manos y los pies al operador de transporte y fue a dar bajo el tren. Y, cualquier otro día, tal vez habría logrado salir de debajo de las ruedas antes de que le pasaran por encima de los muslos. Tal vez. Pero la idea agobia a Jon y ya no tiene importancia, al menos no para ese hombre que murió en el turno de Jon. Mi obligación es velar por la seguridad de mis hombres, le dice a Corrine.

⁓

Alice tiene seis meses y no duerme. Corrine está bajo la ducha caliente, se recuesta contra la pared y se golpea la cabeza contra las losetas hasta que le duele. No duerme, no duerme, no duerme.

⁓

El rodaje de la nueva camioneta es de ensueño, le dice Potter, incluso cuando le cuesta accionar la transmisión manual. ¡Y escucha esta radio! ¡Se llama alta fidelidad! Gira el botón del volumen hacia la derecha. Cuando suena Hank Williams y sus

Drifting Cowboys, le da un golpe al volante y aúlla. *Me tienes castigado hace tanto tiempo, que cuando me besas pienso que algo anda mal.* Potter se queda callado.

Ajá, dice Corrine.

Cuando llegan a casa, lo envía al supermercado a buscar algo y deja que Alice llore en la cuna unos minutos. Llama al director de la escuela. Hay un *boom,* le dice, y creo que quizás necesiten ayuda. Corrine tiene razón, la matrícula se ha duplicado y necesitan desesperadamente una maestra de Literatura inglesa. ¿Qué piensa Potter de que regreses a trabajar?, quiere saber la secretaria. ¿Tal vez Corrine le pueda decir a su esposo que llame al director?

No han cogido en meses, ¡meses!, y la culpa es de Potter, que se ha abandonado, piensa ella. Después de que llegó la bebé, Corrine debe haber caminado ochocientos kilómetros para recuperar la figura. Ha subsistido a base de lechuga y manzanas cuando lo que realmente le apetecía era un filete y una papa asada con todos los condimentos. Se ha fumado un cigarrillo cuando hubiera preferido comerse un dulce. Pero Potter es otra historia. Aumentó varios kilos durante el embarazo —trece, para ser exactos— a base de tumbarse en la cama todas las noches y compartir con Corrine un plato de helado Blue Bell mientras Alice intentaba abrirse paso en su barriga. Todavía se come un cuenco de helado todas las noches; lo lleva a la habitación y se lo come en la cama.

Y Corrine le echa la culpa a la bebé. Ama a Alice de un modo tan feroz que los días y semanas después de que las enfermeras le permitieron llevarla a casa, se estremecía hasta la médula. Que los hubieran dejado salir del hospital con algo tan frágil e importante como un bebé, les pareció un milagro y una irresponsabilidad. Pero, en lo que respecta a Corrine, hay una relación causal directa entre el nacimiento de su hija y el hecho de que no esté cogiendo. Echa de menos que Potter la sujete por las caderas y la contemple encima de él, echa de menos que sus dedos acaricien la mancha roja que le aparece en el cuello cuando alcanza el clímax, que se oscurece y crece hasta cubrirle el mentón y las mejillas.

La bebé está en la cama y ellos descansan en sus respectivas butacas mientras escuchan a Bob Wills en la radio. Corrine intenta leer un libro, pero siempre está pendiente de la bebé. Es algo que solía hacer, piensa, leer libros. Solía memorizar poemas y llorar al recitarlos. Solía salir por la puerta y dar una vuelta larga en el auto cuando me daba la gana. Solía traer mi propio sueldo a casa.

Potter hace un crucigrama. Suelta el lápiz y observa a su esposa unos minutos. Oye, dice en voz baja, ¿puedo preguntarte algo, Corrie?

Mmm. Quizás.

¿Qué necesitas?

¿Qué *necesito*?

Sí. ¿Qué necesitas, Corrine, para ser feliz conmigo y con Alice?

No titubea. Necesito volver a trabajar, Potter.

Cariño, *trabajas,* cuidas de Alice y de mí.

Así es. Pero preferiría enseñar Literatura inglesa a un aula llena de *rednecks* con las hormonas alteradas.

Temo que enseñar te resulte demasiado.

En el instante en que las palabras salen de su boca, Potter desea poder retirarlas. Y, como es de esperar, Corrine le sale al paso con los cañones listos para disparar. ¿Me estás jodiendo, Potter? ¿Estás jodiendo conmigo, en serio? Te diré lo que necesito, Potter. *Necesito* que la gente deje de hablarme como si tener un bebé me hubiera convertido en una auténtica idiota. Necesito que las buenas señoras de Odessa dejen de aconsejarme que lo que debo hacer en realidad es tener otro bebé de inmediato. ¡Ja! Cierra el libro de golpe y lo levanta en el aire, y a Potter se le ocurre que va a golpearlo con él.

Necesito volver a enseñar, dice Corrine, porque me gusta estar frente a un aula llena de adolescentes cautivos y leerles en voz alta *Mi Antonia* de la señorita Willa Cather. Deja que otra persona venga a hacerle ojitos a Alice ocho horas al día, todos los días, Potter, y ¿por qué no te detienes a pensar un instante cómo te sentirías si no pudieras salir nunca del trabajo?

Eras una gran maestra, dice, pero ¿quién cuidará de Alice?

Soy una gran maestra.

Se sientan y escuchan el tictac del reloj. El perro de un vecino ladra. El frigorífico nuevo arranca en la cocina, un ronroneo constante que suena en todas las esquinas de la casa. Potter deseará hasta el día de su muerte no haberlo dicho, pero tenía la mejor de las intenciones cuando colocó el crucigrama sobre la mesilla y fue a sentarse en la alfombra al lado de la butaca de su esposa y se preguntó en voz alta, ¿Cuándo sería razonable empezar a pensar en otro bebé?

$\backsim$

Alice es lo primero en lo que piensa todas las mañanas al levantarse y lo último en lo que piensa todas las noches antes de quedarse dormida unas horas, y todas las horas entre medio. Ella es un rayo y su secuela, un fuego que destruye un bosque de junípero y mezquite. Es el amor y Corrine no está preparada en absoluto para ello. He aquí a una persona que es, y siempre será, la razón de ser del mundo y sin la cual ese mismo mundo resultaría impensable. Si algo le pasara a Alice, si se enfermara, si ocurriera un accidente, si una serpiente cascabel reptara dentro del jardín mientras Alice descansa sobre su manta, sería suficiente para que cualquier mujer cayera de rodillas en la iglesia más cercana o, en el caso de Corrine, en el bibliobús que alguien estacionó hace una semana en el lote baldío a menos de una cuadra de su nuevo hogar.

$\backsim$

La obligación de Jon también comprende ir a casa del técnico de operaciones en mitad de la noche y tocar a la puerta y esperar en el porche a que su esposa abra. No quería despertar a los niños, le dice a Corrine, de modo que se sentó con ella en el sofá en lo que llegaba su hermana. Jon mantuvo las manos posadas sobre las piernas y escondió las uñas. En la planta se había duchado y puesto la camisa limpia que guarda en el vestidor. Pero la sangre es perniciosa y cuando se sentó en el sofá del hombre, la notó bajo las uñas y en las arrugas de los nudillos. La esposa del hombre hizo algunas preguntas y él respondió con algunas mentiras: fue rápido, no sufrió, no se enteró de lo que ocurrió. Jon veía a la esposa del hombre cruzar una mano sobre la otra y luego apretárselas con fuerza contra la boca. Algo sí pudo decirle de verdad: No estuvo solo cuando ocurrió y no estuvo solo cuando murió. Jon estuvo ahí, sujetándole la cara al hombre y diciéndole que todo estaría bien.

Alice ya camina cuando deciden probar la camioneta en la autopista, acelerar el motor y ver cómo se comporta. Potter llama a su suegro y le pregunta si podría cuidar a la bebé esa noche. Le han hablado muy bien de las montañas cerca de Salt Flat, le dice a Corrine. De camino hay un lugar para acampar, pero deben ir ahora, antes de que llegue la primavera y haga demasiado calor.

Potter ventila su vieja tienda de campaña militar en el jardín y revisa las costuras mientras Alice entra y sale por la portezuela de lona cantando la única oración completa que sabe decir. ¿Y yo? ¿Y yo?

Corrine llena la nevera portátil de cerveza, pollo frito frío y ensalada de papas y luego coloca tres cantimploras de agua en la parte trasera de la camioneta. Potter guarda en la guantera una botella de *bourbon*, una linterna, dos luces de bengala y su pistola de servicio. Corrine guarda, además, su revólver de bolsillo. Potter mete un par de condones en la billetera. Corrine mete en el bolso su diafragma, espermicida y un paquete de pañuelos desechables.

Mientras Potter alimenta a Alice, Corrine está al pie de la cama pensando si llevar un *négligé* de gasa negra que solía ponerse antes del bebé. Puede que le sirva, pero le parece ridículo llevar semejante prenda a un campamento. Después de ponerse una chaqueta de punto y una juguetona falda roja línea A que le cae justo debajo de la rodilla —a Potter le encanta esa falda— busca en el armario sus tacones negros, que al menos puede usar mientras estén en el auto. Coloca sus botas al lado del bolso. Justo antes de salir, Corrine se quita las bragas, prefiere llevar sólo unas medias negras con liguero bajo la falda. En sus casi treinta años, Corrine jamás ha salido de casa sin ropa interior. Es una delicia. Se pone las gafas nuevas, se las quita, entorna los ojos frente al espejo del ropero. Se las vuelve a poner y llega al salón. ¡Ta-rá! Levanta un brazo en el aire.

Potter abre los ojos. Se ríe y le extiende la mano. ¡Vaya! Nena, pareces una bibliotecaria.

Corrine deja caer el brazo. Pues, muchas gracias.

¡No, Corrie! Cariño, quise decir…

Pero Alice comienza a chillar y va hacia su madre tambaleándose con los brazos en alto como un ladronzuelo atrapado por el *sheriff*. Al tiempo que su esposa le pasa por el lado de mala gana, Potter le toca la manga de la chaqueta con delicadeza.

Suave, le dice, pero ella no le hace caso. En cambio, va a tranquilizar a la bebé mientras él se queda en el umbral de la puerta con la mano aún extendida hacia su esposa.

Besan a la bebé, le dan palmaditas y le hablan como si se fueran a Camerún a bordo de un carguero, luego se la pasan al abuelito con una hoja de instrucciones. Prestige mira la lista, la dobla en dos y se la guarda en el bolsillo de la camisa. Muy bien, dice. Diviértanse. No se apresuren en regresar.

Toman la nueva autopista en dirección norte hacia Notrees y pasan los campamentos de hombres, que han brotado en el aparcamiento del coliseo mientras la gente espera a que construyan más casas. En los campamentos familiares, dispersos en lotes baldíos detrás del coliseo, los niños, flacos y tiznados, juegan y se pelean y se revuelcan en el polvo. Corrine los observa y se muerde la uña del pulgar. La mayoría tal vez no esté ni matriculada en la escuela. Es un escándalo, dice. Una vergüenza.

¿Por qué? Potter juega con las luces nuevas, las prende, las apaga y vuelve a prenderlas. La gente tiene que vivir de algo.

Es una vergüenza que haya gente viviendo en tiendas de campaña en lotes baldíos, Potter. Esas compañías deberían tratarlos mejor.

Creo que probablemente hacen lo que pueden dadas las circunstancias. Está llegando mucha gente, muy aprisa.

Bah, mierda. A esas compañías petroleras no les importa esa gente y te engañas si crees lo contrario. Además —busca en el bolso el pintalabios y el polvo compacto— ¿no te molesta lo que le están haciendo a la tierra?

Potter pisa el acelerador. Me molestaría más no poder alimentarlas a ti y a Alice, no poder guardar un poco de dinero por si nuestra hija quiere ir a la universidad como su mamá.

Corrine se pasa el pintalabios rojo intenso por el labio inferior, luego se mira los dientes en el espejo. Piensa en las bragas que no lleva puestas. La sensación de la piel del asiento en la parte de atrás de las rodillas es deliciosa. Ten cuidado, dice. No vayamos a tener un accidente.

De acuerdo, Corrine. Potter pone la radio y cada uno enciende un cigarrillo. El humo se escapa por las ventanillas abiertas mientras les pasan a las camionetas cargadas de hombres. Algunos miran de frente. Otros desvían la mirada como si huyeran de algo: la ley, la mafia, la esposa y los hijos que dejaron en Gulf Shores o Jackson o cualquier otro pueblecito perdido con pocos empleos y aún menos posibilidades.

Pasan los rollos de alambre de púas y las pilas de vigas de acero que están a un lado de la carretera. Medio kilómetro más adelante, se detiene una camioneta y dos mujeres saltan de la parte trasera. Se quedan en el camellón batiendo las manos como locas durante uno o dos minutos y, cuando se detiene la siguiente camioneta, se montan en ella. Los hombres vocean. Corrine frunce el ceño y mete las manos bajo las rodillas. El forro de la falda se le ha pegado a las nalgas y los muslos le sudan. ¿Qué estará haciendo Alice en este momento?, se pregunta. Probablemente da saltos en la barriga del abuelo. Estará dolorido varios días.

Cuando llegan a Mentone, el sol arde en el filo de la tierra. Se detienen en una mesa de picnic en un escarpe justo encima del lento y manso río Pecos. Ha sido un año de sequía y nadie se ahogaría en él, aunque lo intentara. La luz difuminada del sol pinta el agua del color de la corteza de los mezquites y los cirros se ruborizan en lo alto. Se turnan para esconderse tras los arbustos y orinar. Corrine se enreda en la maleza, los tacones se le hunden en la arena y aplaude con fuerza para ahuyentar a las serpientes. Sabe que es una tontería no haberse puesto las botas a estas alturas, pero cuando sale detrás de un bosquecillo de mezquites, con la falda jugueteándole alrededor de las rodillas, Potter silba.

Hola, señora Shepard, dice. La chica de mis sueños.

Por primera vez en todo el día, tal vez en semanas, el rostro de Corrine se ilumina con una amplia sonrisa. Hola, señor Shepard.

Después de una cena tranquila de pollo frito y cerveza, continúan rumbo al norte. Ya la noche ha caído, pero las antorchas de gas natural brillan a ambos lados de la autopista. Potter dice que algunas noches las compañías queman tanto gas que se puede conducir desde Odessa hasta El Paso sin tener que encender las luces ni una vez. Son tan fiables como el sol de West Texas, dice.

Ojalá olieran mejor, dice Corrine. Ojalá supiera lo que hay allí.

Cuando salen de la autopista y se dirigen a las montañas, Potter apaga las luces y conducen a oscuras por el camino de tierra. Las antorchas brillan a la distancia. Potter mira a su esposa. Los ojos de Corrine brillan bajo la luz de gas, una peca en su mejilla se pinta de dorado y él comienza a cantar en voz baja. *Frankie era una buena chica, todos lo sabían. Pagó cien dólares por un traje para Albert. Es su hombre y la traicionó.* Cuando extiende el brazo y le toca la rodilla, su esposa salta. No se han tocado —a lo sumo una palmadita— desde que le entregaron la bebé a su padre hace unas horas.

Corrine pone la mano encima de la de Potter y le frota suavemente los nudillos. ¿Estás tratando de coquetear conmigo?

Potter ríe. Sí, quizás, un poco.

Vaya, Corrine respira profundo. Muy bien.

De pronto, Potter toma otro camino de tierra hacia el desierto abierto. Durante unos minutos, el auto salta en el camino y sus cabezas bailan como boyas de pescador mientras Potter otea las vías de acceso a ambos lados, tan estrechas que apenas cabe una camioneta. Corrine se inclina hacia delante y mira a través del parabrisas. ¿A dónde vamos?

Creo recordar que había un pequeño promontorio por aquí. Un buen lugar para ver salir la luna y las estrellas. ¿Quieres que nos detengamos y salgamos un rato de la camioneta?

Muy bien.

Unos minutos más tarde, se detiene al lado de un bosque de mezquite. Este lugar luce bien.

Se sientan en la portezuela de la caja unos minutos y mecen los pies mientras fuman y ven salir algunas estrellas. Una luna sonriente cuelga justo por encima del filo de la tierra: pueden ver el Burlington Northern cruzar el desierto, aunque está lo suficientemente lejos como para que el silbido de la locomotora les llegue apenas como un leve gemido. De un salto, Potter llega a la ventanilla del pasajero y Corrine lo escucha abrir la guantera. ¿Vamos a dispararnos?, le dice ella.

Ja, ja. Qué graciosa la señora. Regresa con el *bourbon* y se recuesta en la caja cerca de ella, la botella apretada entre los muslos. Patea el suelo. Potter podría decirle a Corrine muchas cosas en este momento y ella piensa —no es la primera vez que lo piensa— que tal vez debió casarse con Walter Hendrickson, el chico del pueblo que se convirtió en compositor de canciones *country* y además le pagaban por ello.

Me gustaría que fueras feliz sin tener que salir de casa, dice Potter.

Corrine se pone de pie y se aleja de la camioneta dando zancadas. Cuando da media vuelta, es una furia. Vete a la mierda, Potter.

Potter parece querer huir hacia los matorrales. Con suerte —para Corrine— caerá en un pozo abandonado o en un nido de serpientes cascabel.

Voy a decirte algo, Potter. Lo único que detesto más que quedarme en casa con Alice todo el día es sentirme culpable por no querer hacerlo. Se le quiebra la voz y se mete el puño en la boca. Trata de no llorar y eso le da más rabia aún.

Potter desenrosca la tapa del *bourbon* y bebe un trago largo, luego otro. En algún lugar del bosque una perdiz comienza a cantar. *Chancaca. Chancaca.* Y otra le contesta *Chan. Chan. Chan.* Las estrellas fugaces cruzan el cielo —ahí va una— y desaparecen al instante. Potter le extiende la botella, pero

Corrine niega con la cabeza y enciende otro cigarrillo. Él la observa fumar unos minutos y luego se pone de pie y reposa la botella en la caja. Abraza a su esposa por los hombros. Corrine es una mujer alta y voluptuosa, pero aún es casi treinta centímetros más baja que su esposo. Se inclina hacia ella y la mira directamente a sus hermosos ojos. Corrine, lo siento.

Si le hubiera confesado que era un espía soviético, no le habría sorprendido tanto. Corrine no le pide perdón a nadie por nada, es uno de sus defectos, pero tampoco es que Potter vaya por ahí pidiendo perdón a cualquiera.

Corrine le toca la cara, una mano grande y tibia contra la mejilla de Potter. Hace meses que no lo toca así.

Potter, mientras tú piloteabas aviones sobre Japón, yo enseñaba Literatura inglesa todo el día y luego conducía al campo con un grupo de mujeres y ayudaba a montar el ganado en los trenes de carga. Cuando llegaba la noche, estaba extenuada, cansada de verdad, Potter, hasta el tuétano. Al final del día, me dolían hasta las tetas. Pero también me sentía fuerte. Luego los hombres regresaron a casa y a nosotras nos correspondía preñarnos lo más pronto posible y regresar a la cocina como regresa un rebaño de vacas al granero. Y puede que eso esté bien. Supongo que a muchas mujeres les agradará el arreglo o quizás se quejen menos que yo. Corrine se aleja de la caja, camina unos pasos y se adentra en el desierto. Da media vuelta y mira a su esposo. Amo a Alice. Es lo mejor que hemos hecho juntos. Pero escúchame, Potter. Estoy perdiendo la cabeza.

Camina hacia él y se quedan, uno al lado del otro, junto a la caja. Algunas antorchas de gas se han apagado y el cielo ha vuelto a llenarse de estrellas. Corrine está de pie, rígida, al lado de su esposo. La espalda recta, como siempre, pero le tiemblan las manos.

Tan pronto como lleguemos a casa, dice él, buscaremos a alguien que cuide a Alice, una de esas viudas petroleras a las que no dejas de recordarme.

Vaya, por fin. Gracias. Apaga el cigarrillo contra el parachoques de la camioneta. ¿Puedo pedir algo más?

Cariño, si el director me pregunta —y sabes que lo hará— le aseguraré que lo discutimos y estamos de acuerdo en que debes regresar a trabajar.

Corrine sonríe con amargura y mira hacia el cielo. Potter tiene razón, por supuesto. Necesitará el permiso de su esposo y, aun así, puede que no le den el trabajo. Tan sólo de pensarlo a Corrine le dan ganas de escupir o de romperle una botella en la cabeza a alguien. No es eso, Potter. Quiero que me hables.

¿Que te hable?

Como hacías antes de que naciera Alice. Como si estuviéramos conociéndonos.

Corrine observa el rostro de Potter y le parece que no podría mostrar menos entusiasmo si le hubiera pedido que se arrancara un diente con unas pinzas.

Oh, por el amor de Dios. Olvídalo. Corrine arroja el cigarrillo hacia un creosote, se sienta con un golpe en la caja y patea en el aire.

Potter da un par de vueltas alrededor de la camioneta. A la tercera vuelta, se detiene frente a su esposa. Con suavidad, le sujeta las piernas para que deje de patear. Señora Shepard, ¿le gustaría tomarse una copa conmigo?

Sí. Creo que lo haré. Corrine agarra la botella, desenrosca la tapa y bebe un par de tragos largos. Un chorrito de *bourbon* le corre por el cuello.

Tiene un cuello hermoso, largo y delgado, con algunas pecas. Potter le toca el cuello con un dedo y comenta asombrado sobre la suavidad de su piel, la nueva línea que le atraviesa la garganta. ¿Alguna vez le he dicho que tiene un cuello hermoso?

Hace tiempo que no.

Sí. Se inclina y toca con la punta de la lengua el chorrito de *bourbon* que reluce en la clavícula de Corrine. Qué palabra tan hermosa. Clavícula.

Corrine se inclina sobre él y mira hacia las estrellas. ¿Crees que alguien podrá vernos aquí?

Qué va, los veríamos venir a quince kilómetros de distancia.

Esposa y esposo se miran uno al otro. *Habla*, piensa ella.

Déjame saborearte, dice él y aprieta los labios contra su boca. Esa mujer hermosa con sus nuevas gafas y el pelo amarrado en un moño. Su dulce Corrine con la boca tibia de *bourbon*.

Corrine va a quitarse las gafas.

Déjatelas puestas. Por favor.

Lo mira por unos segundos y bebe otro trago de *bourbon*, la garganta se le mueve suavemente cuando traga. Podríamos distraernos y no ver si se acerca algún auto.

Creo que necesitas otro trago de *bourbon*, dice él. Valor líquido.

Corrine bebe otro trago. Le pasa la botella a su esposo. Por el valor.

Por el valor, dice él. Reposa la botella y le toma la mano, primero la aprieta contra su corazón y luego contra el frente de su pantalón vaquero. La cosa se está poniendo dura. Corrine suelta una risita y Potter le separa las piernas con suavidad, pasa la mano sobre las medias y abre los ojos cuando sus dedos se encuentran con la piel desnuda.

¿Por qué no te pones de pie, Corrine, y me muestras esas medias negras?

Corrine da unos pasos hacia delante, la luna ilumina su rostro y su pelo. Luciendo sus tacones negros y una sonrisita juguetona, se levanta la falda lentamente.

Por Dios, cariño. Ven aquí. La sube a la caja, el dorso de sus rodillas golpea suavemente el metal, luego tira de ella hasta el borde de la caja. Recuéstate, Corrine.

⌇

Jon no se ha fumado un cigarrillo desde que estaba en el extranjero y se había prometido no volver a hacerlo, pero cuando se lleva el humo a los pulmones, siente que el pecho se le expande, le crece y se siente tan bien, carajo, es un alivio tan grande que teme echarse a llorar. ¿Qué le dices a un hombre que se está muriendo en tus brazos? No tengas miedo. No estás solo.

El disco deja de sonar. Jon y Corrine escuchan el clic de la aguja cuando se levanta del plato y regresa a su lugar.

Corrine, dice Jon, ¿le importaría escuchar un poco más?

¿La música?, pregunta ella.

Sí.

¿Le darías la vuelta al disco?

Cuando Jon intenta ponerse de pie, tropieza en la oscuridad y cae contra el hombro de Corrine. Trata de enderezarse, pero ella lo agarra por la camisa y lo acerca hacia ella, como si fuera un niño que ha resbalado y se ha caído de un muelle o como si ella fuera un barco a punto de hundirse o como si estuvieran en un mar revuelto y ninguno de los dos supiera nadar. Corrine le toma la mano y se la lleva al rostro, luego de una pausa, él hace lo mismo. Se sientan uno al lado del otro y ven salir las últimas estrellas. El sol saldrá dentro de poco, dice uno de ellos. Es hora de irse a casa.

◡

De regreso a casa, la siguiente tarde, Corrine toma la mano tibia de Potter de la palanca de cambios y la aprieta suavemente contra su falda, luego la dirige hacia el frente y por debajo, pasa un pequeño rasguño en la rodilla derecha y se detiene en el muslo desnudo. Están extenuados, tienen resaca, les duele todo y nunca llegaron a las montañas. Corrine gira el cuello y saca la cabeza por la ventanilla para verse en el retrovisor. Cuando lleguen a casa, encontrarán los mismos problemas. Seguirán siendo un joven y una joven que hace apenas unos años dejaron atrás la peor guerra de su vida, con preocupaciones y miedos y una niñita que alimentar y amar. Pelearán por el dinero y por el sexo y por ver a quién le toca podar el césped, lavar los platos, pagar las cuentas. En unos años Corrine amenazará con tirarlo todo por la borda cuando se enamore del maestro de Ciencias Sociales y, unos años después, Potter hará algo similar. Y en cada ocasión se aguantarán y esperarán a que el amor resurja entre ellos, y cuando suceda, será sorprendente. Pero esta mañana, el cabello de Corrine se desordena dentro de la cabina de la camioneta y unas manchitas rojas pintan su hermoso cuello. Cariño, dice Potter, estás más hermosa que nunca.

Debra Ann

LAS HISTORIAS DE Jesse son mucho mejores que las suyas. Estuvo en el ejército y sirvió en el extranjero. Cuando regresó a su casa al este de Tennessee, le cuenta, llevó los papeles de licenciamiento en el bolsillo de la camisa por un tiempo, como si alguien pudiera pedírselos, como si regresar vivo a casa lo convirtiera en un criminal. Dijo que le arreglaron los dientes cuando ingresó en el servicio y, cuando su mamá lo vio por primera vez, empezó a cubrirse la boca para sonreír, las enormes manos llenas de arañazos y cicatrices de martillos y ganchos de carnicero y máquinas de coser industriales, los nudillos inflamados y en carne viva.

En la fiesta de bienvenida, Jesse observaba a la gente saludarse y sonreír desde la caravana de su familia. Intentaba mantenerlos de su lado derecho, pero, aun así, se perdía de mucho de lo que decían. Asentía y sonreía y les permitía rellenarle el vaso y, cuando alguien le preguntaba dónde había estado, decía, Ni idea, jamás aprendí a pronunciar el nombre de ese lugar, y pensaba en los dos niños que había matado. Las tías hablaban de recoger algodón o trabajar en las fábricas de textiles. Los tíos hablaban de conducir hasta el este de Kentucky para trabajar en la mina y se les ensombrecía la mirada cuando veían que Jesse los observaba. Has escogido el peor momento para regresar a Belden Hollow, decían. Aquí no hay nada que hacer.

Entonces llegó su primo Travis en una Ford F-150 nueva que se había comprado en Texas. Y la pagué al contado, dijo. Llevaba botas nuevas y tenía un nuevo apodo, «Boomer», dijo, porque casi sale volando por los cielos la primera semana de trabajo.

Porque es muy joven y porque es una chica, Jesse no le cuenta a Debra Ann lo que su primo le dijo después. No tienes que saber nada acerca del petróleo. Sólo tienes que hacer lo que te manden y cobrar todos los viernes. Trescientos semanales y todos los chochos de West Texas que puedas manejar. Empaca los condones, hermano. Prepárate para pasarla bien.

En cambio, Jesse le cuenta a D. A. que salió de Tennessee en enero con sus pertenencias en el asiento delantero de la camioneta y el número de teléfono de Boomer en el bolsillo y un ruido particular en la cabeza, un ruido tipo Jesse-déjate-de-pendejadas. Le cuenta que, cuando desaparecieron los árboles al otro extremo de Dallas, se preguntó cómo diablos podía existir un lugar tan polvoriento y marrón. Hasta el cielo azul se tornaba del color del polvo cuando el viento soplaba con suficiente fuerza. Había veces que apenas podía distinguir el cielo de la tierra, el polvo del aire.

Y viniste a Odessa, dice D. A.

Así fue. El capataz en el lugar donde trabajaba Boomer me miró y se echó a reír. No te dan miedo los espacios pequeños, ¿verdad, enano?, me preguntó. Cuando le dije que había sido una rata de túnel al otro lado del océano, el señor Strickland me dio un billete de veinte dólares para que me comprara unas botas y me dijo que llevara una muda de ropa al día siguiente.

Mi papá limpiaba tanques de agua salada, dice D. A., justo después de que yo naciera. Dice que la primera vez que se subió a un tanque con su respirador, una escoba y una espátula de metal tan alta como él, por poco le da un ataque al corazón por lo pequeño y oscuro que era.

Están sentados uno al lado del otro en la boca del tubo, ambos con las rodillas contra el pecho para evitar que la piel desnuda toque el cemento ardiente. Cuando me subí a ese tanque, dice Jesse, parecía un hombre. Cuando salí, parecía una de esas estatuas de ónix como las que había en los mercados en el extranjero. Estaba cubierto de petróleo de pies a cabeza. Me tomó veinte minutos limpiarme en las duchas del campo.

Mi papá lo detestaba. Se le revolvía el estómago.

Supongo, dice Jesse y se queda en silencio. Allá en casa no había nada más que hacer que pescar en el río Clinch y buscar ágatas en Paint Rock o Greasy Cove. Tal vez ir al hospital de veteranos una vez por semana a ver si le había mejorado el oído.

Pero aquí en Odessa, trabaja. Como un hombre. Jesse agarra un pedazo de tiza y dibuja unas marcas en el cemento.

Gracias a tu hospitalidad, le dice a Debra Ann, estoy ahorrando casi todo lo que gano. Tendré el dinero de Boomer más o menos en un mes y tendrá que devolverme la camioneta.

De vez en cuando ve a Boomer en el bar de *strippers* sentado en la barra con los mismos tres tipos que sacaron a Jesse de su camioneta. Beben y miran a las mujeres y cuando ven a Jesse barrer cristales rotos o limpiar vómito, se tapan la boca y ríen, pero nunca le hablan, nunca le preguntan dónde vive.

D. A. le muestra la tarjeta postal que llegó justo después del cuatro de julio. Se la pasan, la miran por ambos lados. Un *cowboy* de yeso con el sombrero hundido hasta las cejas, recostado contra un rótulo que lee: GALLUP, NUEVO MÉXICO.

Pero el matasellos es de Reno, dice Jesse.

Lo sé, dice D. A., no tengo idea de dónde está mi madre y le arranca la postal de la mano a su amigo y sube corriendo la empinada rampa del canal sin decir adiós. Se apresura para alejarse de él, para ir a algún lugar privado donde nadie pueda ver su tristeza.

⌒

Debra Ann nunca se ha montado en un avión, ni siquiera ha salido de Texas, pero Ginny y ella solían conducir hasta West Odessa todos los meses para pasar una o dos horas con la bisabuela de Debra Ann. Ginny se sentaba en un extremo del sofá y D. A. en el otro mientras la anciana les rellenaba los vasos de té helado y hablaba de la segunda venida. De regreso al auto, a veces Ginny le agarraba la mano a su hija. ¿Por qué no conducimos hasta Andrews y nos compramos un helado en Dairy Queen?, decía. O, ¿quieres ir a las dunas a ver salir las estrellas y luego ir a Monahans y comprarnos una hamburguesa con queso en el *drive-in*?

Se sentaban en el capó del auto y escuchaban el viento soplar con tanta fuerza que les dejaba un sabor a arena en la boca y por la noche encontraban rastros de arena en el fondo de la bañera y a Debra Ann le parecía que todas las estrellas habían salido sólo para ellas. Ahí está el Cinturón de Orión. Ginny señalaba el cielo sureño. Ahí están las Siete Hermanas. La gente dice siete, pero son nueve y miles de estrellas más que no podemos ver.

Y una noche, cuando vieron un camión tomar el mismo camino de tierra que habían tomado ellas, Ginny se enderezó en el asiento y se quedó atenta, los ojos grises entornados y los hombros rectos.

¿Nos vamos?, preguntó D. A.

No, dijo Ginny. Tenemos el mismo derecho de estar aquí que cualquier otra persona. Se bajó del capó y metió la cabeza por la ventanilla abierta para sacar algo de la guantera, luego puso la radio del auto y volvió a subirse al capó. Cuando empezó el programa de *jazz* en la estación de la universidad, escucharon a Chet Baker y Nina Simone; la trompeta, el piano y las voces flotaban sobre la arena y desaparecían tras las dunas.

Trata de recordar esta noche, dijo Ginny. Tenía lágrimas en los ojos. La luna salió grande y anaranjada sobre veinte kilómetros de arena pálida en ese rincón del mundo, vacío excepto por ellas. Le sonrió a su hija y le pasó las llaves del auto. ¿Quieres conducir hasta la autopista, D. A.? Hay dieciséis kilómetros de camino de tierra antes de llegar al pavimento.

⌐

Él le cuenta que cuando el niño salió de un túnel lateral y se colocó delante de él estaban en una cámara subterránea, tan cerca del nivel freático que Jesse podía oler los minerales. Y que le sorprendió ver que un niño se hubiera materializado de ese modo en la oscuridad, aunque no debió sorprenderle. Se quedaron mirándose uno al otro, dos niños asustados, boquiabiertos y Jesse no vio al segundo niño hasta que lo golpeó con la culata del rifle en la oreja izquierda.

No le dice a Debra Ann que el eco de su pistola de servicio aún rebotaba en las paredes de tierra cuando se levantó y vio a ambos niños con sendos agujeros en el pecho, que sacudió la cabeza para librarse de la extraña dureza en el oído sangrante, como si de pronto alguien hubiera levantado una pared de ladrillos entre él y el mundo. No le parece correcto decirle a D. A. que a veces se despierta pensando en ellos. ¿Serían hermanos? Y, si lo eran, ¿su mamá se habrá quedado despierta toda la noche esperando a que regresaran a casa y preguntándose qué pasó?

Jesse ha ahorrado suficiente dinero como para recuperar su camioneta y empieza a creer que podrá regresar a casa antes del invierno cuando una de las bailarinas le dice que Boomer se ha mudado. Le entrega una servilleta con su nuevo número de teléfono y dirección. Dice que vayas cuando tengas el dinero.

Jesse estudia el número de teléfono escrito justo debajo del logo del bar: la silueta de una mujer de pechos grandes con un par de orejas de conejo sobre la cabeza. *Penwell, TX, caravana detrás del puesto de gasolina.*

¿Cómo voy a llegar a Penwell?, le pregunta a la mujer.

Está sólo a veinticuatro kilómetros del pueblo. Le pasa la mano suavemente por el brazo. Lo siento, bonito, te ayudaría si pudiera. Y, a pesar de las malas noticias, Jesse siente la calidez de su tacto durante varias horas.

⌒

No ha llovido en nueve meses y los surtidores de agua trabajan día y noche. A cualquiera que esté dispuesto a escucharla, D. A. le dirá con orgullo que no se ha dado un baño de verdad desde mediados de junio. Sólo pasa por debajo del surtidor de agua más cercano y se da por bañada. Es lo mejor de no tener a su madre cerca, le dice a Aimee, quien dice que la suya no le quita el ojo de encima.

Aimee es quince centímetros más baja que Debra Ann y tiene las pestañas tan rubias que son casi invisibles. Juntas, las niñas corren entre los surtidores de agua en el jardín trasero de Aimee mientras la piel del rostro se les quema, se les llena de pecas y se les cae. Cuando a D. A. le crece tanto el flequillo que le cubre los ojos se pone en cuatro patas y juega a ser un perro ovejero que persigue a Aimee por el jardín. Comparten bolsas de papitas fritas, relatos fantásticos, niguas y una tiña que se pasan de una a otra. Las picaduras de insecto que les cubren los brazos y piernas se convierten en pupas, costras y cicatrices. Cuando los hombros se les ponen como tomates, se sientan a la sombra del muro de bloques de hormigón e ignoran a la madre de Aimee, que se asoma a la puerta trasera a cada rato y mira hacia el jardín hecha un manojo de nervios. Aimee dice que el teléfono no deja de sonar en su casa. Ayer oyó a su mamá preguntarle a alguien si no se cansaba y colgar el teléfono con tanta fuerza que de seguro le explotó el tímpano al que llamó.

En la piscina de la YMCA, la señora Whitehead se sienta rígida en el borde de una silla de extensión con el bebé en brazos y observa a Aimee saltar del trampolín alto por primera vez. Cuando le toca su turno, Debra Ann se queda unos segundos en el borde del trampolín temblando, flaca y aterrada, pero luego mira hacia abajo y ve a Aimee chapotear en la parte honda y llamarla, y se lanza al vacío. Justo después de caer en el agua y antes de patear hasta la superficie, se siente capaz de hacer cualquier cosa. Aimee dice que se siente igual.

Su fe radica en su cuerpo, los músculos y tendones y huesos que las sostienen y les dicen *muévanse*. Son estrellas de atletismo y gimnastas y nadadoras olímpicas que ganan medallas de oro en clavado y natación sincronizada. Mientras la señora

Whitehead le cambia el pañal al bebé y trata de que agarre su nuevo biberón, las niñas se hunden una a otra y saltan a la piscina desde el borde. Bajan al fondo y se sientan con los traseros pegados a la superficie áspera, suben la vista y observan a la multitud de niños de extremidades delgadas que forman sombras en el agua.

Aguantan la respiración lo más que pueden y cuando suben a la superficie tosiendo y escupiendo ven a la señora Whitehead al borde de la piscina pidiendo a gritos que alguien venga a socorrerlas.

¿Qué te pasa?, grita Aimee. Agarra una gran bocanada de aire y vuelve a sumergirse, sus piernas delgadas patean y la alejan de su madre.

¡Estamos bien!, dice D. A. Estamos jugando.

La señora Whitehead se pasa el bebé a la otra cadera y le arregla el gorro. Quiero que salgan del agua y se sienten aquí un rato, le dice a Debra Ann. Por favor, ahora.

Aimee lee la entrevista a Karen Carpenter en *People* y jura beber al menos ocho vasos de agua al día y, cuando están listas para irse, lleva su ropa a un cubículo cerrado para quitarse el traje de baño y vestirse. Debra Ann manifiesta en voz alta que le preocupa que su padre esté trabajando demasiado, que la cena que ella le prepara no sea lo suficientemente buena. La verdad es que los macarrones con queso no son una comida saludable. Aimee dice que su madre no duerme de noche y que cada vez que su papá viene al pueblo se quedan en la cocina y pelean por el juicio. La semana pasada, uno de ellos rompió una lámpara.

Papá quiere que nos vayamos al rancho ahora mismo, le dice a Debra Ann. Dice que está harto de pagar un alquiler más una hipoteca. Mi madre puede ser bien jodona. Aimee dice esta última palabra despacio, nota D. A., la suelta y la deja flotar en el aire entre ellas como un perfume maravilloso, como palomitas de maíz con mantequilla o una barra de chocolate tibia.

Cuando D. A. le pregunta dónde ha estado y por qué no ha querido compañía, Jesse dice que no sabe. Puede que sea el calor, pero últimamente siente un zumbido constante en el oído bueno, un malestar que persiste aun después de que el bar ha cerrado y el portero ha apagado la música.

No le dice que siente el ruido aun cuando una de las bailarinas saca unos cuantos billetes de su fajo de propinas y dice, Gracias, Jesse, eres un encanto. Que lo siente cuando limpia el suelo y saca la basura al contenedor, cuando recibe su paga y le da las buenas noches al barman, que también es veterano y le permite llegar antes de la hora de entrada de las bailarinas para usar las duchas del camerino. Y Jesse se lo agradece de corazón. Pero le gustaría que el hombre lo invitara alguna vez a beberse una copa con el resto de los empleados al final de una noche larga.

No le dice a D. A. que el ruido lo persigue hasta casa y que se acuesta en el camastro con él mientras aguarda a que llegue el gato callejero y se acurruque a su lado, y que sigue ahí, en las mañanas, cuando él y el gato se despiertan y se estiran y se sorprenden de que ya haga tanto calor, malvado y persistente. En cambio, le dice que pensó que podía dormir en cualquier lugar después de haber estado en el extranjero, pero encuentra la cama más dura que el mes pasado y algunas mañanas se despierta con la sensación de que jamás volverá a casa. Ya ha llegado el verano y aún no ha pescado en el río Clinch. Su hermana Nadine aún no le ha gritado que se ponga un sombrero antes de que muera de una insolación. Este lugar está a miles de kilómetros de casa. Creo que estoy muy cansado, dice.

Sé a qué te refieres, dice D. A. porque cree que eso es lo que diría una persona mayor. Me siento igual. Se rasca con fuerza un sarpullido que le ha salido en el tobillo. Cuando empieza a sangrar, Jesse se pone de pie y va a su escondite a buscar un pañuelo desechable. Ella no tiene permiso para entrar. Jesse le ha explicado que no sería correcto que ella viera su ropa interior en el suelo o el kit de afeitarse desparramado sobre un contenedor de leche invertido. Ya lo he visto, podría decirle D. A. si quisiera. A veces cuando estás trabajando, el gato y yo nos echamos una siesta en tu camastro.

No debes rascarte esa tiña, le dice. Así es como se pega. El hongo se te mete por debajo de las uñas y contamina todo lo que tocas.

D. A. retira la mano de la pierna y se mira las uñas unos segundos. Cuéntame una de tus historias, dice. Cuéntame de la vez que pescaste un pez gato de dos cabezas. Cuéntame de tu hermana, Nadine, y de cómo la bautizaron dos veces sólo porque pensó que la primera vez no había surtido efecto. Cuéntame de Belden Hollow y los trilobites.

Pero a Jesse no le apetece, hace unas cuantas semanas que no le apetece nada. Tal vez, la próxima vez Debra Ann pueda traerle algunos tomates de los que la señora Ledbetter cultiva en casa, tal vez algunas de esas pastillas para dormir que la señora Shepard guarda en un cajón de la cocina. Tal vez, si pudiera dormir bien de noche, se sentiría mejor.

Tal vez, dice D. A., pero creo que ya no habrá más tomates en lo que queda del año. No le dice a su amigo que ha estado pensando dejar de robar desde que llegó la postal de Ginny porque se ha dado cuenta de que puede ser la niña más buena del mundo, puede ayudar a cualquier desconocido varado en West Texas y no cambiará nada. Ginny no regresará a Odessa, al menos no por ahora.

Están tumbados al fondo del canal de desagüe en un lugar en el que hay un poco de sombra. De vez en cuando mojan unas toallitas en un cubo de agua helada, las exprimen y se las ponen sobre la cara. Si necesitas llegar a Penwell, dice ella como quien no quiere la cosa, puedo llevarte en auto.

Eres demasiado pequeña para conducir, ríe Jesse y agarra un trocito de hielo del cubo y se lo echa en la boca para chuparlo. D. A. mete la mano en el cubo y busca el trozo de hielo más grande que puede encontrar. Lo lanza con todas sus fuerzas y el hielo se hace pedazos en el cemento y se derrite casi al instante.

Espera, dice Jesse y vuelve a meterse en su escondite unos minutos. Cuando sale, trae un fajo de billetes: setecientos dólares. Necesita cien más y luego podrá ir a Penwell por su camioneta.

¿Puedo sujetarlo?, pregunta D. A. y, cuando Jesse le pasa el dinero, comienza a dar saltos y dice, Somos ricos, somos ricos, somos ricos.

Jesse le extiende la mano y ella le devuelve los billetes de mala gana. Puedo traerte una gomita para amarrarlos, le dice. ¿Cuándo regresas a Tennessee?

Allá no hay trabajo, dice él, pero, cuando recupere mi camioneta, podré quedarme aquí un poco más y ganar mucho dinero en una plataforma petrolífera.

Lo que no dice: Si llega a casa con las manos vacías, Nadine y su mamá sólo lo verán como la cagada más reciente en una vida llena de cagadas.

Permanecen en silencio unos minutos, de vez en cuando se incorporan para mojar la toallita en el cubo, exprimirla y ponérsela en la parte del cuerpo que esté peor. Frente, cuello, pecho.

No he visto al gato en unos días, dice Jesse. Debemos ponerle nombre.

¿Tricky Dick?, dice Debra Ann. ¿Elvis? ¿Walter Cronkite?

No, no se le puede dar un nombre humano a un gato, dice Jesse. Es un buen cazador. ¿Qué tal un nombre que tenga que ver con eso?

¿Arquero?, dice D. A. ¿Francotirador?

Arquero, dice Jesse. Le pondremos ese nombre.

D. A. se enrolla la toallita en la muñeca y cuenta hasta cinco, luego se la enrosca en la otra muñeca.

Es tarde y la sombra se ha extendido un poco más en el canal de desagüe. Jesse se aparta un poco y se queda en silencio un momento. Su mamá nunca sabía lo que Nadine y él hacían de pequeños. Con tal de que llegaran a tiempo para cenar, no le importaba el resto. D. A. es una niña fuerte, piensa. La echará de menos cuando regrese a casa.

Ella lo ha estado observando con detenimiento, ha estudiado las emociones que se reflejan en su rostro delgado. Mi mamá me dejaba conducir por todas partes, dice.

No es verdad, dice Jesse. No llegas a los pedales.

Claro que sí. Tengo que sentarme en el borde del asiento, pero sí llego. Busca otra vez dentro del cubo de agua, pero ya se ha derretido todo el hielo. Saca un dedo y dibuja un corazón en el cemento caliente. Se evapora al instante.

Si necesitas que alguien te ayude a ir a Penwell, dice D. A., puedo tomar prestada la camioneta de la señora Shepard por una hora. Tú conduces hasta allá, recuperamos tu camioneta y, de regreso, yo te sigo en la camioneta de la señora Shepard. Si lo planificamos bien —por ejemplo, cuando ella salga a hacer recados— no se enterará.

Si no se entera, es robar, dice Jesse.

No es robar si la devuelves.

Y si tuvieras un accidente al regreso, jamás me lo perdonaría.

No voy a tener ningún accidente.

Tal vez, si fueras un poco mayor: trece, incluso doce.

D. A. se pone de pie y camina hacia él. Cruza los brazos y entorna los ojos. Vaya, supongo que soy lo suficientemente mayor como para ayudarte todo el verano. Supongo que soy lo suficientemente mayor como para no decirle a nadie que un hombre vive aquí, que se come las cazuelas de la señora Ledbetter y que trabaja en el bar de *strippers*.

∾

Las cuatro niñas apoyan una vieja escalera de aluminio contra el nuevo muro de seguridad de Mary Rose, que mide dos metros de altura y está hecho de concreto. Y como tiene los pies más pequeños y buen equilibrio en la viga, Casey coloca los blancos. Cada sesenta centímetros, se inclina con cuidado y coloca una lata vacía de Dr Pepper encima del muro. Cuando ha colocado una docena de latas, camina hasta el extremo y se sienta a horcajadas en el concreto. Las niñas observan a Aimee practicar. Con cada tiro, una lata vuela sobre el muro y cae en el callejón. Cuando cae la última lata, Lauralee las recoge, sube la escalera y se las alcanza a Casey. Y vuelta a empezar.

Aimee es generosa con su rifle calibre .22, pero Casey le tiene miedo y la señora Ledbetter dice que Lauralee no puede tocar el arma. Por tanto, Lauralee lleva la puntación: cuántos tiros, cuantos agujeros en las latas. Ahora le toca a D. A., pero cuando le da al muro en vez de a las latas y el perdigón rebota sin control entre el concreto y la tierra y Casey se enreda en su falda larga y se cae del muro, D. A. decide que se limitará a observar a Aimee.

Cada día Aimee se coloca un poco más lejos de los blancos y cada día mejora la puntería. Aimee le dice a D. A. que algunas noches, luego de que todas se han ido a casa, su mamá y ella van al jardín y practican hasta que está tan oscuro que no pueden ver las latas.

Todas las mañanas, cuando las demás niñas están en clases de natación o en el campamento cristiano, D. A. le lleva comida a Jesse y le pregunta si ya ha ahorrado lo suficiente para regresar a casa. Todas las tardes, observa a Aimee colocarse la escopeta contra el hombro y dispararle a una hilera tras otra de latas.

A principios de agosto, Mary Rose va al jardín y observa a Aimee dispararles a cuarenta latas seguidas. Entra en la casa unos minutos y regresa con dos madejas de hilo de crochet viejas y una pequeña aguja de madera. Las niñas improvisan una línea de producción: D. A. perfora un hueco en el fondo de cada lata, Lauralee mete el hilo por el hueco y mueve la lata hasta que sale por la parte de arriba, Casey hace un nudo para evitar que la lata se salga del hilo y así sucesivamente. Es una guirnalda de Navidad hecha de latas de aluminio, dice Casey cuando tienen una ristra de veinte. Cuelgan la mitad de la ristra sobre las ramas más bajas del pequeño olmo que Mary Rose sembró la semana que llegaron a la casa. El resto de la ristra cuelga en el aire. D. A. corre hacia ella, le da un golpe y sale de la línea de fuego. Las niñas observan a Aimee dar en el blanco todas las veces antes de que se le acaben los perdigones. Mientras Aimee descansa el dedo del gatillo, Debra Ann recoge las latas y cuenta los agujeros. Cinco tiros, le grita a Lauralee, cinco agujeros en una sola lata. Cinco latas, cinco agujeros, un agujero en cada lata. Lauralee apunta en su libreta.

Eres una gran tiradora, D. A. le dice a Aimee. Tal vez puedas enseñarme el próximo verano.

~

Te voy a contar una historia muy buena que mi mamá solía contarme, Debra Ann le dice a Jesse cuando está demasiado cansado para salir y sentarse con ella sobre los contenedores de leche. Si no te importa, le dice él sin fuerzas desde dentro del tubo, voy a quedarme aquí en la cama y escucharte.

¿Está todo bien con el dinero?, le pregunta y él le dice que sí, que pronto lo tendrá todo, pero que esta tarde está muy cansado. De noche hace demasiado calor para dormir y le duele el oído. D. A. se pone de pie y camina hasta la boca del tubo. ¿Puedo sentarme aquí en el borde?, le pregunta. Así me escucharás mejor.

La voz de Jesse es débil. De acuerdo, pero no entres. No quiero compañía en este momento.

La boca del tubo mide quince centímetros más que Debra Ann, que se mete justo hasta el borde de cemento y se desliza por la curva hasta quedar sentada con la espalda contra la pared. Están a principios de agosto y el día está cansado y quieto. Aun en la sombra, el aire le quema la cara, el cuello y los hombros.

Había una esposa de un ranchero, le cuenta, que vivía cerca del río Pecos cuando todavía había ovejas en este lado de Texas. Era una mujer muy hermosa con la melena tan abundante y roja que cuando se ponía al sol, parecía que ardía en llamas.

Elizabeth Wetmore

Pero era muy desafortunada. Una vez que sus hijos fueron a revisar las vallas con su papá, vino una tormenta de nieve de repente y todos murieron congelados. Los rescatistas encontraron a los niños en un cauce seco junto con los caballos. Su esposo estaba a pocos metros con la cabeza apoyada contra la cerca de alambre de púas que la mujer le había ayudado a construir hacía apenas unas semanas.

Nadie la vio en tres años. No venía al pueblo, ni siquiera a buscar café o harina de maíz. El empleado de correos le guardaba la correspondencia en una caja de madera detrás del mostrador y, aunque algunos hombres a veces hablaban de ir a ver cómo estaba, nadie quería interferir con su pena. Además, habían sido un par de años difíciles. No daban abasto con el invierno de 1886 y la prohibición del ganado de Texas y pensaron que probablemente habría muerto.

Por fin a alguien se le ocurrió la idea de echar a suertes quién iría a trocear su cuerpo o ahuyentar a los gavilanes de sus huesos. Pero cuando el chico de dieciséis años al que le tocó ir llegó a la casa de la mujer, la encontró vivita y coleando en su jardín. Estaba huesuda y tostada por el sol y tenía las manos llenas de cicatrices y manchas. Tenía las cejas y las pestañas tan descoloridas que eran casi blancas.

¡Pero qué jardín tenía! El chico jamás había visto cosa igual. No había caído una buena lluvia en tres años, pero la mujer tenía unas plantas que nadie había visto desde que salieron de Ohio o de Luisiana: melocotones, enredaderas de melones, maíz y tomates. Había una madreselva bajo la ventana de la cocina y, en

240

una esquina del jardín, había una cama de flores silvestres. Los colibríes pasaban de una flor a otra. El chico se quedó mirando y mirando, tratando de comprender y, al cabo de un rato, notó una zanja que corría entre el jardín y el río Pecos. ¡Ella sola había cambiado el curso del río!

La mujer lo envió al pueblo con una canasta llena de cantalupos y otra de pepinos y todos los que estaban cerca de la estación cuando regresó el chico compartieron los frutos en un banquete alegre e improvisado. Un hombre sacó su cuchillo y rebanó todos los pepinos. Otro buscó su machete y partió los cantalupos por la mitad, luego en cuartos. Los hombres sacaron la tierna carne anaranjada con las manos y comieron y comieron hasta que los mentones se les pusieron pegajosos y las camisas se les mancharon de jugo. Celebraron. Y por un tiempo todos admiraron la buena mano que tenía la mujer para las plantas y su fortaleza. ¿Cómo era posible mantener semejante jardín en el desierto?

Una noche en la estación, mientras los hombres bebían *whisky* casero y disfrutaban de una canasta llena de melocotones que la mujer había enviado al pueblo, uno de ellos dijo en broma que tal vez era una bruja. Tal vez había hecho algún conjuro para desviar el cauce del río Pecos. Tal vez cavó una zanja, gritó un viejo desde una esquina, pero como era un loco y mentiroso conocido, nadie le hizo caso.

Pasaron los meses y cada vez que un hombre iba a ver cómo estaba, la mujer lo enviaba al pueblo con una canasta de frutas y vegetales.

Entonces, previsiblemente, hubo un brote de influenza.

¿Previsiblemente?, pregunta Jesse, la voz baja y ronca, casi como un susurro.

Sí, dice Debra Ann. Ésa es la palabra exacta que mi mamá siempre usaba.

Previsiblemente, decía Ginny para referirse a que todas las historias tienen alguna calamidad.

Y como los hombres no podían creer que se debiera a la mala suerte o a su propia estupidez, empezaron a buscar a quién echarle la culpa. ¿Cómo es posible que una mujer mantenga semejante jardín sola? ¿Cómo pudo cambiar el curso del río? ¿Cómo pudo seguir viviendo sin su esposo y sus hijos? Cualquier mujer respetable se habría quitado la vida, dijo un hombre, o al menos se habría regresado al Oeste Medio.

Cuando varios bebés y niños enfermaron y murieron, se selló su destino. Si la mujer era la causante de la muerte de sus hijos, decidieron cinco hombres del pueblo, ellos mismos irían a comprobarlo.

Habían empezado a beber antes del atardecer y ya estaban medio embrutecidos.

Salieron de la estación después de la medianoche y la mala suerte los atacó casi de inmediato. Un hombre estaba tan borracho que se cayó del caballo, se golpeó la cabeza con una piedra y se ahogó en su propio vómito. Uno quiso tomar un desvío y mostrarles a los demás hombres unos extraños bolsillos de gas entre las rocas, donde se podía lanzar una cerilla encendida y ver las llamas bailar sobre las piedras, pero se había acumulado más gas de lo que esperaba entre las piedras y murió consumido por las llamas.

Con esto quedaban tres hombres para ir donde la pobre mujer y preguntarle si era una bruja. Cuando una tormenta súbita se levantó sobre la tierra, como si la hubieran llamado de la nada, uno de los hombres y su caballo cayeron fulminados por un rayo. Cuando uno de los dos hombres que quedaban intentó salvarlo —ninguno era lo suficientemente inteligente como para entender la electricidad— también murió.

De modo que, a fin de cuentas, sólo un hombre borracho, asustado y furioso llegó a la puerta de la mujer.

¿Y sabes lo que pasó?, D. A. hace una pausa.

¿Qué pasó?, la voz de Jesse es tan débil que D. A. tiene que inclinarse hacia delante y repetir la pregunta. ¿Sabes lo que pasó?

¿Qué pasó? Se esfuerza por hablar más fuerte, pero no lo consigue y Debra Ann se pregunta si su amigo estará bien, si el calor y la soledad de este lugar no lo habrán agotado, si tal vez ella sola no pueda ayudarlo.

Pues, dice D. A., el hombre tocó a la puerta —la aporreó más bien— y le gritó que le abriera, ¡abra la maldita puerta!

¿Y qué le pasó a ella?, pregunta Jesse en voz baja. ¿Algo malo?

Eso es exactamente lo que solía preguntarle a mi mamá.

¿Qué decía tu mamá? Jesse quiere saber y Debra Ann cierra los ojos.

Su madre hace una pausa y se levanta de la cama de D. A., entonces camina hacia un montoncito de ropa que hay en el

243

suelo y la agarra. La mujer agarró su linterna y abrió la puerta, dice Ginny, y al resplandor de la luz amarilla, su cabello parecía una hoguera.

Debra Ann nota las bolsas bajo los ojos de su madre y las uñas que se ha mordido hasta dejarse los dedos en carne viva. ¿Qué hizo la mujer?

Ginny ríe por lo bajo. Pues le disparó ahí mismo y arrastró el cuerpo hasta el límite de su propiedad. Ginny camina hacia la cama de D. A. y le arropa las piernas y los brazos.

Después de eso, nadie más la molestó. La mujer pasaba los días trabajando en su jardín, aunque ya no volvió a enviar canastas para el disfrute del pueblo. Por las noches se sentaba en el porche a ver salir las estrellas, una a una. Vivió hasta los ciento cinco años y murió tranquilamente mientras dormía y cuando a alguien se le ocurrió ir a verla, no halló más que un montón de huesos polvorientos sobre la cama.

¿Y el jardín?, Debra Ann le pregunta a su madre. ¿Qué le pasó?

Supongo que se secó, dice Ginny encogiendo los hombros, pero fue asombroso mientras duró.

Suena un crujido en el tubo y de la oscuridad aparece el gato, que arquea el lomo y se restriega contra la pierna de D. A. Al cabo de unos minutos, Jesse sale del tubo, se sienta a su lado y se abraza las rodillas. Los ojos le brillan bajo el sol ardiente de la tarde. Es una gran historia, dice. Lamento que tu mamá se haya ido.

D. A. encoge los hombros y empieza a rascarse la tiña que le sube del tobillo a la pantorrilla. La verdad es que no me importa. Se arranca varios pelos negros de la ceja. ¿Y tu camioneta? ¿Cuándo vas a recuperarla?

Jesse se saca una servilleta del bolsillo y se la muestra. Creo que ahora Boomer vive ahí, dice.

Eso está en medio de la nada. D. A. agarra al gato y lo acuesta bocarriba. Está muy lejos para ir a pie.

¡Mira qué bolas tiene este chico! Ríe y Jesse se mece suavemente e intenta reírse con ella. Se inclina hacia delante y le acaricia la barriga al gato y se quedan sentados sin hablar hasta que Jesse tiene que irse a trabajar y D. A. tiene que regresar a casa y empezar a preparar la cena.

Mary Rose

APENAS SON LAS nueve de la mañana y ya hace suficiente calor como para desear no haberme puesto las pantimedias, pero no puedo entrar en una sala de tribunal con las piernas desnudas. Cuando Aimee y yo cruzamos la calle hasta la casa de Corrine, me siento como un embutido. Aimee camina distraídamente detrás de mí. Está molesta porque pensó que ella también testificaría en corte hoy. Estuvo con Gloria Ramírez en la cocina, me recuerda. Ella fue la que llamó al *sheriff* y no puede comprender cómo a nadie le interesa escucharla. Porque un tribunal no es lugar para una niña, le digo por enésima vez. Porque yo contaré la historia por ambas.

Cuando le entrego el bebé a Corrine, se inclina hacia delante y lo mira a los ojos unos segundos, luego hace una mueca y se lo pasa a Aimee. Aún lleva puesta la camisa de dormir, un mechón de pelo se alza perpendicular sobre el resto de la cabeza. Gracias por recibirlos, Corrine, le digo. El bebé de Karla amaneció con gripe intestinal.

Aimee levanta un dedo para darle un golpecito en la frente al bebé, pero cuando Corrine le promete un suministro inagotable de Dr Pepper, televisión y D. A. Pierce si no lo despierta, mi hija gira en los talones y se encamina por el pasillo hacia el salón sin decir ni adiós. Lleva al bebé sobre un hombro como si fuera un saco de papas —la cabecita rebota como una bobina— y casi le grito *Cuidado*. En cambio, cruzo deprisa la calle para buscar la bolsa de los pañales.

Cuando le digo a Corrine que Keith Taylor dice que espere estar fuera toda la mañana, entorna los ojos e inclina la cabeza hacia el lado. Su mirada es aguda como la de una golondrina, como si se preguntara dónde está Robert en un día como hoy, por qué no está aquí para acompañarme al tribunal, para ayudarme a pasar este mal trago. Quiero decirle que no lo necesito. Las cosas iban mal desde mucho antes de que Gloria Ramírez tocara a nuestra puerta. Pero ¿que esté enfadado conmigo por haberle abierto la puerta a esa niña? ¿Que culpe a la niña de lo que sucedió en ese lugar? ¿Su odio, su fanatismo? Supongo que no lo había notado antes, pero ahora no puedo pensar en él sin pensar en ella. Me gustaría decirle estas cosas a Corrine, pero henos aquí, en su porche con este calor y ya mis hijos le han robado parte del día.

No sé qué haría sin ti, Corrine, le digo. Las vacas de Robert están cayendo como moscas. ¿Captas el chiste? ¿Moscas azules?

Los labios de Corrine se curvan hacia arriba. Tiene el rostro lleno de líneas complicadas que me recuerdan a la vieja madera de pacano del porche de nuestro rancho o los arroyuelos secos que serpentean por nuestra propiedad. Pero al examinar un poco más su rostro, veo una sonrisa leve, una sonrisa apenas perceptible que dice, Déjate de pendejadas, Mary Rose. Tú y yo sabemos que te está castigando por haber aceptado ir a testificar.

Señora, dice en cambio, luce cansada.

¿En serio?, digo, porque tú luces regia.

Sonríe con amabilidad. De acuerdo.

Estoy bien —busco en la bolsa de pañales, saco un pañuelo desechable y me seco el sudor de la frente, que amenaza con estropearme el maquillaje— quiero ver que se haga justicia.

¿No me digas? Corrine busca en el bolsillo de su bata y se me ocurre fumarme un cigarrillo, aunque eso signifique estar unos minutos más al sol, pero encoge los hombros como disculpándose. Lo pierdo todo, dice. Los cigarrillos, las cerillas, las pastillas para dormir. Carajo, he logrado perder hasta un cazo y un pote de *chow-chow*. La tristeza embrutece, supongo. Me guiña un ojo, pero ha dejado de sonreír cuando vuelve a preguntarme cómo estoy durmiendo.

Podría contarle del teléfono que no para de sonar día y noche, de los mensajes que me dejan en mi nuevo contestador y del bebé que quiere mamar cada dos o tres horas. Cuando se queda dormido, le saco el pezón de la boca y salgo de la cama para revisar las puertas y encender las luces. Reviso y vuelvo a revisar las ventanas, presto atención al más mínimo sonido: el viento que acaricia la tela metálica de las ventanas, alguna camioneta que sale chillando ruedas cuando cierra el bar o el lamento solitario de la sirena de la planta. A veces me parece escuchar una ventana abrirse de golpe al otro extremo de la casa y creo que alguien viene a hacernos daño. Y todas las noches pienso lo mismo: cuando Dale Strickland sea sentenciado y enviado a la prisión de Forth Worth, todo esto pasará. La gente se aburrirá, cesarán las llamadas telefónicas tarde en la noche y habré contribuido a hacer justicia a Gloria.

Le entrego la bolsa de pañales a Corrine y le digo que no estoy durmiendo bien, pero que espero empezar a dormir mejor muy pronto. Y, por cierto, a mí también se me pierde todo: latas de comida, cerillas, aspirina y hasta un par de toallas de baño.

Debe ser el agua, dice.

⌒

En el aparcamiento del tribunal, Keith Taylor me entrega un vaso de papel con un café tan espeso que podría tapar un desagüe. El señor Ramírez, ¿el tío? Volvió a llamarme esta mañana, dice. La chica no vendrá, Mary Rose.

No debería sorprenderme. Keith lleva semanas advirtiéndome que, desde junio, Víctor no le permite a nadie de su oficina entrevistar a su sobrina y que no sabe siquiera dónde está viviendo. Sin embargo, grito, ¿Y por qué no?

Dos hombres que están de pie junto a un camión de remolque nos miran. Visten chaqueta deportiva sobre camisa blanca, sombrero tejano y botas de cuero de serpiente que deben costar una fortuna. Dejan de hablar, nos observan unos segundos y el del Stetson blanco se inclina y le susurra algo al otro. El hombre asiente con la cabeza mientras mira hacia nosotros y yo hago un esfuerzo por controlar las ganas de gritarles, ¿Y ustedes qué miran? ¿Ustedes son los hijos de puta que llaman a casa todas las noches?

Mary Rose, dice Keith, le advertí que esto podía pasar. El señor Ramírez no quiere hacerla pasar por esto y no lo culpo. Alza el vaso de café y apunta con el dedo hacia los hombres, un saludito. Es alto y guapo, y su compromiso inquebrantable de llevar a juicio todos los casos y mantenerse soltero es de todos conocido. Debe llevarme diez años, pero hoy luce diez años más joven y mucho menos cansado que yo.

Tiene que testificar, le digo. Permanecemos bajo el sol mientras trato de no soltarme la cintura de la falda vaquera y el asfalto me quema las suelas de los zapatos. Cuando la estenógrafa, la señora Henderson, nos pasa por el lado con un montón de carpetas, Keith se pasa el índice por el bigote rubio y saca pecho.

Cuando la señora Henderson entra en el edificio, Keith exhala y deja los hombros caer en su posición habitual con la espalda ligeramente jorobada.

Escuche, Mary Rose, esa niña lo ha perdido todo, incluso a su madre. El señor Ramírez sabe que hay gente del pueblo que habla por ahí, debe saberlo, y tal vez piensa que ya ha sufrido demasiado. Tal vez no quiere exponerla a más escrutinio.

No doy crédito a mis oídos. ¿Así de fácil? ¿Va a permitírselo?

Keith se ajusta el pantalón y se seca el sudor de la frente. Mira al sol como si quisiera bajarlo del cielo de un disparo. Sinceramente, dice, no lo culpo en absoluto.

Debería estar en esa sala y decirles lo que le hizo ese cabrón. ¿No puede obligarla a testificar?

No, Mary Rose, no puedo obligarla a testificar.

¿Por qué no? ¿Cómo lograremos que se haga justicia?

¿Lograremos? Keith sonríe. ¿Usted vino con alguien más? Se queda inmóvil hasta que algunas moscas tan grandes como cacahuates se le posan en la camisa. Tiene las manos grandes con algunas pecas y cuando se sacude las moscas, mueve el aire caliente entre nosotros.

¿Sabe qué es lo que más detesto de mi trabajo?

¿Perder un caso?

¡Bah! Uno pensaría que sí, pero no, señora. Sonríe y saluda con la cabeza otra vez a los hombres que han empezado a caminar hacia la puerta del edificio. Lo que más detesto, Mary Rose, es que alguien me meta salsa picante por el culo y luego intente convencerme de que es agua fresca. Perdóneme el lenguaje florido.

Keith bebe un sorbo de café y frunce el ceño —esto es terrible— luego bebe otro sorbo. ¿El equipo de limpieza en que trabajaba la señora Ramírez? Llevan años limpiando edificios de oficinas en este pueblo y nadie se ha molestado en pedirles su seguro social. Coño, llevaban tres años fregando suelos y vaciando cestos de basura en el tribunal y, de pronto, el ayuntamiento escucha un rumor y le entra el picor. Y cinco semanas después de que su hija tocara en su puerta, la Migra está esperando a la señora Ramírez en el portón de la planta cuando termina su turno. No me jodan, dice. Perdóneme el lenguaje florido.

Se bebe el resto del café de un trago largo y tira el vaso de papel al suelo. Tenemos el informe del *sheriff*, dice, el informe del hospital y la tenemos a usted. Eso va a tener que bastar.

Le echo una mirada de desaprobación, voy a recoger el vaso y hago aspavientos al tirarlo en la basura, que está a menos de un metro de nosotros. Me pregunto, y no es la primera vez, si debo decirle algo sobre las desagradables llamadas telefónicas que he estado recibiendo todos estos meses. ¿Le gustan las «espaldas mojadas», verdad que sí, señora Whitehead? ¿Sabes lo que les hacen a los que traicionan la raza, Mary Rose? Tal vez me llegue hasta allá y te viole yo mismo, puta.

Sé que no lo dicen en serio, no son más que una partida de racistas y borrachos. Keith seguramente me recordará que vivimos en un país libre y que la gente puede decir lo que le venga en gana. Y no quiero pedir ayuda, ni a Keith ni a nadie. Lo que quiero es que me dejen en paz con Aimee Jo y el bebé. Y quiero estar preparada, por si alguien se presenta a mi puerta.

Estoy preparada, le digo a Keith.

Bien. Entremos y pongámonos debajo de un acondicionador de aire unos minutos. Me pone la mano en la espalda baja con delicadeza mientras cruzamos el aparcamiento. Por Dios, dice, qué calor. Hola, Scooter, dice cuando el abogado de la defensa nos adelanta en la escalera.

Keith me advirtió sobre el abogado de Strickland la semana pasada mientras practicábamos mi testimonio. Sentado en el comedor, me hacía preguntas a través de la puerta batiente mientras yo amamantaba al bebé en la cocina.

Es un hijo de puta prepotente, dijo Keith después de que acosté al bebé y preparé un té helado. Perdóneme el lenguaje florido. Le guiñó un ojo a Aimee, que entró detrás de mí con una paleta que le colgaba de la boca. Se quedó mirándolo como si ya estuviera planificando su boda. Voy a ser abogada, dijo, como tú. Eres una chica muy lista, dijo. Ve a la UT y estudia Derecho Corporativo. El Derecho Criminal te romperá el corazón.

Cuando se inclinó hacia ella para robarle la nariz, Aimee le golpeó la mano y puso los ojos en blanco. Soy muy mayor para esos juegos, señor Taylor.

Supongo que sí. En cualquier caso, Scooter Clemens es de Dallas, dijo. Highland Park. Lleva un Stetson tan impecable que se podría comer en el ala. Pero es sólo sombrero, no tiene ganado. Keith se inclinó hacia delante y me miró directo a los ojos. La familia ha vivido en Texas toda la vida. Es muy probable que tengan un arcón de cedro lleno de capuchas blancas en el ático.

¿Para qué?, preguntó Aimee y Keith tartamudeó un poco antes de contestarle, Para Halloween, por supuesto.

Aimee, esa paleta está chorreando por toda la alfombra, dije. Ve al jardín a comértela.

Suspiró, se mordió los labios y ya iba a protestar cuando Keith le ofreció un dólar de plata si nos dejaba hablar a solas un momento y salió disparada. Escuchamos el golpe de la puerta de la cocina cuando la cerró tras de sí.

Scooter Clemens es un asesino a sangre fría, dijo Keith. Lleva treinta años sacando de líos a los muchachos. Sea breve en sus respuestas. No permita que la saque de sus casillas y por nada del mundo mire a Dale Strickland cuando entre en la sala.

$\backsim$

El juez Rice es un viejo «Aggie», como les dicen a los egresados de Texas A&M. Tiene el cuello grueso, cejas blancas frondosas y hombros de defensa. Me recuerda al bulldog que solía perseguirnos a mi hermano y a mí hasta casa cuando salíamos del colegio. Cuando no está en sala, cuida del ganado en la finca familiar, que se extiende desde Plainview, Texas hasta Ada, Oklahoma.

Cuando el alguacil trae a Strickland, los oigo caminar hasta su silla, pero no levanto la vista. Scooter pregunta si le pueden quitar las esposas —no va a ir a ninguna parte, dice con su mejor voz de cantante de *country*— y a mí se me corta un poco la respiración. Pero el juez Rice le dice rotundamente que no, este hombre está bajo custodia hasta que alguien lo declare inocente o culpable. Exhalo por la nariz. Trate de no mirarlo.

Después de que todos decimos el juramento y la oración, el juez Rice se saca una pistola de la toga y la coloca sobre la mesa. El mazo de West Texas, nos dice a todos. Bienvenidos a mi sala. Lo miro, pero el juez mira por encima de nuestras cabezas. Pórtense bien, dice, y apunta su mazo hacia la parte posterior de la sala.

Me pongo de pie y hago el juramento sin quitarle los ojos de encima a Keith. Míreme a mí, dijo una y otra vez mientras practicábamos. Míreme, dice ahora. Dígame lo que vio. Cuento mi historia y nos tomamos un receso de quince minutos. Aparte del jurado, hay un puñado de personas en la sala, hombres de varias edades, tamaños y formas. Keith señala a un joven que está sentado solo en la última fila. Tiene puesta una camisa blanca de vestir y una corbata negra sencilla, los brazos cruzados sobre el enorme pecho. Lleva el bigote bien afeitado y el pelo tan corto que por partes se le ve la piel del cráneo. Keith se inclina sobre mí. Ése es el tío de la chica, susurra y me dan ganas de saltar de la silla, correr hacia él y preguntarle cómo está ella y por qué no ha venido.

Apenas llevo un minuto en el estrado cuando recuerdo nuestra conversación en casa y lo último que me dijo Keith antes de cerrar el maletín y admirar al bebé, que se había vuelto a despertar y se había puesto a llorar y alborotar. No mires a Strickland, Mary Rose. Mira a cualquiera en la sala, menos a él.

Así que miro a la señora Henderson hasta que levanta la vista y me guiña un ojo. Las pantimedias me aprietan la barriga, pero, en vez de soltarme la cintura de la falda, me pongo las manos sobre las piernas y trato de sonreír mirando hacia el juez.

¿Cómo está, señora Whitehead? Scooter Clemens mira su libreta de apuntes como si la estudiara con cuidado.

Estoy bien, digo. Gracias por preguntar.

Tengo entendido que ha estado pasando por una situación difícil. ¿Se siente bien?

Sí, digo. Pero me pregunto qué diablos le habrán dicho.

¿Cómo están las cosas en el rancho? ¿Están perdiendo muchas vacas a causa de los parásitos?

Las moscas, lo corrijo.

Ah, disculpe, señora Whitehead. Moscas.

Mi esposo ha perdido casi todo su rebaño.

¡Uf! Clemens se saca un pañuelo del bolsillo y se lo pasa por la frente. Lo lamento mucho. Por favor, salude a Robert de mi parte. Esos bichos son un problema serio —dobla el pañuelo, lo mete en el bolsillo y vuelve a sonreírme— apuesto a que usted y los niños son un consuelo allá. Apuesto a que le gusta llegar a casa por la noche y ver sus caras hermosas. Clemens se da un golpe en la frente y mira hacia el jurado. Yo también miro al jurado y de repente me doy cuenta de que sólo hay dos mujeres en la sala: la señora Henderson y yo. No pertenecemos aquí, pienso. Esta sala no es lugar para nosotras.

Ah, disculpe, señora Whitehead, dice Clemens. Olvidé por completo que usted y los niños ahora viven en el pueblo.

Sí, digo. Nos mudamos al pueblo en abril. La única razón por la que vinimos al pueblo es él, digo a los presentes. Explico que ver a Dale Strickland, y lo que le hizo a Gloria Ramírez, me hizo llevarme a mi hija. Entonces menciono a Ginny Pierce, que tal vez se ha marchado para siempre. Hablo de Raylene McKnight, que agarró la mitad de los ahorros de la familia y, con dos maletas y su hijo de diez años, voló de Midland a Dallas a Atlanta a Londres a Melbourne, Australia. Imagínense todas esas escalas, les digo a los presentes antes de que el juez Rice me pida por favor, por favor, por favor, que prosiga con mi relato. Jovencita, dice, no me gustan las historias complicadas y, además, ¿qué tiene que ver eso con nuestra tarea de hoy? La respuesta es nada, no tiene nada que ver con Gloria Ramírez. Pero siento que el rostro se me calienta y pienso, Ésa es mi historia, gallo viejo. Y los demás hagan el favor de sentarse y escuchar unos minutos. En cambio, le digo, sí, señor, y me arreglo la cintura de la falda.

Es una lástima que este pequeño inconveniente la haya sacado de su propia casa, dice Scooter. Cuando se aclare este asunto, ojalá se sienta cómoda de regresar y estar con su marido como corresponde.

Señor Clemens, creo que eso no es…

Keith menea la cabeza con disimulo e imagino lo que me diría si estuviera a mi lado. No dejes que te saque de tus casillas, Mary Rose.

¿Cómo está su hijo recién nacido?

Está bien. Gracias.

¿Le gusta su nueva casa en el pueblo —mira su libreta— en Larkspur Lane?

Cuando menciona el nombre de mi calle, lanzo una mirada fulminante hacia la mesa de la defensa. Strickland mantiene la mirada fija en la mesa que tiene delante, pero en su rostro se dibuja una sonrisita. Tan pronto tenga la oportunidad, irá directo a casa. Detendrá la camioneta en la entrada, pero esta vez no le dará tiempo de soltar el volante antes de que le dispare en la cara.

Larkspur Lane, dice Clemens. ¿No es ahí donde vive Corrine Shepard?

Para no vivir en Odessa, le digo, tal parece que conoce a todo el mundo y sabe todo lo que ocurre.

Ríe y me dan ganas de partirle los dientes.

¿Corrine se mantiene ocupada?

Supongo.

Tengo entendido que está hecha una loca, que le corta a la gente en la carretera, que escandaliza a las señoras en la iglesia, pero entiendo que su familia ha vivido en Odessa desde que no era más que una parada del Texas & Pacific, así que es toda suya. Mira hacia el jurado. Varios hombres sonríen y niegan con la cabeza.

¿Cómo se lleva con sus nuevos vecinos, señora Whitehead?

En ese momento, Keith Taylor resopla con fuerza y se pone de pie. Señoría, ¿qué relevancia tiene este interrogatorio?

El juez Rice lleva todo este tiempo sentado con la cabeza apoyada en una mano y los ojos cerrados. Ahora se endereza en la silla y me mira. Supe que hace poco le cantó las cuarenta a Grace Cowden en la iglesia, dice.

Keith tiene los hombros levantados hasta las orejas y mira enfadado la libreta que tiene delante.

Mi mujer todavía habla de eso. El juez ríe. ¡Estas chicas! No hacen más que buscar problemas. Y hablando de mi mujer, señor Clemens, a la una en punto he quedado con la señora Rice en el Country Club para almorzar. ¿Va a hacerle alguna pregunta relevante a la señora Whitehead?

Scooter Clemens asiente con solemnidad. Sí, señor, gracias. Señora Whitehead, ¿puede decirme a qué distancia queda su casa de la carretera número 182?

¿La vieja carretera del rancho?, le pregunto.

La carretera del rancho, repite. No, señora, la Farm to Market 182.

Okey, encojo los hombros. Todo el mundo la llama la carretera del rancho.

Pues el juez Rice no la llama así. Ni yo. Mira al jurado como si compartieran una broma interna y de pronto siento que las pantimedias me aprietan la barriga todavía fláccida por el embarazo. Pienso en Aimee Jo y en mi nuevo hijo de apenas cuatro meses, que están en casa de la señora Shepard para que yo pueda venir a cumplir con mi deber cívico y hablar de este horror. Yo no me busqué el problema. El problema vino a mí. No salí a buscarlo. Entonces los pechos me pican y me arden porque no he alimentado al bebé en casi cuatro horas y me preocupa pasar la vergüenza delante de esos hombres de que la blusa se me manche de leche a pesar del Kleenex que me metí en el sujetador. Así que le digo a Scooter que no quise decir para nada Farm to Market. Todo el mundo sabe que se la llama la carretera del rancho, a no ser que venga de otro lugar, como él, supongo, porque sus botas no parecen haber pisado una plasta de vaca en su vida. El jurado se ríe y les recuerdo que fui la primera persona que vio a Gloria Ramírez con vida ese domingo por la mañana.

La carretera del rancho, dice Clemens. Okey. Señora Whitehead, en la mañana que esta mexicanita —mira su libreta de apuntes— Gloria Ramírez, tocó a su puerta, ¿qué dijo?

¿Dijo?

Sí, señora, ¿qué le dijo a usted?

No dijo nada, le digo.

¿Ni una palabra? El señor Clemens vuelve a mirar al jurado y yo hago lo mismo. De los doce hombres, reconozco a tres del pueblo. Me miran amables y desconcertados, como si sintieran pena por mí.

Me pidió un vaso de agua, le digo, y dijo que quería a su mamá.

¿Había estado bebiendo la noche anterior? ¿Tenía resaca?

Lo dudo, señor Clemens. Es una niña.

Bueno, tiene catorce años...

Sí, lo interrumpo, y eso la hace una niña.

Clemens sonríe. Bueno, los catorce de una niña pueden ser los diecisiete de otra, al menos eso es lo que decía mi viejo.

Me dan ganas de saltar del estrado, agarrar una silla y rompérsela en la cara. Pero me quedo sentada y me estrujo las manos.

¿Le dijo que la habían tocado?

¿Perdón?

Trato de ser delicado, señora Whitehead. ¿Gloria Ramírez le dijo que la violaron?

Yo la vi. Yo vi lo que él le hizo.

¿Pero la jovencita le dijo que la habían violado, señora White-head? ¿Usó esa palabra?

Esa niña no tenía ni zapatos puestos. Anduvo descalza casi cinco kilómetros huyendo de él. Por Dios, la golpeó tan fuerte que le rompió el bazo.

El juez Rice se inclina hacia mí y me susurra. Señora, por favor, no tome en vano el nombre del Señor en mi sala.

¿Está jodiendo conmigo?, me dan ganas de preguntarle. ¿Está jodiendo conmigo, en serio? Pero bajo la vista y trato de no halarme las pantimedias. Sí, señor, digo.

Aquí dice —Scooter vuelve a consultar la maldita libreta de apuntes— que la señorita Ramírez tenía heridas punzantes y abrasiones en las manos y los pies que eran consistentes con caídas. ¿Es posible que se haya lastimado el bazo al caerse?

En vez de esperar mi respuesta, me recuerda que he jurado decir la verdad, toda la verdad, etcétera y para asegurarse de que todos lo entendemos, me habla despacio, como si fuera una niña. Señora Whitehead, le estoy haciendo una pregunta simple que se contesta con un sí o un no. ¿Le dijo que él la violó?

Sí, digo. Lo dijo.

¿Usó esa palabra?

Sí, la usó.

Keith Taylor se agarra el labio inferior con el pulgar y el índice y se lo hala. Parece estar a punto de echarse a llorar. Miro hacia el fondo de la sala donde está sentado el señor Ramírez, pero no levanta la vista.

Discúlpeme, Mary Rose, dice Clemens, pero eso no es lo que dijo en todas las entrevistas que le han hecho hasta este instante. ¿Va a hacernos un cuento ahora?

No, digo. Lo había olvidado hasta este instante.

Ya veo.

En ese momento, Keith se pone de pie y pide hablar conmigo en privado. El juez Rice deniega la solicitud —se hace tarde y tiene que ir al baño— pero le dice a Keith que puede acercarse al estrado si quiere. Keith cruza la sala en cuatro zancadas y se coloca frente a mí. Mary Rose, me dice, tiene que decir la verdad.

No lo dijo así exactamente, les digo a los presentes. Pero no tenía que hacerlo. Cualquiera que tuviera dos ojos en la cara podía verlo.

Clemens sonríe como si acabara de ganar la apuesta del fútbol en la oficina. De modo que sí nos hizo un cuento. ¿Y este caballero que está sentado aquí? El señor Strickland. ¿Lo vio esa mañana?

Sí, él también vino a mi casa.

¿Qué quería?

Estaba buscándola.

¿Estaba preocupado por su novia?

Ella no es su novia. Es una niña y él es un hombre hecho y derecho.

Ajá, dice Scooter. No creo que la señorita Ramírez le dijera su edad. Al decir su apellido, estira las sílabas y mira al jurado para asegurarse de que todos lo oyen.

¿De modo que estaba buscando a la jovencita que había salido con él la noche anterior?

Estaba aterrorizada cuando llegó a mi puerta. Él la habría matado.

¿Cómo lo sabe? ¿Ella se lo dijo?

No tenía que hacerlo. Yo la *vi*.

¿El señor Strickland la amenazó a usted?, pregunta Clemens.

Me gritó que entrara en la casa y se la trajera. Me llamó puta.

Señora Whitehead, dice el juez Rice, *por favor*, no use ese lenguaje aquí.

Así que tenía resaca —Clemens vuelve a mirar al jurado como si todos pertenecieran a la misma fraternidad— supongo que muchos estaríamos igual la mañana después de San Valentín. ¿Y estaría un poco malhumorado porque habían peleado y su novia se había ido por ahí?

Objeción, dice Keith Taylor y el juez Rice dice, No, Keith. Vamos, no te hagas el tonto.

¡Objeción, Señoría! Está tratando de inventar otra historia.

¿*Ésa* es tu objeción, Keith? La sonrisa de Clemens es apenas perceptible. Es una serpiente. Si se le bajara la temperatura al acondicionador de aire, se le detendría el pulso.

¿Acaso no es ese nuestro deber?, dice. ¿Acaso no debemos considerar si hay prueba suficiente para decidir *más allá de toda duda razonable* antes de arruinarle la vida a un joven?

Pero yo ya estoy harta. Digo, Es una niña, pedazo de mierda.

Clemens se dirige a su mesa, se sienta y se lleva las manos a la cabeza. El juez Rice golpea la mesa con la culata de la pistola y habla tan bajo que todo el mundo en la sala tiene que inclinarse hacia delante para escucharlo. Señora Whitehead, me doy cuenta de lo difícil que ha sido esto para usted y su familia, pero le prometo que, si la oigo maldecir una vez más en mi sala, pasará la noche en la cárcel. ¿Entendido?

Sí.

Sí, ¿qué? Tras esas cejas blancas, el juez Rice se ha puesto rojo como un tomate.

Sí, digo.

Sí, ¿*qué*?

Sé lo que espera. Cuando era niña, apenas unos años mayor que Aimee, hubo una época en que tuve más de una bronca con mi padre, sobre todo porque discutía con él por la más mínima tontería. Un día nos hartamos. Estábamos frente a frente en la entrada del garaje, él me hacía preguntas y yo lo desafiaba con la mirada. Me divertía la idea de ser ya lo suficientemente alta como para poder mirarlo directo a los ojos y me cruzaba de brazos cuando me preguntaba algo.

Dije, Sí.

Y él dijo, Sí, ¿qué?

Y yo hice una mueca, Sip.

Me dio una bofetada. Sí, ¿qué?

Sí. Me dio otra bofetada. Sí, ¿qué?

Sí.

Cuando me abofeteó por tercera vez, le dije a mi papá lo que quería escuchar —sí, señor— pero nunca lo olvidé y nunca se lo perdoné. Y me juré que jamás golpearía a mis hijos. Ahora miro alrededor de la sala buscando a alguien que me apoye, que me ayude a sobrellevar esta mañana. El señor Ramírez asiente con discreción y me pregunto cómo habrá sido su vida aquí en Odessa desde que ocurrió esto. Pienso en la madre de Gloria y en cuánto tiempo tendrá que transcurrir antes de que vuelva a ver a su hija. Eso es lo más importante, no mi orgullo, desde luego. De modo que miro al juez, arrugo los labios y sonrío. Sí, *señor*.

Pero él no ha terminado. Dice, Me duele ver a una joven —una madre— usar ese lenguaje en un tribunal de justicia.

Sí, señor.

Gracias. ¿Ese joven la amenazó?

Señoría, nunca había visto cosa igual. Era como si el mismísimo diablo estuviera en mi jardín. Jamás en la vida había visto tanta maldad.

Clemens vuelve a ponerse de pie. ¡Objeción! Es una pregunta que se responde sí o no.

¿La amenazó a usted, Mary Rose, o amenazó a su familia?

No. Señor.

Buena chica, dice Clemens y el juez Rice se reclina en su silla. Se lleva las manos detrás de la cabeza. Señor Clemens, ¿va a hacerle más preguntas a esta joven?

Sólo una más. Señora Whitehead, ¿usted le estaba apuntando con una escopeta al señor Strickland?

Veo a Keith suspirar en su silla, rebuscar entre unos papeles e inclinarse hacia delante. Pero no miro a Strickland. Sí.

⌒

Víctor Ramírez ya está al lado de su auto con la mano en la puerta cuando me ve cruzar corriendo el aparcamiento. Tenemos diez minutos antes de volver a entrar en la sala y, aunque apenas he corrido unos metros, me he quedado sin aliento. Miro hacia abajo para asegurarme de que no tengo la blusa manchada de leche y me acerco al señor Ramírez como si estar cerca de él pudiera hacerme sentir mejor.

Lo siento, digo. Quiero ayudar a Gloria.

Glory, dice él y mira al cielo como si no le hubiera dicho nada.

¿Puedo verla y preguntarle si está bien?

Una risita le sube por la garganta. No, señora, dice. No, no puede. Abre la puerta del conductor y se sienta. Cuando intento sujetar la puerta, me aparta la mano con suavidad.

¿Se marcha?

Sí, señora.

Por favor, señor Ramírez, oblíguela a testificar.

A ustedes no les interesa lo que diga Glory. ¿Lo entiende, señora Whitehead? Luego cierra la puerta, arranca el auto y se marcha.

⌒

Keith se pone de pie y se estira el cuello de la camisa. Mary Rose, ¿puede describirnos una vez más cómo lucía Gloria Ramírez cuando llegó a la puerta de su casa esa mañana?

Sí, puedo.

Pues dese prisa, dice el juez Rice. Si hago esperar a la doña y se termina el especial de filete, me tocará dormir con los caballos esta noche. La sala estalla en risas. Dale Strickland ríe, una risa llana y hueca que me da dentera. Hasta la señora Henderson sonríe. Keith Taylor y yo somos las únicas dos personas en la sala que no nos reímos.

Cuando regreso a mi asiento, Strickland estira el brazo y me toca la mano con el pulgar. Se me eriza la piel de los brazos. Se abre una puerta al fondo de la sala y una delgada franja de luz ilumina las partículas de polvo que flotan en el aire entre nosotros.

Keith camina rápidamente hacia nosotros, pero el resto de la sala permanece en silencio o no presta atención. O quizás hay muchísimo ruido y todo el mundo ve, pero así es como lo recordaré: un silencio que me da ganas de gritar durante días.

Mary Rose, Strickland habla tan bajo que apenas lo escucho. Me araña suavemente la palma de la mano con la uña del pulgar. Aún tiene las manos esposadas y siento el metal en la muñeca. Mary Rose, dice —cómo detesto que sepa mi nombre— quiero decirte cuánto siento el sufrimiento que les he causado a ti y a tu familia. Sonríe con la boca cerrada, los labios apretados. Cuando todo esto termine, dice, espero volver a verte en mejores circunstancias, tal vez en tu rancho o aquí en el pueblo.

Ha hablado tan bajo que ni siquiera estoy segura de haber escuchado bien. Pero estoy a punto de saber algo más sobre Dale Strickland: es mucho más listo que yo. Porque cuando le contesto, me aseguro de que toda la sala lo escuche. Pues ven, le digo. Espero con ansias volarte la puta tapa de los sesos.

Está loca, dice alguien, y luego todo el mundo empieza a hablar a la vez, un murmullo veloz que recorre la sala como un trueno. Dale Strickland me sonríe y el juez Rice vuelve a golpear la mesa con la culata de la pistola. De tan apretados, sus labios parecen una costura. Espero que su esposo pueda cuidar de ese bebé esta noche, señora Whitehead, dice, porque usted está en desacato.

Bien, le digo. No le tengo miedo, viejo. Y el alguacil me saca de la sala.

No pasaré la noche en la cárcel, sólo seis horas en la celda de detención. Suficiente, dice el juez Rice cuando se detiene frente a la celda después de que el tribunal cierra a las cuatro. ¿Está lista para regresar a casa, jovencita? ¿Aprendió su lección?

Sí, le digo.

Sí, ¿qué?

Sí.

Me mira unos segundos y me pregunto si vamos a tener otro altercado, pero menea la cabeza y camina hacia la recepción.

Para cuando encuentran las llaves y me dejan salir, tengo la blusa empapada y los pechos tan repletos de leche que apenas puedo andar derecha. Me aprieto el bolso contra la camisa cuando paso por el escritorio del oficial y oigo las risas a lo largo de todo el pasillo. Aún ríen cuando salgo de la estación, cierro la puerta y cruzo el aparcamiento para llegar a mi auto.

Por fin llego a casa de Corrine y el bebé está tan histérico que me arranco un botón de la blusa cuando intento tranquilizarlo. Grita y me araña, sus uñitas afiladas me dejan marcas en los pechos. Cuando se pega, ambos suspiramos y cerramos los ojos, nuestros cuerpos se relajan.

De regreso a casa, mi hija no dice una palabra en lo que abro algunas latas y preparo la cena, no dice una palabra mientras amamanto al bebé por segunda vez en dos horas. Cuando me quedo sentada en la silla mientras suena el timbre del teléfono y su papá deja un mensaje en el contestador, también se queda callada. Se va a la cama sin chistar.

Cuando empieza a caer la noche, Corrine cruza la calle y nos ponemos cómodas. Preparo una jarra de *salty dogs* y la llevo junto con el vodka al jardín. Corrine agarra un cenicero. Apagamos la luz del porche, dejamos abierta la puerta de atrás y nos sentamos en el jardín bajo el cielo crepuscular. Está teñido de púrpura, lo que significa que probablemente se acerca una tormenta de polvo.

Y bien, dice Corrine, ¿dónde diablos estuviste metida toda la tarde? Enciende una cerilla y sus ojos brillan en la luz fugaz. Un vientecito anda suelto esta noche por el mundo y no sabe en qué dirección quiere soplar o cuánto quiere levantar. Cada cerilla que se enciende y se apaga se vuelve personal, como un puño.

Pues bien, pienso, esta es mi oportunidad de salir de la oscuridad y contarle a alguien la verdad. Pero la historia que le cuento a

Corrine es una comedia sobre una mujer con las tetas chorreantes de leche que le falta el respeto a un juez y termina en el bote. La escena comienza cuando le digo a Strickland que le dispararía con mucho gusto y Keith Taylor dice, mierda, y el juez Rice golpea la mesa tan fuerte con la culata de la pistola que parece que la madera se va a quebrar y hago el cuento tan bien que Corrine ríe y ríe. Ésa es una de las mejores historias de tribunales que he oído, dice. La recordaré hasta el día de mi muerte.

El pueblo entero la recordará, digo.

Me pasa la botella y le echo un poco de vodka al vaso medio lleno de jugo de toronja. No te preocupes, dice. Lo olvidarán.

Claro. La gente habrá olvidado todo en una o dos semanas. Ambas reímos. Ambas sabemos que esto me perseguirá por muchos años y también a Aimee. Será la niña con la madre loca que pasó una tarde en la cárcel. Este día cambiará todo entre nosotras. Ahora, cuando juguemos a las cartas, haré que le cueste ganar y, si pierde, me aseguraré de que entienda por qué y no siempre del modo más sutil. Pasaremos horas en el jardín disparándoles a las latas sobre el muro y, cuando empiece a lloriquear porque está cansada, porque quiere jugar con Debra Ann o alguna de las niñas de la calle, le diré que corra al callejón a recoger las latas. Colócalas sobre el muro y hazlo otra vez. Hazlo otra vez, le diré. Otra vez. ¡Otra vez! Debes ser capaz de dar en el blanco a la primera.

Cuando su padre quiera verla, tendrá que venir al pueblo porque no volveré a pisar esa hermosa tierra del rancho en veinte años, ni volveré a sentarme en el viejo porche a ver ponerse el sol sin que nada, salvo un camino de tierra, se interponga entre el cielo y yo, sin escuchar otro sonido que el de las vacas y las aves y algún coyote de vez en cuando. Y dentro de unos años, cuando pille a Aimee intentando escaparse de casa por la noche para ir al campo petrolífero con sus amigas, le daré una bofetada tan fuerte que aún tendrá la marca roja cuando despierte al día siguiente por la mañana. No le pediré perdón en muchos años y cuando por fin esté preparada para decir «lo siento», cada palabra que intercambiemos será como una bala en la cámara de una pistola.

El cielo se ha ennegrecido y el jardín está a oscuras, salvo por nuestros dos cigarrillos y la luz difusa que sale de la cocina y se detiene sobre el borde del cemento.

¿Vas a contestar?, pregunta Corrine cuando suena el teléfono.

Claro que no, digo. Compré una máquina que lo hace por mí. Me costó casi doscientos dólares y tuve que mandarla a buscar a Dallas.

Escuchamos cuando la máquina se activa y mi voz flota por el jardín.

Dios mío, dice Corrine. ¿Qué más se van a inventar? No tendría que contestar el teléfono en lo que me queda de vida. Agarra el matamoscas y lo estampa contra la mesa, *lo maté*, y agarra la botella de vodka.

El viento cambia de dirección y la refinería deja de ser algo que se pueda ignorar. Nos enderezamos, nos tapamos la nariz y esperamos a ver qué hace el viento. El acento sureño de Keith Taylor perfora la oscuridad. Soy Keith Taylor, comienza a decir y ambas sonreímos. Ay, dice Corrine aún apretándose la nariz entre el índice y el pulgar, si yo tuviera treinta años menos. ¡Arre! Y nos carcajeamos. Y me río con tantas ganas que siento que los hombros se me aflojan y las paletillas se me relajan.

Tengo noticias. Se detiene y lo escuchamos abrir una lata de cerveza. Permanece en silencio por tanto tiempo que nos preguntamos si no habrá dejado el teléfono sobre la mesa y habrá salido de paseo o si la máquina ha dejado de funcionar.

Todo terminó a las cuatro de la tarde, dice. Agresión simple. Libertad probatoria y una multa que se le pagará a la familia Ramírez. Estos casos son difíciles, dice. Lo siento, Mary Rose. Ya a las cinco de la tarde estaba en libertad. La máquina se apaga.

Corrine y yo nos quedamos sentadas en la oscuridad sin decir nada, pero puedo imaginar lo que piensa, porque ¿hay alguien que hubiera creído por un instante que lo declararían culpable? ¿Alguien, aparte de mí?

Lo siento, dice, pero ya estoy de pie para entrar en la casa y revisar las ventanas y las puertas y a mis hijos. De regreso, saco a Old Lady del armario y me aseguro de que esté cargada. Cuando salgo al jardín y Corrine me ve con la escopeta, se pone de pie y chilla. Saca dos cigarrillos del paquete y los coloca sobre la mesa.

Si quieres decirme algo, le digo, hazlo de una vez. Pero no te atrevas a decirme que no me enfurezca.

Claro que no, dice Corrine. Enfurécete. Creo que eso es lo único que me saca de la cama por las mañanas.

El viento se levanta y, por primera vez, me pregunto si lloverá en los próximos días. Corrine coloca una mano sobre Old
Lady y acaricia la culata de nogal con el pulgar. Es una escopeta
hermosa, Mary Rose. Potter tenía una igual. Se la envié a Alice
cuando murió. A veces son tan bonitas que a uno se le olvida lo
que pueden hacer. En cualquier caso, no es fácil estar sola con
dos niños todos los días. Pide ayuda si la necesitas.

Río. ¿Lo has hecho tú?

¿Disculpa?

¿Alguna vez has pedido ayuda?

No, dice Corrine. El viento le atrapa unos mechones de pelo
ralo que le caen en el rostro. Da media vuelta para irse a casa, se
tropieza con la mesa y casi se enreda con una de mis extensiones
eléctricas.

Agarro el cordón y le digo que espere un momento. Voy hasta
el enchufe y lo enchufo. La luz inunda todos los rincones del
jardín. ¡Santo Dios! Las manos de Corrine vuelan a su rostro,
parpadea con fuerza. Esto parece el patio de una prisión.

Seis extensiones eléctricas blancas cruzan el jardín de un extremo a otro, cada una está conectada a un foco de aluminio. Luces esterlinas, solía llamarlas mi abuelita. Las encendía cuando
los coyotes le comían las gallinas. Mi jardín está lleno de grandes círculos de luz, la oscuridad apenas se aferra a los bordes.
Puedo verlo todo.

Después de que Corrine se ha marchado, me quedo ahí, la
luz me transparenta la falda. Sé que no puedo disparar a Old
Lady en el jardín, no a estas horas de la noche, así que agarro

la escopeta calibre .22 de Aimee. Coloco unas cuantas latas de Dr Pepper sobre el muro y me fumo uno de los cigarrillos que dejó Corrine. Luego les disparo a las latas una a una y las oigo caer en el callejón. Cuando aparece el gato de Debra Ann, le apunto a través de la apertura. Está cazando un chapulín sobre el muro de bloques de hormigón, lo golpea con la pata hasta que cae al callejón. Le quito el seguro a la escopeta y me pregunto cómo se sentirá destruir algo sólo porque se puede. Cuando el gato desaparece, me quedo en la oscuridad mirando las estrellas y escuchando el viento que ha levantado. Cuando el bebé se despierta hambriento y empieza a llorar, suelto la escopeta y voy donde él.

Debra Ann

EL CIELO SE ha puesto del color de un viejo moretón y a ochenta kilómetros se puede ver la nube de polvo que recorre las calles principales de pueblos aún más pequeños que Odessa, lugares como Pecos y Kermit y Mentone. La bruma roja se apodera de las plantas rodadoras, las piedrecitas y las golondrinas; se apodera de cualquier cosa que pueda levantar y hacer volar por un rato antes de lanzarla contra la tierra. Cuando el viento recorre las llanuras sedientas, el sol desaparece y la nube lo cubre todo: depósitos de agua y corrales, torres de enfriamiento en las plantas petroquímicas, pozos y bombas de petróleo, campos de sorgo divididos por caminos de tierra. En las afueras del pueblo, el ganado se aglutina y las vacas con los ojos enloquecidos buscan a sus terneros cuyo olor esconde el viento. En la planta, los hombres bajan de las torres y corren como locos hacia la sala de empleados. Los *roughnecks* abandonan las plataformas de perforación y se esconden asustados en sus camionetas, tres hombres sentados muslo contra muslo en el asiento delantero. Si son nuevos, o los más jóvenes de la brigada, o si son mexicanos, se acuestan bajo un toldo pesado que colocan aprisa sobre la caja de una camioneta, cuatro o cinco hombres apretujados, bolas con culo, que intentan no frotarse contra el vecino.

En el jardín frente a su casa en Larkspur Lane, D. A. observa la nube de trescientos metros de altura elevarse desde la tierra. Las plantas rodadoras y los periódicos vuelan calle abajo. Las ramas de los pacanos se parten solas y los cables del tendido eléctrico se sacuden como si estuvieran a la merced de un titiritero furioso. Una tela metálica se desprende de la ventana del dormitorio de la señora Shepard y cae en una cama de flores al lado de la puerta, luego se levanta y desaparece calle abajo haciendo acrobacias. Debra Ann va a casa de Aimee a reunirse con Lauralee y Casey en el jardín; los ojos y el pelo se les llenan de polvo, la ropa se les pega al cuerpo. Más tarde se enterarán de que cinco personas murieron cuando un tornado arrasó con un parque de caravanas en West Odessa. En la planta donde trabaja el señor Ledbetter un hombre se cayó de una torre de enfriamiento, se rompió el cuello y murió casi al instante.

El polvo eclipsa el sol y el cielo cambia de color moretón viejo a ciruela madura. La tormenta les cae encima a las niñas, que insisten en permanecer en el jardín frente a la casa. La señora Shepard abre la puerta y les grita, ¿Qué diablos les pasa, niñas? ¡Entren en la casa! Y ellas siguen sin moverse. Pero cuando sienten que el viento hace una breve pausa y todo se queda en calma, cuando alzan la vista y ven que el cielo se torna color lavanda —un cielo pintado a mano para un tornado, dice la señora Ledbetter— cuando los pájaros dejan de cantar y el viento empieza a sonar como un tren que se acerca a toda velocidad, corren dentro de la casa de Aimee.

Ayer, Jesse se ganó el dinero que le faltaba para recuperar su camioneta y D. A. le dijo que sólo les restaba esperar el momento oportuno. Ahora mira por la ventana de la cocina de Aimee y se pregunta qué hará Jesse en este preciso instante, si pensará en lo que piensa ella. Lauralee llama a su casa y escucha durante uno o dos minutos los gritos de su madre. Me espera una buena paliza cuando esto termine, les dice a las demás niñas. Casey llama a la bolera y le dice a su madre dónde está y D. A. llama al guardia de la entrada de la planta petroquímica donde su padre ha empezado a trabajar. Ganará un poco menos, ella lo sabe, pero llegará a casa más temprano y, por lo general, tendrá los sábados libres. Tal vez las cosas mejoren, les dice a las niñas y todas asienten con la cabeza. Ojalá.

Se meten juntas en la cocina de Aimee y vigilan detrás de la ventana por si aparece alguna nube en forma de embudo mientras se comen todo lo que encuentran. Cuando suena el teléfono, la madre de Aimee corre a la cocina y descuelga el auricular. Es mediodía, pero aún tiene puesto el pijama. Agarra el teléfono y escucha mientras se enrolla el cable en un dedo hasta que se le pone rojo oscuro. Se acabó, dice monótonamente. ¿Por qué siguen llamando? Cuelga el teléfono con suavidad.

Al otro extremo de la casa, el bebé empieza a lloriquear, pero la señora Whitehead no hace amago de ir donde él. En cambio, saca un cigarrillo del bolsillo del pijama y lo enciende. Las niñas, incluso su hija, bien podrían ser unas desconocidas, piensa Debra Ann, por el modo en que las mira la señora Whitehead. D. A. mira el reloj de la estufa. Acaba de dar la una en punto.

Mamá, dice Aimee, ¿por qué no me gritaste? Es una tormenta fuerte. Quizás un tornado.

La señora Whitehead va hacia el fregadero de la cocina, levanta la cortina y mira por la pequeña ventana. Así es, dice y cierra bien la cortina. Así es. Examina el cigarrillo unos segundos y tira la ceniza en el fregadero. Agarra un vaso y se sirve un poco de té helado de una jarra que hay en la encimera.

¿Se siente enferma?, pregunta Casey moviéndose de un lado a otro de la mesa, casi barriendo el suelo con la falda.

No, dice la señora Whitehead. Bebe un sorbo de té y se queda mirando el vaso. Está despeinada y tiene los ojos brillosos y ojerosos. No luce muy diferente de como lucía la mamá de Debra Ann cuando llevaba una semana mala y Debra Ann la perseguía por las habitaciones preguntándole. ¿Quieres que te haga un chiste? ¿Quieres ver la tele o sentarte en el jardín o acostarte en la cama mientras te leo un libro? Si la semana iba particularmente mal, Ginny podía dejar de hablar. Podía pasarse horas en la tina abriendo y cerrando el grifo para mantener el agua caliente, hojeando las páginas de su *National Geographic*, suspirando tan fuerte que D. A. podía oírla a través de la puerta cerrada. Hoy, piensa Debra Ann, la madre de Aimee parece una caña en una tormenta de viento, que resiste y espera poder doblegarse lo suficiente para sobrevivir.

Igual sí estoy enferma. La señora Whitehead suelta una risa corta y aguda. Tal vez estoy cansada hasta los huesos.

Aimee mira a las demás niñas y todas levantan las manos con las palmas hacia arriba. ¿Qué te pasa, mamá?

Mary Rose les dice a las niñas que el juez Rice emitió la sentencia ayer por la tarde. Un año de libertad probatoria, dice, y cinco mil dólares para la familia de la niña.

Las niñas se sorprenden. ¿Cinco mil dólares?, dice D. A. Eso es una fortuna.

Sí, dice Casey, eso sí lo sentirá en el bolsillo.

Niñas, dice la señora Whitehead, basta ya. No tienen idea de lo que están diciendo.

Se ha hecho justicia, grita Debra Ann. ¡Ja!, ríe Lauralee y todas chocan las manos en alto.

Cállense. Niñas, cállense.

Un año de probatoria, dice y se le quiebra la voz. Cinco mil dólares. Me cago en Dios.

Si de pronto hubiera aparecido una serpiente cascabel por debajo la mesa de la cocina, las niñas no se habrían espantado más. Aimee da dos pasos atrás con las manos en el aire, como si su madre fuera a dispararle. Mamá, eso es herejía.

No, cariño, no lo es. Es blasfemia. Y, en realidad, ¿a quién diablos le importa?

Arroja el vaso de té, que vuela por la cocina, da contra la pared y se hace añicos espectacularmente. Los chorros de té helado bajan por el papel de pared floreado hasta el linóleo. El bebé empieza a llorar al otro extremo de la casa y Mary Rose cae

en el suelo como si alguien le hubiera robado la columna verte-
bral. No sé qué hacer con mi vida, dice.

D. A. tampoco sabe, ninguna sabe, pero son lo suficientemente grandes como para saber que no deben mirarla. Así
que todas miran para el otro lado, las cuatro niñas pivotean
casi al unísono hacia la pared. Esperan y cuando, al cabo de
unos minutos, la señora Whitehead aún no se ha movido del
suelo de la cocina, Debra Ann agarra el teléfono para llamar
a la señora Shepard. Escucha, da unos golpecitos en el auricular. El teléfono está muerto, dice. El viento debe haber
tumbado la línea.

Te equivocas, dice la mamá de Aimee. Estaba funcionando
perfectamente.

No, señora. Está muerto.

Aimee abre los ojos y tiene las mejillas blancas como un papel.
¿Qué hacemos?

Los gritos del bebé perforan el aire y se deshacen en un gemido
constante y lastimero y a D. A. le dan ganas de taparse los oídos. Voy
a cruzar la calle y buscar a la señora Shepard, dice. Va donde Aimee
y la abraza. Voy a Penwell con mi amigo, pero regreso pronto.

Cuando Debra Ann se ha marchado, Aimee se arrodilla junto
a su madre. ¿Puedes levantarte del suelo, mamá? ¿Quieres algo
de beber? Pero Mary Rose permanece con las manos apretadas
contra los muslos. No creo, cariño.

Y cuando la señora Shepard, aún en pantuflas, entra por la
puerta unos minutos más tarde, mira alrededor de la cocina y
ve el vaso roto, el té en la pared y el suelo, y a las tres niñas re-

costadas incómodamente contra el marco de la puerta mientras el bebé aúlla como si lo estuvieran matando. La señora Shepard junta las manos con fuerza. Niñas, busquen a ese maldito bebé y llévenlo a la habitación de Aimee. Se agacha para mirar de frente a Mary Rose, que llora con tanta fuerza que se le estremece todo el cuerpo.

Ninguna de las niñas ha visto a una mujer mayor llorar de ese modo, ni siquiera en un funeral. Son demasiado jóvenes para reconocer la rabia.

La señora Shepard le frota el brazo a la mujer y le pone la mano en la espalda. Bien, dice, ahora vas a ponerte de pie y sentarte en la mesa de la cocina.

La madre de Aimee menea la cabeza.

Cariño, no puedo seguir doblada así un minuto más. Así que ponte de pie.

Sin decir palabra, Mary Rose se pone de pie y camina hasta la mesa de la cocina. Se sienta y recuesta la cabeza sobre el paño de la cocina, sus hombros se sacuden con cada sollozo. Corrine limpia el té de la pared y barre el vidrio roto hacia una esquina. Sólo por el momento, dice, lo recogeremos en unos minutos. Luego sirve dos vasos de té helado y los lleva a la mesa, mira sobre el hombro y ve que las niñas siguen en la entrada de la cocina, boquiabiertas. ¿Qué hacen ahí todavía?, dice Corrine. Busquen a ese maldito bebé antes de que se le reviente una vena.

Las niñas cruzan el pasillo hasta la habitación de Aimee, el viento estremece la casa como si quisiera expulsarlas por la ventana hacia el jardín. Se sientan en el suelo y le hacen cucas monas al bebé. Casey sugiere que jueguen a *Los secretos de Isis* porque Isis puede dominar el viento y Lauralee dice que deben jugar a *El increíble Hulk* porque Hulk puede convertir su rabia en una fuerza para el bien. Aimee no quiere jugar a nada. Sólo se sienta y mira a su hermanito y a la ventana. Les dice a las otras niñas que ha estado pensando en la libertad probatoria, en lo que significa o lo que cree que significa. Dale Strickland puede ir a donde le dé la gana, puede comer helado cuando le dé la gana y puede ir a los juegos de fútbol. ¿Y Glory Ramírez? ¿Qué será de ella? ¿Y qué será de ellas?

Transcurrirá media hora antes de que Corrine entre en la habitación de Aimee con un biberón para el bebé. Examina el pequeño círculo, tres rostros pálidos y redondos y el bebé agarrándole el pelo a su hermana. ¿Dónde diablos está Debra Ann?, les pregunta. ¿Por qué no está aquí con ustedes?

Corrine

ENTRE EL RUIDO del viento y el llanto del bebé, entre el aire tan cargado de polvo que podría sofocar a un buey y la negativa de Mary Rose de abrir las malditas ventanas, aunque sea por dos minutos para que entre un poco de luz, Corrine no pudo ver o escuchar a Jesse y D. A. abrir la puerta del garaje y sacar la camioneta. Y ahora se halla de pie en el cemento polvoriento con los puños apretados y las axilas sudorosas frente al espacio vacío donde solía estar la camioneta de Potter. Sólo queda un charco de aceite de motor fresco.

Mary Rose cruza corriendo la calle mientras termina de abotonarse la blusa, a cada paso, el bolso le golpea la cadera. No se ha atado los cordones de los zapatos y no se ha puesto calcetines. Cuando ve a Corrine frente al garaje vacío, se detiene en seco. ¿Dónde está la camioneta de Potter? ¿Dónde está Debra Ann?

No lo sé. Con la resaca de los *salty dogs* a cuestas, Corrine se aprieta los ojos con tanta fuerza que ve estrellas. Trata de recordar la última vez que se sentó en la camioneta. ¿Cuándo fue la última vez que escuchó a Bob Wills en la radio y puso la transmisión en neutro, antes de girar la llave deseando tener el valor de permanecer ahí el tiempo que fuera necesario? ¿Cuándo fue la última vez que estuvo mirando los relojes por uno o dos minutos antes de suspirar y apagar la camioneta y volver a entrar en la casa a prepararse un vaso de té helado? Hace dos noches. Y luego, como siempre, dejó la llave en la ignición.

Mary Rose corre a la cocina de Corrine y se acerca el auricular del teléfono al oído. Abre la puerta con el pie, le da unos golpecitos a la caja del conector, escucha por unos segundos y vuelve a darle golpecitos. ¿Cuánto combustible tenía el depósito?, pregunta a través de la puerta abierta.

Menos de la mitad, creo. Corrine examina el garaje. Todo está en su lugar, excepto por el hueco donde Potter guardaba su tienda de campaña. Junto al resto del equipo de acampar están las cajas de adornos de Navidad rotuladas y alineadas. Los rastrillos y palas de Potter están apilados en una esquina cubiertos de una capa de polvo reciente y, como si tal cosa, Corrine lo ve cruzar el jardín con un animal muerto en la pala, una serpiente o un ratón o una golondrina. Lo ve cavar un hoyo, una maldita tumba para cada criaturita. Debió sobrevivirme, piensa. La vida se le daba mucho mejor que a mí.

Corrine camina hacia el medio del garaje y gira lentamente, sube y baja la vista mientras examina el espacio. La camioneta de Potter no está, los teléfonos están fuera de servicio y, aunque la tormenta de polvo ha pasado, todavía siente el aire denso y caliente en los pulmones, como si se los aplastaran en una prensa de acero. El charco de aceite fresco vuelve a llamar su atención y entonces ve el pedazo de papel que está al lado.

Mary Rose sale de la cocina y extiende el brazo al tiempo que Corrine le entrega el papel. Es una servilleta del bar de *strippers* doblada a la mitad y, aunque las palabras escritas sobre el logo están borrosas, las mujeres pueden leer las palabras *Penwell* y *puesto de gasolina* y, al otro lado de la servilleta, un nombre. *Jesse Belden.* Mary Rose se mece suavemente con un brazo sobre el vientre y se inclina hacia delante hasta que el pelo le roza el suelo. Tenemos que buscarla.

Corre de nuevo a la cocina y comienza a golpear el teléfono tan fuerte que Corrine lo escucha en el garaje. Cuando regresa —todavía no sirve el teléfono, carajo—, tiene el rostro cenizo, como la fina capa de polvo gris que cubre la mesa de carpintería de Potter. Ese lugar está cerca de nuestro rancho, dice Mary Rose. Sus ojos azules se ensombrecen. Sé quién la tiene.

¿Conoces a ese hombre, el señor Belden? Corrine vuelve a mirar la nota. Debra Ann me habló alguna vez de él, pero pensé que era uno de sus amigos imaginarios.

Ése no es su nombre, dice Mary Rose sin emoción. Sé quién es. Cruza corriendo la calle y desaparece dentro de su casa. En menos de cinco minutos, regresa a la entrada de Corrine con la escopeta en una mano y varios cartuchos sueltos en la otra. Les dije a las niñas que no se muevan y que llamen a Suzanne

Ledbetter tan pronto como se restablezca el servicio telefónico, dice.

Corrine levanta ambas manos. Pongamos eso en el maletero.

Mary Rose niega con la cabeza. Debemos irnos.

A Corrine le corren las gotas de sudor por la frente, y el pelo liso se le pega al cuello. Está a menos de treinta centímetros de su vecina, lo suficientemente cerca como para sentir el olor de su cuerpo y ver que tiene las pupilas muy dilatadas, un eclipse sobre el disco azul pálido de sus iris. No queremos asustar a nadie, dice Corrine, tengo mi pistola en la guantera por si es necesario.

Va a matarla, dice Mary Rose y por un instante Corrine piensa que tal vez tenga razón. Pero D. A. ha lucido bien todo el verano, se ha mantenido ocupada y centrada, incluso ha dejado de halarse las cejas. Si ese hombre le hizo daño, no dio ninguna señal. Y hay otra cosa que inquieta a Corrine: una nota que Debra Ann le mostró a principios del verano. *Gracias por ayudarme. Estoy muy agrade sido.* De dónde salió esto, le preguntó a la niña y D. A. le dijo que era parte de su proyecto de verano.

No sabemos nada, le dice a Mary Rose. Debra Ann dice que era su amigo.

¿Y qué diablos sabe ella?, grita Mary Rose. Es una niña y él es un —la voz se le quiebra y le sale hueca— monstruo.

Qué cabrón, Mary Rose escupe la palabra como si acabara de tragarse un vaso lleno de vinagre. Sujeta la escopeta con tanta fuerza que los nudillos se le cubren de vetas blancas y rojas. Está encendida de rabia y determinación.

Letal, piensa Corrine. Inhala profundo e intenta sonar ecuánime. Aún no entendemos la situación. Debra Ann podría estar huyendo con él.

¿Qué diablos te pasa? Mary Rose mira a Corrine como si la vieja se hubiera vuelto loca. Strickland quería a Aimee, pero se llevó a D. A. Y es culpa mía.

El poco oxígeno que pudo haber entrado en los pulmones de Corrine se ha esfumado por completo. Se dirige a la mesa de carpintería de Potter. Cuando corre hacia un lado las herramientas y apoya las manos sobre la mesa, el polvo y las telarañas que se acumularon a lo largo de la primavera salen volando. Los pulmones se le llenan de calor y polvo y esconde la boca dentro del hombro para toser. No puedo hacer esto, piensa.

Déjame guardar el arma en el maletero y conduciré hasta Penwell. Se endereza e intenta agarrarle el brazo a su vecina, pero Mary Rose se aparta de ella bruscamente. ¿De qué lado estás, vieja?

Por favor, dice Corrine. Intenta tocarla una vez más, pero Mary Rose ya ha cruzado la calle, apoya la escopeta contra su auto y busca frenéticamente en el bolso. Cuando encuentra las llaves, agarra a Old Lady y la coloca en el asiento del pasajero. Sale sin mirar a Corrine.

⌒

El rancho Whitehead está a casi cinco quilómetros al sur de Penwell. Lo suficientemente cerca como para ir andando, como hizo Glory Ramírez. Si alguien hubiera caminado con ella esos kilómetros, se habría agarrado de la cerca de alambre de púas que separa las vías del tren de la tumba improvisada, una hilera de piedras de caliche apiladas, y de la pequeña tumba anónima que está a pocos metros: un perro que pertenecía a alguno de los trabajadores, un bebé que murió de fiebre, un niño mordido por una serpiente cascabel. Y, si no prestaba atención o miraba hacia atrás, se habría caído sobre las piedras como le pasó a Glory. Habría visto el viento correr entre la hierba y habría sentido el mismo terror en la barriga. Habría mirado hacia el lugar del que huyó y habría abierto la boca sólo para descubrir que no era capaz de hablar. En la tumba más pequeña, donde mismo se sentó Glory a quitarse la gravilla de la palma de las manos, Jesse Belden alza en hombros a D. A. Pierce y se enfrenta a esas hierbas salvajes aún abatidas por la cola de la tormenta para que ella pueda ver las tumbas de las que le ha hablado todo el verano.

⁓

Corrine es un bólido impenitente, acostumbrada a conducir al menos a treinta kilómetros por encima del límite de velocidad aun cuando no tiene prisa. Ahora recorre la I-20 como perseguida por la muerte. La aguja del velocímetro tiembla entre los ciento treinta y los ciento treinta y cinco kilómetros por hora, pero el sedán blanco de Mary Rose va más deprisa y la distancia entre ambos vehículos crece hasta que la joven le saca al menos un kilómetro de ventaja.

Con la tormenta que se dirige al sur a quince kilómetros por hora, las mujeres conducen en una nube de tierra roja y polvo blanquecino de caliche. Cerca de Penwell, el viento se enfurece y el auto de Corrine se sacude. El movimiento le revuelca el estómago y le recuerda que no ha comido nada en todo el día, que tiene sed, que bebió demasiado anoche y todas las noches desde que murió Potter, que está vieja y que no está preparada en absoluto para evitar que todo vuele por los aires.

Cuando estaban en la entrada de la casa de Corrine y Mary Rose escupió esa palabra —cabrón— su voz era llana como la tierra que ahora contempla Corrine y el alma se le escapó del cuerpo. Corrine ha escuchado ese mismo tono de voz alguna vez, normalmente, aunque no siempre, en boca de un hombre o de un grupo de hombres. Y aunque Mary Rose está furiosa y asustada, y hay una niña que va en un auto con un hombre al que no conocen, Corrine se pregunta por qué el tono de voz de Mary Rose le resulta tan familiar.

No es la rabia estridente de una multitud que quema un libro o lanza una piedra contra una ventana o planta una cruz impregnada de keroseno en un jardín y le prende fuego. El tono llano de la voz de Mary Rose, la oquedad, la frialdad, la monotonía, son el miedo y la furia transformados en ira. Su voz es la voz de una mente resuelta. No hay más que aguardar por la chispa que justificará lo que está a punto de suceder. Corrine lleva toda la vida viendo ese veneno abrirse paso entre sus estudiantes y sus padres, entre los hombres que se sientan en los bares o en las gradas, entre la gente que va a la iglesia, entre sus vecinos y los padres y las madres del pueblo. Ha visto a sus propios parientes y amigos servir ese veneno en sus mejores copas, en las vajillas que sus antepasados trajeron en carreta desde Georgia y Alabama proclamando que habían trabajado para obtener todo lo que tenían y que nadie les había regalado nada; que se lo habían ganado a fuerza de vivir y morir en esa refinería, en esos campos; y que no podrán hacer nada respecto a la gente que controla la bolsa y les paga y los dejaría sin trabajo en un abrir y cerrar de ojos, pero sí pueden señalar a cualquiera sin que les tiemble el pulso. Si lo repiten lo suficiente, de muchas formas diferentes, tal vez dejen de ver al hijo de Dios al otro lado de esas palabras, doblado por su enorme peso. Harán cualquier cosa que los ayude a pasar la noche o les permita mirar hacia otro lado para perpetuar la mentira. Harán cualquier cosa que les permita encender la cerilla o colgar la soga de una rama fuerte y regresar a casa a tiempo para cenar y ver el juego de fútbol. Y, aunque sabe que las razones de Mary Rose para darle rienda suelta a su furia son mejores que las de la mayoría de esos idiotas y pecadores, Corrine también sabe esto: a fin de cuentas, terminará matándote. Pero, carajo, antes de salir por la puerta, se puede hacer algún daño.

Corrine hunde el pie en acelerador e intenta acortar la brecha entre su auto y el de Mary Rose. A ciento cincuenta kilómetros por hora, su Lincoln se sacude y ruge como un avión. Cuando Mary Rose reduce la velocidad para tomar la cerrada curva de la salida a la carretera de acceso y luego vuelve a acelerar, arroja sobre el parabrisas de Corrine lo que parece un acre de polvo.

Corrine hunde el pie en el freno y patina hasta la carretera de acceso, vuelve a mirar el espejo retrovisor y, por primera vez en la vida, desea que algún guardia estatal levante la vista del periódico o del almuerzo y le preste atención por un bendito instante.

Son casi las tres en punto, hace menos de una hora Corrine estaba en su garaje y hace un buen rato que debió prepararse el primer té helado con *whisky* y sentarse en el porche. Cuando empiezan a temblarle las manos —otro recordatorio de que no debería estar ahí— ríe y golpea el volante con el puño. Debió haber ido directamente a la estación de la policía o detenerse en el 7-Eleven y ver si les funcionaba el teléfono. Lo único que desea, lo único que ha deseado desde que murió Potter, es que la dejen en paz para beberse y fumarse lo que le quede hasta que la llamen del más allá. Pero, hela aquí, una vieja con los pulmones jodidos y un marido muerto, que recorre el mundo en un Lincoln Continental dispuesta a salvar a la humanidad. Es tan ridículo que Corrine se da un puño en la frente y ríe hasta que las lágrimas dibujan surcos en su rostro polvoriento. Vaya mierda, piensa. Heme aquí.

⌒

Corrine va pisándole los talones a Mary Rose cuando atraviesan Penwell, un pueblecito destartalado en un tramo de tierra desierto excepto por las bombas, las vías del tren y una hilera de postes de teléfono, que parece extenderse hacia la eternidad.

Tiene unos setenta y cinco habitantes permanentes, muchos de los cuales viven en las caravanas que arrastraron desde Odessa y que aparcaron entre los restos de las torres de perforación de petróleo originales hechas de madera de pacano. Lo único que queda del antiguo puesto de gasolina y la sala de baile es una pila de vigas de madera y cristales rotos y un puñado de plantas rodadoras amontonadas contra un letrero mohoso que ha caído al suelo. BAILE ESTA NOCHE.

Dos niños que están al borde de la carretera vitorean cuando las mujeres pasan como una exhalación bajo un semáforo que no funciona desde hace cuarenta años. Pasan el puesto de gasolina y aún no ven señales de la camioneta de Potter. Al otro extremo del pueblo, la carretera gira hacia el sur y corre paralela a las vías del tren. El asfalto desaparece y el camino se deteriora hasta convertirse en un amasijo polvoriento de surcos y plantas rodadoras. Por lo pronto, la nube de polvo va delante a ellas, pero el viento es traicionero. Baja y sube, agarra los automóviles, los sacude con violencia y luego los suelta de repente. Cuando Mary Rose gira el volante para esquivar un pedazo de tubería que ha caído en la carretera, Corrine hace lo propio.

Mary Rose frena por segunda vez, gira el volante bruscamente y Corrine se halla frente a una mamá armadillo que cruza tranquilamente la carretera con sus cuatro crías. Corrine hunde el pie en el freno, gira de golpe hacia la derecha y se golpea la cara contra el volante con tal fuerza que ve estrellitas en la periferia de su visión.

Los autos se detienen en el borde del camino. La camioneta de Potter está estacionada más adelante junto a otra camioneta más vieja. Corrine toca el claxon y trata de arrimar su auto al de Mary Rose, pero el camino es estrecho y Mary Rose no mira hacia atrás, de modo que Corrine se inclina sobre el amplio asiento delantero, abre la guantera y pone la pistola al lado de los cigarrillos. Si logran salir de esta situación sin que muera nadie, se irá a casa y se fumará el paquete completo. Beberá hasta embrutecerse y dormirá tres días seguidos.

El auto de Mary Rose se mueve despacio hasta llegar a pocos metros de las camionetas y es entonces cuando Corrine ve al hombre y a la niña caminar junto a las vías del tren. Él es de estatura baja y delgado, tiene los hombros encorvados y el pelo negro. No se parece en nada al hombre cuyas fotos se publicaron en toda la prensa luego del ataque a Gloria Ramírez. Debra Ann tiene el flequillo en los ojos y lleva puestos sus *shorts* de franela favoritos y una camiseta color rosa brillante. El hombre sujeta una cantimplora de agua en una mano, ah, qué no daría Corrine por un sorbo. La otra mano sujeta con suavidad los dedos mugrientos de D. A.

Corrine baja la ventanilla y se asoma para gritarles, pero ve abrirse la puerta del auto de Mary Rose, así que toca el claxon. Es un gemido largo y continuo, similar al de la sirena de la planta, que llama la atención de Jesse y D. A. Se detienen, giran y, luego de una breve pausa, Jesse se inclina para decirle algo a D. A. La niña encoge los hombros, se restriega los ojos y mira hacia abajo.

Mary Rose salta del auto y corre hacia ellos, la escopeta le golpea el hombro, las balas caen al suelo tras de sí. El corazón de Corrine late como si se hubiera agarrado a una valla eléctrica. Lleva meses viviendo frente a esa mujer, la ha visto ponerse delgada como una hoja de mezquite, ha visto las sombras oscuras bajo sus ojos cuando se sienta en el porche y observa a su hija como si fuera a desaparecer de un momento a otro.

Unas semanas antes del juicio, mientras las niñas bañaban al bebé y las mujeres se fumaban un cigarrillo en el jardín de Mary Rose, a Corrine le pareció ver en los ojos de su vecina, si bien por un instante, algo que podía ser desesperanza.

¿Necesitas algo?, le preguntó a Mary Rose.

No, dijo Mary Rose, supongo que no.

¿Cuándo fue la última vez que dormiste toda la noche? Y Mary Rose soltó una carcajada que más bien parecía un rugido. Pues, dijo, soy de esas mujeres que, desde que se quedan embarazadas, se levantan cada diez minutos para orinar y el bebé tiene tres meses, así que diría que hace más o menos trece meses que no duermo una noche completa.

Cariño, ¿y Robert? Estoy segura de que vendría al pueblo a ayudarte si se lo pidieras.

Robert está ocupado con sus vacas. Mary Rose miró el césped y pateó una de las extensiones eléctricas desperdigadas por el jardín. En cualquier caso, no lo quiero aquí.

Caminó hasta el borde del porche y pisó una gran araña negra. Keith Taylor estuvo aquí el otro día para ayudarme a prepararme para el juicio, dijo, y me preguntó si me gustaba vivir en el pueblo y si no echaba de menos a mi esposo y no supe qué contestarle.

Una de las niñas gritó dentro de la casa y las mujeres se callaron y se quedaron a la expectativa de que las llamaran para algo, de tener que resolver alguna situación doméstica, grande o pequeña, pero las niñas chacharearon unos segundos y se quedaron tranquilas.

Porque cuando me pregunto qué se ha perdido entre Robert y yo, Mary Rose hizo una pausa y se miró las manos. Vaya. ¿Cómo he de saberlo? Mierda, me dieron mi primer uniforme de porrista cuando aún estaba en pañales. A todas nos hicieron lo mismo. Con suerte, llegaríamos a los doce años sin que algún hombre, algún niño o alguna mujer bien intencionada pensara que debíamos aprendernos el libreto; que debíamos entender para qué nos habían traído al mundo. Para alegrarlos a todos ellos. Para sonreír e iluminar la habitación con nuestra presencia. Para levantarles el ánimo y comprenderlos y ser simpáticas con todo el que se cruce en nuestro camino. Me casé con Robert cuando tenía diecisiete años, salí de la casa de mi padre para entrar en la suya. Mary Rose se sentó en una silla de patio, recostó la cabeza sobre la mesa y comenzó a llorar. ¿Es eso lo que se supone que debo hacer?, dijo. ¿Animarlo?

Corrine se puso de pie y esperó a que cesara el llanto, pero siguió y siguió y, después de un rato, Corrine, avergonzada por su vecina, le tocó el hombro a Mary Rose. Llámame si necesitas cualquier cosa, dijo, y salió por el portón lateral.

Corrine ha corrido apenas tres metros cuando los pulmones

no dan más de sí y le dicen, no, no, señora, debió haber pensado en esto hace veinte años. Asfixiada, se dobla en el desierto, luego se endereza y da unos pasos. Le duele la cara por el golpe que se dio con el volante, un chichón se le asoma en la frente. Vomita un poco en la arena, sólo bilis y líquido, y se pregunta si no tendrá una conmoción cerebral.

Mary Rose le lleva mucha ventaja y Corrine comienza a gritar el nombre de Debra Ann una y otra vez. Cada palabra es un nuevo reto para sus pulmones doloridos, para su garganta reseca y su cabeza golpeada.

D. A. y Jesse observan a ambas mujeres, una va muy delante y se acerca a toda velocidad, la otra se mueve con la pesadez de una novilla y lamenta no haber escuchado a Potter todos esos años cuando le decía que sermonear a adolescentes todo el día no era hacer ejercicio de verdad, no importa cuántas horas estuviera de pie.

Suéltala, Strickland. La voz de Mary Rose es una vara de acero que atraviesa a Corrine hasta la médula. No es él, Mary Rose, grita. No es el mismo hombre.

Mary Rose detiene su carrera y mira al joven. Corrine sabe que su amiga está lo suficientemente cerca como para verlo bien. Ambas lo están. Mira, grita Corrine. Es el señor Belden.

Debra Ann le frunce el ceño a Jesse y las mujeres lo ven inclinarse y tomar a Debra Ann por el brazo. Luego se endereza y les hace señas.

Gracias a Dios. Corrine da otro paso hacia ellos.

No, dice en voz baja Mary Rose. Levanta la escopeta a la que llama Old Lady, se la acomoda contra el hombro y aprieta el gatillo.

⌒

El disparo del rifle parte el día en dos. Debra Ann y Jesse caen al suelo y se quedan inmóviles. Mary Rose los observa con calma. Inclina la cabeza hacia un lado, como si intentara resolver un problema. Fallé el tiro, dice sin alterarse. Fallé el maldito tiro.

D. A. y Jesse lloran y repiten qué pasa, qué pasa y, aunque la voz de Jesse es más fuerte y profunda que la de Debra Ann, parece la voz de un niño confundido.

Debra Ann, grita Corrine, levántate y ven acá ahora mismo. La niña se levanta del polvo como un fantasma y echa a correr.

Mary Rose saca el cartucho de la escopeta, se inclina y agarra una de las varias balas dispersas a sus pies. Luego de insertarla en la recámara y accionar la palanca para cerrarla, se queda perfectamente inmóvil. Observa. Está rastreándolo, dice Corrine, mientras aguarda a que Jesse haga la próxima movida. Tiene buena puntería. Si dispara de nuevo, no fallará el tiro. Y, como si le leyera la mente a Corrine, Mary Rose le grita a Jesse, La próxima vez no fallaré el tiro.

Corrine llega hasta Mary Rose al mismo tiempo que Debra Ann. Es mi amigo, dice, estoy ayudándolo.

Te hizo daño, dice Mary Rose.

No. Debra Ann se tira con fuerza de la ceja y se arranca unos pelitos que deja caer al suelo. Es mi amigo.

¿Estás bien?, pregunta Corrine y, cuando Debra Ann asiente, dice, ¿Qué diablos haces?

Estoy ayudándolo a regresar a casa. D. A. se pasa el dorso de la mano por la nariz y se limpia un moco marrón en los *shorts*. Necesita su camioneta y lo traje hasta aquí.

Ay, cariño, dice Corrine.

Iba a regresar. El rostro de Debra Ann se torna rojo. No estaba robándome la camioneta del señor Shepard. Sé que usted la ama.

Empieza a llorar. A nadie le importa lo que le pase a Jesse, dice. O a mí.

Y Corrine se da cuenta de que tiene razón. Debra Ann y Jesse necesitan mucho más de lo que les han dado. Un silbato suena en la distancia, puede ser la refinería o el tren que aún está a varios kilómetros. El viento les bate el pelo alrededor de la cara y no les permite oír bien. En el desierto sediento, los cactos se han ennegrecido y doblado hacia adentro. Las vainas de mezquite, grises y arrugadas, se adhieren a su rama o se amontonan alrededor del tronco de su árbol y Jesse Belden está en el suelo haciendo ruiditos con la garganta, una criatura pequeña y asustada, un joven que sabe muy bien que una bala puede desbaratar un cuerpo.

Ponte de pie, le dice Mary Rose. Levántate y sube las manos.

No puede oírla, le grita Debra Ann, que tiene el rostro cubierto de lágrimas y polvo y un rasguño superficial en la mejilla. No oye —se le quiebra la voz— es culpa mía.

Levántate, grita Mary Rose. Levántate ahora mismo.

Jesse se arrodilla y se tambalea un poco cuando se lleva las manos a la cabeza.

Mary Rose, dice Corrine. *Detente.*

Perdí la oportunidad una vez. Su voz es toda tristeza. Corrine le agarra el brazo y se lo sacude con tanta fuerza que el arma se mueve. Basta ya, Mary Rose. No es el mismo hombre. Agarra a Debra Ann y se la pone delante, como una ofrenda. Mira. Está bien. ¿Ves?

Él no está bien, señora Whitehead, dice D. A. Soy responsable de él.

Quiero ir a casa, Jesse les grita a las mujeres. Quiero a Nadine.

D. A. hace amago de correr hacia él, pero Corrine la agarra por el brazo y la sacude. Ve a sentarte en mi auto, túmbate en el asiento trasero y no te atrevas a mirar por la ventanilla.

Sí, dice Mary Rose inexpresiva. Dile que no mire por la ventanilla.

Son las palabras más aterrorizantes que Corrine ha escuchado en la vida y de pronto le apetece sentarse en mitad de ese campo polvoriento, cerrar los ojos y quedarse dormida. Se imagina a Potter al lado de la camioneta en otro campo, no muy lejos de donde están ahora. Se marchó de la casa antes del amanecer, está segura, porque habrá querido ver el sol salir una vez más. Jamás perdía la oportunidad de ver un amanecer. Podían estar en el rincón más apestoso y desolado del campo petrolífero y se detendría a admirar el astro luminoso asomarse sobre el filo de la tierra. Mira ese rojo, le decía a Corrine. Mira el color de ese cielo. De esas nubes. Otro día glorioso. Sonreía. ¿Qué le apetece que hagamos hoy, señora Shepard?

Corrine no quiere agarrar el rifle y arriesgarse a que se dispare, así que extiende la mano hacia el cañón y la coloca sobre la de su amiga. ¿Qué vamos a hacer, Mary Rose?

Las lágrimas han dibujado un surco sobre el polvo en las mejillas de Mary Rose, que sigue apuntando a Jesse Belden con la escopeta, sin el seguro, el dedo enroscado alrededor del gatillo. Quiero que se haga justicia, coño.

Lo sé, cariño, pero no querrás dispararle al hombre equivocado.

¿Equivocado?, dice Mary Rose. No sabemos lo que ha hecho ni lo que hará, lo que sí sabemos es que no tendrá que responder por nada.

Corrine acaricia con el pulgar la mano que sujeta el cañón y lo sube con suavidad por el brazo de Mary Rose. La culata presiona contra el hombro de Mary Rose, su brazo tiene la rigidez de una cuerda de violín. Tiembla de rabia. *En la ira acuérdate de la misericordia*, piensa Corrine. Mary Rose, si matas a ese hombre, ya no volverás a ser la misma. Ni Debra Ann, ni yo.

Todos los días, temo contestar el teléfono y escuchar su voz al otro lado de la línea, dice Mary Rose. Todos los días temo que alguien entre por la puerta de mi casa y les haga daño a mis hijos. Está libre. No le hicieron nada, carajo.

Lo sé. Pero ése no es tu hombre.

Corrine habría dado lo que fuera por estar con Potter la mañana que escogió morir. No para detenerlo —sabe muy bien lo que enfrentaba, lo dura que sería su muerte si la enfermedad seguía su curso— sino para estar a su lado y ver juntos el amanecer. No tengas miedo, le habría dicho a Potter. No estás solo.

Gracias por soportarme todos estos años, le habría dicho, y por soportar mis estupideces. Potter se habría reído y habría apuntado a alguna criaturita entre los arbustos. ¿Ves ahí? Una familia de perdices azules. ¿Ves los polluelos? Una nidada de nueve. ¿No te parece tierno, Corrine?

Y lo es, ahora se da cuenta. Potter lo supo siempre, hasta el final. ¿Cómo pudo vivir tan ajena al mundo? ¿Cómo pudo salirse de la ecuación, se pregunta, siempre recelosa, criticando tanto, dando tan poco? Lo llorará hasta el día de su muerte, pero no morirá en buen tiempo, ninguno de los que están en ese campo morirá, si ella puede evitarlo.

Han dado las tres en punto. El sol y el calor no tienen clemencia y el viento sopla caliente en sus rostros. Jesse Belden está arrodillado en la tierra con las manos en la cabeza y los ojos fijos en la tierra, silente, un prisionero que lleva toda la vida esperando este momento. *Éste es el soldado que vuelve de la guerra. Éstos son los años y los muros y la puerta.* ¿De dónde son esos versos? ¿De qué canción, de qué poema, de qué historia? Cuando llegue a casa, Corrine intentará buscarlos. Si es necesario, sacará todos los libros de la estantería. A casa sin Potter, a casa con un maldito gato callejero y una niña sin madre, a casa con una mujer joven cuyo rostro es un desastre de polvo gris y lágrimas y furia, cuyo dedo sigue enroscado en el gatillo. A casa con ese joven desconocido que está arrodillado en la tierra.

Corrine no le quita la mano del hombro a Mary Rose. Vamos a regresar al pueblo, dice, y le pediremos a Suzanne que se haga cargo de los niños un rato. Luego nos sentaremos en mi jardín, nos bajaremos un trago fuerte y le buscaremos una explicación a todo esto.

¿Qué diablos pasa en este lugar? La voz de Mary Rose es apenas un suspiro. ¿Por qué nos importa un carajo lo que le pase a una niña como Glory Ramírez?

No lo sé.

Mary Rose mira hacia el campo y detiene la vista en Jesse Belden. Quiero matar a alguien.

Pero no a ese hombre. Corrine ríe suavemente. Tal vez a otro en otro momento. Cubre el cañón de la escopeta con la mano. Le tiembla el brazo por el peso del arma cuando se la quita de las manos a Mary Rose, la coloca en el suelo y le da un empujoncito con la punta de la zapatilla. No estás sola, dice.

No teman, les grita Corrine a Jesse y a Mary Rose y a D. A. Pierce, cuyo rostro está adherido a la ventanilla del auto de Corrine, un pálido y pequeño testigo que intenta comprender el significado de que Mary Rose vaya hasta donde está Jesse y lo ayude a ponerse de pie, que le diga cuánto lo siente, que le diga cuán fácil es convertirse en lo que más se odia o se teme. No lo sabía, le dice Mary Rose, y ojalá no lo hubiera sabido nunca.

Conducen despacio de regreso a Odessa. Corrine y D. A. van al frente en el Lincoln, las sigue Jesse en la camioneta de Potter y Mary Rose va detrás, su sedán blanco está tan cubierto de polvo que apenas se distingue del campo que atraviesa. Mañana por la mañana, le dice Corrine a Jesse, lo traerá de nuevo y recogerán su camioneta, que se quedó aparcada al lado de las tumbas de los trabajadores ferroviarios. Se asegurarán de que llegue bien a su hogar en Tennessee. Tu hermana está allá, ¿no? Sí, señora, dice en voz baja, y mi mamá.

Cuando llegan a la entrada de la casa de Corrine, Jesse detiene la camioneta de Potter detrás del auto y se queda sentado mirando a través del parabrisas en lo que ella le trae un vaso de agua. Sus manos aún sujetan el volante cuando se queda dormido, pero cuando Corrine se asoma a la ventana al cabo de unos minutos, la camioneta está vacía y él se ha marchado. Lo verá en la mañana, lo llevará a Penwell, le dará algo de dinero y se asegurará de que llegue bien a casa.

Corrine ayuda a Mary Rose a cruzar la calle y se la entrega a Suzanne, que abre y cierra la boca varias veces antes de morderse los labios y quedarse callada. Si algo de esto trasciende, Corrine lo sabe, es probable que Mary Rose termine recluida en el hospital de Big Springs.

Lentamente, Corrine vuelve a cruzar la calle y le prepara un baño caliente a Debra Ann, quien se remojará durante casi una hora y dejará tanta arena y mugre en la tina que Corrine se preguntará en voz alta cuándo fue la última vez que se bañó esta niña.

¿Con jabón?, dice Debra Ann.

Corrine se sienta en el suelo justo fuera del baño con la espalda contra la puerta y las piernas estiradas. Le duele todo: las rodillas, el culo, las tetas, todo el maldito cuerpo. Si vuelves a robarme algo en la vida, le dice a la niña, te enviaré directo a donde Suzanne Ledbetter. Le encantará ponerte un poco de disciplina.

No volveré a hacerlo, dice D. A. ¿Puedes venir a lavarme la espalda?

No, cariño. La señora Shepard sólo quiere estar aquí sentada tranquilamente por unos minutos.

No llego y me pica.

Corrine suspira e intenta ponerse de pie, pero su espalda se resiste. Gira hacia un lado y permanece inmóvil tratando de recuperar el aliento, luego usa la pared para apoyarse hasta que logra ponerse de pie. Cuando entra en el baño, D. A. está encorvada en la tina con los hombros y la espalda cubiertos de picaduras de nigua y postillas abiertas. Las zonas a las que sí puede llegar están llenas de arañazos largos y feos. Todo lo demás es un revoltijo de sangre seca y piel infectada. Corrine agarra una toalla de baño y la sumerge en el agua, se arrodilla al lado de la bañera y le frota suavemente la espalda a la niña. De ahora en adelante, dice, puedes venir cuando quieras, siempre y cuando sea después de las diez de la mañana, y te abriré la puerta. La niña suspira y cierra los ojos. Eso se siente bien.

Tendremos que curarte esas picaduras. Corrine exprime la toalla y la coloca en el borde de la tina. Puedes venir cuando quieras y darte un baño caliente y ver televisión, dice, y me aseguraré de que haya suficiente Dr Pepper en casa.

Lo único que pido a cambio —Corrine hace una breve pausa y le aparta el pelo mojado de la cara a Debra Ann— es que no le digas a nadie que la señora Whitehead disparó esa escopeta. No queremos que nadie sufra más de lo necesario.

D. A. asiente y se desliza en la tina hasta quedar con la espalda plana como si estuviera flotando en un lago, su pelo oscuro ondula a cada lado de su rostro. Nunca ha querido que nadie sufra.

∽

Tras la nube de polvo vendrán las tormentas de truenos. Lloverá por tres días y, cuando las alcantarillas de Larkspur se desborden, en menos de una hora el canal detrás de la casa de Corrine se llenará de agua, que arrasará todo lo que Jesse decidió dejar atrás: la sartén, la manta que Debra Ann le trajo cuando tenía frío y la medicina que le trajo cuando se enfermó, incluso el gato callejero que, minutos antes, perseguía una pequeña culebra dentro del tubo.

Al otro lado de la calle, el callejón de Mary Rose se inundará y el agua se colará por debajo de la verja y subirá lentamente por el jardín hasta cubrir la media docena de extensiones eléctricas que aún están enchufadas al tomacorriente. Durante algunos días, Mary Rose mirará desde la puerta de cristal corrediza hacia el jardín y se preguntará si estará electrificado. Sellará con cinta adhesiva la puerta de atrás y no le quitará la vista de encima a su hija.

Cuando el agua haya bajado y todo se seque, Jesse habrá llegado a casa. Su primera carta llegará en septiembre, una sola hoja con las palabras *Dictada a Nadine* encima del saludo. Describirá el viaje largo y aburrido de regreso al este de Tennessee —tomes la ruta del sur o la del norte, el camino es igualmente feo— y la alegría al ver la pequeña caravana de su madre en Belden Hollow. Le promete que le escribirá todos los meses y espera que D. A. haga lo mismo.

Pescará en el río Clinch e intentará conseguir trabajo en su pueblo y cuando se le acabe el dinero que le dio Corrine y aún no haya conseguido trabajo, echará un bulto en la parte trasera de la camioneta y se dirigirá a Luisiana. Trabajará en los campos petrolíferos y las plataformas de perforación de Lake Charles, Baton Rouge y Petroleum City, luego irá a Gulf Shores a pescar camarones. Trabajo de construcción en Jackson, corrección en la prisión de Dixon, mano de obra en plantaciones en el mango de la Florida, luego a Nueva Orleans donde descubrirá que por fin tiene edad para dejarse la barba que lo protegerá del frío en los meses de invierno. No llegará a muy viejo —tiene demasiado en su contra— pero cada vez que un desconocido le muestre un poco de amabilidad, recordará a Debra Ann del modo que termina todas las cartas que le escribe, sin importar cuán largas o cortas sean.

Gracias por la amabilidad que me demostraste cuando estuve en tu pueblo. Jamás lo olvidaré. Con amor, Jesse Belden

Karla

PERDEMOS A NUESTROS hombres cuando intentan ganarle al tren y las ruedas de las camionetas se les atascan en las vías o cuando se emborrachan y se pegan un tiro sin querer o cuando se emborrachan y se suben al depósito de agua y caen diez pisos para encontrar la muerte. Durante la temporada de siega cuando tropiezan con el cepo y un toro joven muge y los embiste en el corazón. Cuando salen de pesca y se ahogan en el lago o se quedan dormidos al volante de regreso a casa. Colisión múltiple en la autopista interestatal; tiroteo en el Motel Dixie; escape de ácido sulfhídrico en las afueras de Gardendale. Parece que nos hallamos ante otro caso fatal de estupidez, dice Evelyn cuando uno de los clientes regulares comenta la noticia en el *happy hour*. Así suelen morir en días normales, pero hoy es el primer día de septiembre y el esquisto de Bone Springs vuelve a activarse. Ahora también los perderemos a

causa del cristal y la coca y los opioides. Los perderemos por
culpa de las brocas resbaladizas o las pilas de tubos mal ase-
gurados o los fuegos provocados por nubes de vapor. Y a las
mujeres, ¿cómo las perdemos? Por lo general, cuando las mata
un hombre.

En la primavera de 1962, justo después del descubrimiento
de los campos de gas natural cerca de Wink —a Evelyn le gusta
hacerles este cuento a los nuevos empleados— una de sus meseras fichó a la salida, se enrolló el delantal y fue al bar a beberse
unas copas con los clientes regulares. El auto de la mujer seguía
en el aparcamiento cuando Evelyn cerró esa noche y permaneció allí casi una semana antes de que encontraran su cuerpo.
En un lote de arrendamiento abandonado, dice Evelyn, porque
ahí es que siempre se encuentran los cadáveres. El hijo de puta
también le prendió fuego. Uno no se acostumbra a enterarse de
cosas así.

Evelyn es una mujer pequeña y fibrosa, tiene los antebrazos
como de sisal y un moño cardado color ciruela madura. Los
próximos campos de gas serán aún más grandes que Wink, nos
dice en las reuniones semanales de empleados. Calienten sus
motores, chicas. Prepárense para ganar dinero. Anden con los
ojos bien abiertos para cuando aparezca el próximo asesino en
serie.

La familia en Midland y en Odessa, la algarabía.

⌒

Éste es un negocio familiar. Las joyas y el maquillaje que usamos son de buen gusto. Llevamos camisa de cuadritos rojos y blancos a juego con las cortinas y los manteles. La falda vaquera nos cae justo encima de la rodilla. El mono es marrón con puntadas rosadas. Cuando nos inclinamos hacia delante, olemos a jabón, cigarrillo y perfume. Algunas nos marchamos, pero casi todas nos quedamos.

Sólo tienes que sonreír, le decimos a Karla Sibley en su primer día de entrenamiento, y podrás ganar mucho dinero, quizás más que en cualquier otro trabajo en el pueblo, ¡y sin tener que quitarte la camisa, ja, ja!

La ensalada que sale con la cena lleva dos lascas de tomate, le decimos. El aderezo se sirve en un cuenco al lado. *Ranch*, francés, queso azul y Mil Islas. Apréndetelos de memoria. La cerveza se sirve en vasos helados, el té helado en jarras de un litro y el mar y tierra en nuestros platos especiales que tienen la forma del estado de Texas. Siempre lleva las mangas bajas, aun en verano o el metal te quemará y te quedará una cicatriz. Así, nos arremangamos la camisa. ¿Ves?

La despachamos temprano para no tener que compartir las propinas, pero antes de que se marche, Evelyn le da ánimos. Karla querida, un *boom* petrolero puede significar que ganes el alquiler de un mes en un solo turno de viernes por la noche. Puede significar el depósito de un auto y un poco de efectivo en el banco. Sólo con las propinas de una semana podemos pagar una fianza, la rehabilitación de uno de nuestros hijos o un semestre de universidad. Así que, cuando un cliente nos pide que sonriamos, puedes apostar la teta derecha a que lo hacemos. Curvamos los labios hacia arriba como si alguien nos los halara con un hilo. Tenemos los dientes blancos como la nieve y hoyuelos como paréntesis.

Después del cierre, cuando ya hemos restregado las mesas y barrido el suelo, cuando hemos enrollado suficientes cubiertos como para alimentar a un ejército, nos bebemos la última copa y caminamos hasta nuestros autos en parejas o en grupos de tres. Aguardamos para asegurarnos de que a nadie se le haya desinflado una rueda o se le haya muerto una batería. Vamos preparadas con cables de arranque y Fix-a-Flat en el maletero. Llevamos la pistola y el gas pimienta en el bolso. Evelyn, que es zurda, guarda un revólver de cañón corto en el bolso y otro en la guantera de su Ford Mustang. Detrás de la barra, guarda un bastón eléctrico para las pequeñas broncas cotidianas y una Wingmaster por si se descontrolan las cosas.

Son las dos de la mañana y todavía hace un calor de treinta y dos grados. Las lluvias recientes han limpiado el polvo y ahora la luna ilumina las nubes descoloridas y vacías como las iglesias viejas. En la avenida, el tráfico está ligero, como de costumbre, pero, si Evelyn no se equivoca respecto al esquisto de Bone Springs o la plataforma de perforación de Ozona, en pocos meses habrá embotellamientos de autos con placas de todos los estados y hombres hambrientos con dinero en el bolsillo. Algo que esperar con ilusión.

∾

De lunes a viernes, la madre de Karla trabaja en la línea de producción de una proveedora de cojinetes, pero no le molesta cuidar a la bebé de noche. El primer mes, las empleadas nuevas trabajan en la hora punta del almuerzo, le dice Evelyn, de modo que Karla contrata a alguien que le cuide a Diane durante el día y trabaja cuatro turnos semanales. En el salón trasero, donde nos sentamos a comer en una mesa plegadiza, Karla pega con cinta adhesiva en la pared una tarjeta con su número de teléfono: disponible para tomar turnos <u>cualquier</u> noche o fin de semana. Gracias, Karla Sibley. Alguien tacha su apellido y escribe, ¡Querida! Y debajo, ¡Sonríe! Porque parece que eso no se le da muy bien.

Mientras Karla espera a que alguna se reporte enferma, se bebe su peso en café, cuenta lo que ganó en propinas e intenta acordarse de sonreír. Se recuerda a sí misma que perdió el último empleo, una buena chamba de *bartender* en el Country Club, porque no se llevaba bien con los clientes. Corrine Shepard no cuenta, le dijo la gerencia. Nuestros clientes masculinos sienten que no te caen bien. De modo que Karla enrolla más cubiertos al final de cada turno y pule la máquina de hacer hielo hasta ver, si no su propio rostro nítidamente reflejado en el acero inoxidable, al menos la sombra indefinida de sus rizos color marrón, su frente amplia y las manchas oscuras de los ojos, que son el resultado del lápiz de ojos negro mezclado con sudor y la bebé que aún no duerme toda la noche.

Los representantes petroleros llegan a almorzar tan olorosos como si vinieran del mostrador de perfumes de Dillard's. Llevan puestas camisas Polo y pantalones caqui. Si vienen de Houston, se habrán detenido en San Angelo para comprar botas de piel de avestruz o cocodrilo. Si vienen de Dallas, se habrán detenido en Luskey's o James Leddy's. Todos llevan un Stetson sobre la cabeza y la chequera en el bolsillo de la camisa.

Cargan con tubos de cartón llenos de mapas topográficos, que extienden sobre la mesa después de comer. Los nuevos campos están aquí y aquí y aquí —señalan vastas secciones de tierra buena para pastar, o que solía ser buena para pastar— tres mil millones de barriles de petróleo y suficiente gas natural para incendiar el mundo dos veces. La infraestructura ya está lista, dirán a los buscadores de petróleo y a los ganaderos en quiebra o lo estará pronto. Los representantes hablan de servidumbres y guardaganados, de estanques para desperdicios líquidos y pozos de extracción y contingencias para derrames. Hablan del esquisto recién descubierto en la cuenca del Delaware y de los campos de gas cerca del Bowman Ranch. Compran y venden agua y prometen cerrar la verja para que las vacas no entren en la autopista. Asienten con la cabeza y prometen recordarles a sus hombres que un buen toro vale el sueldo de tres meses. Cuando cierran el trato, sacan la chequera y levantan un dedo y Karla les trae una ronda de copas.

Le paga a la cuidadora y ayuda a su madre con la hipoteca. Abre una cuenta de ahorros para Diane. En su día libre, va a ver un Buick Skylark de 1965 que se anunciaba en el *American*. El almacén está justó en la frontera de la ciudad, seis edificios de acero corrugado al lado opuesto de la iglesia Full River Gospel of Life, nombre que resulta confuso porque el río más cercano es el Pecos, que casi siempre parece como si todo el condado hubiera ido a cagar a la vez en él. Era el auto de su madre, le dice la mujer a Karla, y ha estado guardado desde la caída de 1972. Puede ser un poco lento en la autopista, dice, pero tiene ocho cilindros y ocho mil kilómetros originales. Por doscientos dólares en efectivo, es de Karla.

Karla se sienta en el asiento delantero, un palacio de terciopelo corrugado color dorado que todavía huele al tabaco, los polvos de bebé y el chicle de menta de la señora. El asiento trasero es tan grande que se podría instalar una tienda de campaña en él y ya Karla se imagina a Diane saltando mientras conducen por la autopista rumbo a su próxima vida. La mujer le da un juego de llaves: una para la ignición y la puerta del lado del conductor, una para la guantera, una para el maletero. Cuando Karla gira la llave, el motor borbotea y se apaga. La gira por segunda vez. El motor ruge y Karla siente la vibración desde el culo hasta el pie que descansa sobre el pedal del acelerador. Coño, sí, piensa. ¿Aceptaría ciento cincuenta dólares?, le pregunta a la mujer.

❧

¿Por qué Dios le dio petróleo a West Texas?
Para compensar por lo que le hizo la tierra.

⌒

Las noches son plata, le decimos a Karla cuando empieza su primer turno de cena. Después de las nueve, la mayoría de los clientes que llegan son hombres con las billeteras llenas de efectivo y el pelo aún húmedo tras haber parado en casa a darse una ducha caliente. Karla querida, le decimos, podrán lavarse con agua caliente hasta que se les caiga la piel y seguirán oliendo a pedo podrido en habitación cerrada.

Le decimos a quiénes no tiene que tomarse en serio —un chiste, un brazo que le repta por la cintura, una proposición matrimonial— y a quiénes sí. Escúchales los malditos cuentos, le decimos sobre el primer grupo. Ríete de sus malditos chistes. Sobre el segundo grupo, le decimos nunca te quedes a solas con ellos. No les digas dónde vives. Y cuídate de ese —apuntamos a Dale Strickland, que está sentado en un extremo de la barra emborrachándose solo— porque es un degenerado y le gustan las morenas. Amárrense, chicas, dice Evelyn. Esto se animará de un momento a otro.

Karla nos dice que el papá de Diane está en la marina y que lo destinaron a Alemania, pero pasamos bastante tiempo juntas enrollando cubiertos y las mentiras se descubren muy pronto. No importa quién era, nos dice, un chico de Midland.

¿Qué es lo que importa? Diane durmió la siesta hoy y Karla se dio una ducha caliente antes de venir a trabajar. Nos muestra la foto que se hizo esta mañana con su Polaroid. Karla tiene el pelo color marrón y los ojos color arena. Una constelación de pecas le cubre la nariz y la redondez de sus mejillas delata que apenas ha salido de la niñez. Una camiseta negra sin mangas revela más pecas en los hombros. La bebé, vestida de rosa de pies a cabeza, mira con ojos de cervatillo a la cámara, su tierna mejilla contra la de su madre. Hoy cumple cuatro meses, nos dice Karla, su nombre significa «divina». Es preciosa, le decimos a Karla, es idéntica a ti.

～

La clínica de mujeres de Santa Teresa está a unos quinientos kilómetros al norte, justo al otro lado de la frontera de Las Cruces y, en aquel entonces, Karla compartía el auto con su mamá. Pensó llevárselo de todos modos, pero, aun si llegaba hasta allá, tendría que pasar la noche y, ¿cómo se lo explicaría a su madre? ¿Y si la detenían en uno de esos pueblitos entre Odessa y El Paso? Había oído historias de los *sheriffs*, de cómo sabían lo que iban a hacer las niñas cuando las veían conducir solas en la interestatal, de cómo las obligaban a seguirlos hasta la estación y esperar mientras llamaban a sus padres. *Game over.*

A las ocho semanas, Karla fue a la tienda de productos naturales y le compró extractos de cimífuga y corteza de raíz de algodón a una mujer de pelo crespo y una túnica tan electrizante que debió venir con una advertencia de peligro de convulsión. Échalo en agua caliente y bebe mucho, dijo la mujer. ¡Litros! Debes orinar cada diez minutos. Si se te acaba, ven a buscar más.

Karla bebió hasta doblarse por los calambres. El té sabía a polvo y moho y, cuando vomitaba o cagaba, su madre rociaba Lysol en el baño y le preguntaba qué diablos había comido. Fue al ensayo de la banda y escribió un análisis sobre «La balada del viejo marinero». En la clase de gimnasia, permaneció inmóvil con los brazos a ambos lados mientras jugaban al quemado para que el balón la golpeara directo en la barriga hasta que la entrenadora Wilkins le gritó que se saliera del medio. En los vestidores, miró hacia el suelo de la ducha. *Agua, agua por todas partes, para beber ni una gota.* Ni una gota de sangre por ninguna parte, pensó. En los cubículos del baño, examinó el papel higiénico y la entrepierna de su ropa interior. Pero el embarazo siguió. Siguió, siguió, siguió. Mi útero es un barco pintado, pensó Karla, y estoy esperando los vientos alisios. Diez semanas, quince… y ya, a las veinte semanas, era demasiado tarde para disimular.

La mujer de la tienda de productos naturales se presenta como Alison y le pregunta a Karla si está amamantando al bebé. Cuando Karla le explica que las enfermeras que la asistieron en el parto no se lo recomendaron porque tenía que salir a buscar trabajo inmediatamente, Alison le da varios cigarrillos de marihuana y le dice que se mantenga alejada del alcohol y el cristal. Ha llegado el otoño y las túnicas de Alison ahora son del color de los incendios forestales y el *whisky*. El café y la hierba son la mejor combinación de drogas para una madre soltera, le dice a Karla. No dejes que te pillen. Jamás compartas. Jamás le digas a nadie, ni siquiera a tu novio, a él menos que a nadie. No compres parafernalia. Mejor enrolla tus propios churros y mételos en una cajetilla de cigarrillos, nunca en una bolsa plástica.

Te irá bien, le dice Alison. No creas que ya has tomado todas las grandes decisiones que tomarás en la vida.

¿Karla ama a su bebé? Sí, con vehemencia. Diane tiene un nombre fuerte y una sonrisa que podría derretirle el corazón al mismísimo diablo. Cuando están a solas durante el día, Karla apenas quiere soltarla un instante. Pero la maternidad le ha enseñado a Karla muchas cosas: que necesita dormir menos de lo que jamás pensó; que no le toma mucho tiempo organizar sus pensamientos al cabo de un turno de nueve horas, apenas un corto desvío a través del desierto de camino a casa y mirar las estrellas un ratito; que se puede amar a alguien con todo el corazón y aún desear que no exista.

Ojalá te hubiéramos conocido en ese entonces, le decimos algunas después. Te hubiéramos prestado un poco de dinero si te hacía falta. Una de nosotras te habría llevado a Nuevo México. No les habríamos dicho nada a los guerreros de la oración.

∽

¿Cómo se le dice a una madre soltera que se levanta temprano en la mañana?
Estudiante de secundaria.

∽

Cuando llega de trabajar, la señora Sibley se pone unos pantalones de estar en casa, estrecha a su nieta entre sus rodillas y mira sus grandes ojos azules. Y bien, señorita Diane, ¿esto es todo lo que hay que hacer? Alimenta, baña y mece a su nieta y se la sienta en la falda para ver a Oral Roberts juntas.

La señora Sibley tiene un trozo de tela gris del uniforme del tatarabuelo de su difunto esposo, que ha enmarcado y colgado en la pared del pasillo al lado de su daguerrotipo, y un arcón de cedro lleno de fotos de la antigua plantación familiar y no es capaz de explicarse cómo su familia llegó desde allá hasta acá en unas pocas generaciones; acá significa estar estancada en West Texas, luchando por que no se le llenen de polvo los ojos y la casa no se le caiga encima mientras los mexicanos y las feministas se apoderan del mundo.

Cuando Karla llega a casa al finalizar su turno, se queda en la oscuridad detrás de su madre y su hija mirando la luz azul del televisor jugar sobre sus rostros soñolientos. Es hora de irse a la cama, dice y carga a Diane hasta la cuna. Karla ama a su mamá, pero le preocupa que el miedo y el odio de la señora Sibley acaben por matarla. ¿Qué será de su madre cuando Diane y ella se vayan? Después de arropar a su madre y a su hija, Karla va al jardín trasero y se fuma un churro e imagina una historia diferente para sí, una historia en la que hace un esfuerzo mayor por llegar a esa clínica en Santa Teresa.

Esta noche están quemando gas en la refinería. El cielo está claro, se pueden contar las estrellas. Si cierra los ojos, puede imaginar su pueblo en quince años, o cincuenta, o cien, o cuando ya hayan extraído todo lo que se pueda extraer del suelo. Es fácil imaginarlo sin el equipo de perforar, las bombas Derrick y las bombas de varilla en la plataforma de una grúa rumbo a un nuevo desierto o costa. Ve a su pueblo sin las iglesias y los bares y el campo de práctica de la escuela, sin el estadio localizado al este o los negocios de venta de autos que durante la última crisis económica dijeron que cerrarían para siempre o hasta el próximo *boom*. Lo ve sin el hospital donde todo el mundo sabe que nació y a donde todos irán a morir, rápidamente, si tienen suerte.

Este año todos hablan del esquisto en Bone Springs y la cuenca del Delaware, pero, cuando caiga el precio del petróleo, los aparcamientos se quedarán vacíos y los campamentos de hombres, abandonados. No quedarán más que las latas de cerveza oxidadas y las ventanas rotas y las serpientes debajo de las camas. Pero aquí en el pueblo la gente seguirá cubriendo con visillos o cortinas o camisetas viejas las ventanas de las casitas de ladrillo y de madera destartaladas. Aún habrá triciclos volcados en los jardines, botellas vacías de Dr Pepper y juguetes descoloridos por el sol, zapatillas sin cordones, ropa colgada en los tendederos y alféizares cubiertos de arena. Y aún habrá alguna mujer en algún lugar que se niegue a darse por vencida. Todas las noches antes de cenar, le limpia la arena a la mesa de la cocina. Todas las mañanas barre el porche. Barre y barre, pero siempre hay más polvo.

Puedes marcharte del pueblo, le dice la señora Sibley a su hija, pero, si lo haces, ya no podré seguir ayudándote.

⁓

¿Cómo se llega andando de Midland a Odessa?
Camina hacia el oeste y detente cuando pises mierda.

⁓

Dale Strickland está bastante borracho cuando por fin paga la cuenta y se levanta del cubículo que ha ocupado durante casi tres horas. Lo vemos ir al baño de hombres y, cuando se detiene frente a Karla, lo escuchamos desde aquí. Hola, corazón. Parece que se te perdió tu mejor amiga.

Una de nosotras se dirige hacia allá para decirle que tiene comida en la cocina. Como hemos hecho en incontables ocasiones, algunas durante treinta años, con otras mujeres y niñas. Sonríe, le dice. ¿Por qué no sonríes? ¿Te metieron un trozo de carbón por el culo?

Karla se inclina hacia él y vemos su boca moverse junto al oído. Jamás sabremos lo que le dice, pero Strickland echa el brazo hacia atrás e intenta golpearle la cara. Falla el golpe y se tambalea. Cuando echa el brazo hacia atrás por segunda vez, Evelyn empieza a gritarles a los clientes habituales que lo saquen de ahí. Karla se ha quedado de pie junto al puesto de las meseras con la boca abierta, como si en sus diecisiete años de vida nadie hubiera intentado golpearla.

¿Qué creen que pasará ahora? ¿Justicia a lo lejano oeste? ¿Los hombres llevan a Strickland al aparcamiento y le dan una

paliza tan grande que jamás vuelve a asomarse por estos lares?
Seguro. Lo pondrán en su lugar. Pero todas sabemos lo que pasará después: Nos reiremos y diremos qué bueno que estaba tan borracho que no pudo atinar el golpe y Evelyn lo anotará en la lista de los indeseables por un par de semanas o hasta que entre y le pida disculpas a Karla.

Nadie quiere exagerar y complicar las cosas demasiado, dice Evelyn. No queremos que las cosas se nos salgan de las manos. Cuando las cosas se descontrolan, la gente empieza a sacar las pistolas y no queremos que nadie saque una pistola. Y no podríamos estar más de acuerdo. Pero qué fácil debe ser para Dale Strickland y los de su calaña, decimos cuando Evelyn entra en su oficina y cierra la puerta, ir por el mundo sabiendo que, a la larga, todo les saldrá bien.

A Karla, que no se acuerda de sonreír, le decimos: Éstas son nuestras habichuelas. No tenemos tiempo para estas mierdas. Pero nos prometemos que Karla jamás tendrá que servirle a Strickland, aunque eso signifique sacrificar una buena mesa en nuestra sección y Evelyn le da un poco de dinero extra y le dice que se tome unos días como es su costumbre ante este tipo de situación.

Ya ha empezado a llover cuando nos dirigimos a nuestros autos. La lluvia ha caído como una enorme cortina toda la noche y ha limpiado el polvo y el olor del campo petrolífero. Caen casi ocho centímetros de lluvia antes de que la tormenta abandone el pueblo al amanecer. Cuando escampa, respiramos profundo. Vemos si hay alguna ventana rota y si se ha caído algún poste eléctrico. Cuando los pájaros comienzan a trinar y cantar, salimos de casa y alzamos la vista y vemos el cielo azul.

$\sim$

¿Cuánto tiempo le toma a un par de trabajadores mexicanos conseguir una mesa en el restaurante de Evelyn un viernes por la noche?

No es un chiste. Evelyn camina hacia ellos, toda sonrisas, con dos menús. El nuevo tinte anaranjado que se ha dado en el cabello brilla como un foco en una pista de aterrizaje. ¿Esos chicos tienen sus papeles?, grita uno de los clientes habituales desde la barra y Evelyn le lanza una mirada fulminante. Vayan empacando sus cosas, dice el hombre, y algunas nos reímos, otras miramos al techo y otras miramos al suelo, pero ninguna dice una palabra.

Nuestros bisabuelos sacaban a hombres de la cama con látigos y fuego, sacaban a niños de la cama por los pies y los obligaron a ver cómo arrastraban a sus mamás por los pelos hasta el campo. Algunos de nuestros papás y hermanos aún guardan un látigo bajo el asiento delantero del auto. Nuestras bisabuelas fingían fragilidad hasta que se acostumbraban a ella. Algunas de nosotras haremos lo mismo. Decir lo que pensamos requeriría un valor que no podemos ni imaginar.

¿Somos culpables? Somos tremendamente culpables, culpables a más no poder. Y si alguna vez nos detuviéramos a reflexionar sobre ello, e intentamos no hacerlo, veríamos nuestra culpabilidad con la claridad y la fuerza del sol de agosto. Siéntense en el bar y miren bien a esta partida de pecadoras irredentas —estafadoras y mentirosas y soñadoras, santurronas y tramposas y asesinas— y sabrán que aún estamos a tiempo de salvarnos, Dios nos bendiga. Pero Dios los proteja si por desgracia se cruzan en nuestro camino antes de que eso ocurra.

Oye, Evelyn, dice uno de los clientes habituales luego de que los pobres hombres, hambrientos y asustados, se sientan en el cubículo más apartado de la barra, te tengo un chiste. ¿Por qué el niñito Jesús no nació en West Texas? Porque no pudieron encontrar tres hombres sabios y una virgen.

⁓

Esta noche, las luces de varios nuevos sitios de perforación impiden ver las estrellas, pero Karla querida está en el desierto, mira hacia arriba y ve salir la luna otoñal por detrás de las torres de enfriamiento de la planta de petróleo. Mira las estrellas —su madre dice que solía haber muchas más— porque no hay mucho más que ver, porque mirar el cielo nocturno puede ser la diferencia entre la vida y la muerte. Hay granizo y hielo en el invierno y tornados en la primavera, hay fuegos en la planta. Pero el cielo no te mostrará un escape de gas ni un derrame químico en el agua que bebemos, ni te mostrará cómo mantenerte alejada de un joven que acaba de salir de la cárcel hace apenas dos semanas y anda buscando con quién desquitarse.

Después de que los hombres terminan con él —una última patada en los riñones sólo porque podían— dicen que Dale Strickland se quedó sentado en la gravilla un rato, luego se tambaleó hasta su camioneta y se marchó. Y a Karla le pareció que había esquivado una bala. La gente piensa que los campos petrolíferos están llenos de serpientes y escorpiones, pero, diablos, ésas son las criaturas más inofensivas del condado. Al menos las serpientes cascabel avisan cuando se acercan, casi siempre.

¿Por qué no le sonrió? Tal vez porque Diane aún no duerme toda la noche y Karla está agotada. Tal vez porque tiene diecisiete años y ya es madre para siempre. O tal vez porque no le dio la maldita gana de sonreír. ¿Y qué hacía Karla en un campo desierto, sola en mitad de la noche, cuando sabe que no es lugar para una chica? Miraba las estrellas y se fumaba un churro para matar el tiempo antes de llegar a casa luego de pasar nueve horas sonriendo tanto que pensó que se le partirían los dientes.

∽

¿Cuál es la diferencia entre Odessa y un cubo de mierda?
El cubo.

∽

Estaba encendido como arbolito de navidad, dice el *sheriff* cuando viene a hacernos algunas preguntas durante el *happy hour*. Quienquiera que lo haya atropellado, se tomó el tiempo de darle dos veces: una con el parachoques delantero y otra con el trasero. También le llevó la billetera. ¿Tienen alguna idea de lo que pudo pasar?

Evelyn levanta la vista desde el cubículo donde organiza el horario de la semana entrante. Tal vez se bajó de la camioneta para mear y empezó a dar tumbos en la oscuridad cuando intentaba regresar —encoge los hombros— y el otro conductor no lo vio hasta que ya era demasiado tarde. Tal vez recogió a uno que estaba haciendo dedo y discutieron porque quiso detenerse a echar combustible. Tal vez lo empujaron. Tal vez encontró a alguien más malo que él o que tenía más que perder. Vuelve a encoger los hombros. Supongo que esas cosas pasan.

Pues sufrió, nos dice el *sheriff*. Deambuló por el campo toda la noche y buena parte del día siguiente. Cuando lo encontramos, estaba cubierto de barro rojo y niguas de pies a cabeza. Los escorpiones le picaron los tobillos y tiene un chichón en la cabeza del tamaño de una pelota de béisbol y los dos brazos partidos. El doctor dice que es un milagro que haya sobrevivido.

Es terrible. Evelyn toma al *sheriff* por el brazo y lo dirige hacia un cubículo. No le desearía eso a casi nadie.

¿Ustedes tuvieron algún altercado con él recientemente? El *sheriff* mira hacia nosotras. Todas negamos con la cabeza. Pensamos en las manchas de barro rojo en el parachoques del auto de Karla y en la nueva abolladura en la puerta del conductor, en su andar saltarín. Y nos alegramos de que no haya venido a trabajar hoy.

Las escaramuzas habituales. Evelyn le alcanza un menú. Seguro que no es la primera vez que alguien lo atropella y seguro que no será la última. Es difícil imaginar que ese tipo sea hijo de Dios —ríe—, que cualquiera de nosotros lo sea.

Pues no recuerda nada, dice el *sheriff*. Así de dura fue la golpiza.

Tal vez sea lo mejor, dice Evelyn. No hay mal que por bien no venga.

Cuando el *sheriff* se marcha, Evelyn se mete en la oficina y cierra la puerta. Después de la hora de cierre, se sienta con nosotras y se baja tantos Manhattans que decide quedarse a dormir en el sofá de su oficina. Chicas, nos dice, creo que estoy muy vieja para esta mierda. Mientras nos ponemos los abrigos y nos preparamos para marcharnos, se queda en la puerta y nos ve dirigirnos a nuestros autos.

∾

¿Qué es lo primero que hace una chica de Odessa cuando se despierta por la mañana?
Buscar sus zapatos e irse a casa andando.

∾

Por las noches vemos a Karla organizar su dinero en montoncitos: uno para sus estudios, uno para Diane, uno para su madre. Cuando llega por correo su diploma de la escuela alternativa, celebramos y le permitimos beberse una copa de vino después de cerrar. Cuando cumpla dieciocho en noviembre, nos dice Karla, Diane y ella se irán a San Antonio. Tal vez tome alguna clase en una de las universidades allá.

¿Hay más de una?, preguntamos. ¿Cómo es posible?

Con la excepción del candelabro que está encima del cubículo y la franja de luz que se cuela por debajo de la puerta de la oficina de Evelyn, el lugar está a oscuras. Hemos terminado el trabajo de preparación, hemos contado nuestro dinero y ahora nos sentamos juntas en el cubículo grande. ¿Qué quieres ser cuando seas mayor?, le preguntamos a Karla. ¿Enfermera? ¿Maestra? ¿Bibliotecaria? ¿Filósofa? ¡Ja, ja! Dice que quiere hacer algo hermoso y sincero, algo que cambie el mundo. Vaya, pensamos, una soñadora.

Puedo hacerlo, nos dice. Sé que puedo.

Y por qué no, pensamos. Es una chica lista.

Toma este dinerito, le decimos en su último día de trabajo. Trescientos dólares y una bolsa de supermercado llena de ropa que se les quedó a nuestros hijos hace años. Y un abrazo y un beso y una pequeña pistola para el bolso. Llévala contigo a todas partes. Puede que nunca la necesites —es lo más probable— pero si tuvieras que usarla, dispara a matar.

¡Buena suerte, Karla querida! Eres una ladrona y una aprendiz de asesina, pero apostamos a ti. Te echaremos de menos. Míranos por el espejo retrovisor. Mira cómo nos volvemos cada vez más pequeñas hasta desaparecer.

❦

¿Por qué las chicas de Odessa no juegan al escondite?
Porque nadie las buscaría.

❦

Este lugar. La tierra plana, el cielo plano. ¿Cuánto le toma a una bomba Derrick enmohecer en un lugar como éste? ¿Cómo describir el camino a casa? ¿Una cinta marrón con un bies de asfalto, cosidos uno al otro con un hilo de furia? Mientras el viento desordena sus cabellos y la luna menguante sale por encima del campo petrolífero, Karla Sibley intenta escuchar a la bebé desde el jardín de su madre. Ayer cumplió dieciocho años. Esta noche han hecho las maletas y las han metido en el maletero de un auto que Karla ya ama como si fuera una abuela. Cuando regresen a Odessa, Diane medirá treinta centímetros más que su madre. Caminarán de un extremo al otro del pueblo y nadie las reconocerá.

Glory

PORQUE A VECES se despierta manoteando, cuchillo en mano, el dedo en el seguro, Víctor ha aprendido a quedarse al otro extremo de la habitación cuando la llama. Mija, dice, cuidándose de no usar el nombre que ella detesta. Es hora de levantarse. A veces usa el nombre de las aves que más le gustan a él: reyezuela, por el pajarito gris que construye su nido en cualquier lugar, incluso bajo las bombas de varilla y las vías del tren, o cantora, por el tordo de cabeza marrón que no construye un nido propio, sino que prefiere poner sus huevos en los de otras aves. Canta, canta a todas horas, mañana, tarde y noche. Tú también lo harías, le dice Víctor a su sobrina, si convencieras a alguien de que trabaje por ti. Esta tarde, Glory dormita bajo una de las mantas ligeras de su madre, su respiración es tranquila y constante. La llama «fibí», por el feroz cazador de moscas que canta su propio nombre. *Fiiibiii, fiii-biii, fiiibiii.*

Es hora de marcharse, habla más bajo que de costumbre. Es hora de que nos marchemos de Dodge.

Llevan planificando su partida desde mediados de agosto cuando Víctor regresó del juicio y tocó a su puerta con el sombrero entre las manos y el cuello de su mejor camisa blanca de vestir manchado de sudor. En preparación para el juicio, se afeitó el bigote y se rasuró la cabeza. Se restregó tanto las manos que se le abrieron las cutículas y le sangraron. Estaba ojeroso y le temblaban las manos cuando entró en la habitación de Glory y colocó el sombrero sobre la cómoda.

¿Pagó?, quiso saber Glory. ¿Pagó por lo que hizo?

Víctor escuchó al hombre de la habitación contigua bajar el inodoro y abrir la ducha. Sí, mintió, Dale Strickland pagará por esto todos los días por el resto de su vida.

Septiembre recién comienza y Víctor acaba de llegar de una reunión en la oficina del fiscal de distrito cuando Glory le pregunta de nuevo si Dale Strickland pagó por lo que hizo. Se da unos golpecitos en el bolsillo delantero del pantalón donde guarda los cinco mil dólares —casi todo en billetes con el rostro de Benjamín Franklin— sujetos con una banda elástica. Ese dinero es para ella, aunque no lo sepa aún. Cuando lleguen a Puerto Ángel, se lo dará a Alma. Aquí tienes, le dirá a su hermana, para que te consigas un lugar mejor donde vivir y algunos muebles y para la escuela de Glory. Quita la vista del bulto bajo las sábanas y deja que sus ojos se detengan en el heroico rayo de sol que se ha abierto paso a través de una pequeña separación entre las cortinas. Dejará que siga creyendo que Strickland está en una prisión en Fort Worth y que permanecerá allí hasta que le salga polvo por el culo cuando se tire un pedo. Lo sacarán en silla de ruedas, dice Víctor, con una dentadura postiza nueva y una bolsa llena de ropa interior.

Espero que se muera ahí dentro, dice ella y se arrebuja un poco más en las sábanas de Alma. El calor se ha ido temprano este año y, aunque Glory aún enciende el acondicionador de aire por las tardes cuando llega de la piscina, es sólo por diez o quince minutos en lo que a la habitación se le va el olor a humedad. Las tormentas recientes han asentado el polvo y han batido el récord de lluvias. En la calle donde vivían Glory y su madre, el Muskingum Draw se inundó. Los niños flotaban de un extremo a otro del pueblo en tubos de goma inflados y cuando bajó el nivel del agua y vieron el hoyo de búfalos, antes seco y ahora lleno de barro y serpientes mocasín, sacaron los tubos del agua a toda prisa. En las afueras del pueblo, las inundaciones repentinas llenaron las quebradas y los barrancos y los cruces de ganado. Si se fija cuando pasen por el desierto esta tarde, dice Víctor, Glory verá flores que no ha visto nunca: margaritas y flores de cardo y flores de cactus del color de la nieve fresca.

Cuando era pequeña —tendría cuatro o cinco años— una tormenta de nieve inusual pasó sobre Odessa una noche. Al amanecer, Alma despertó a su hija y salieron a ver los cristales de hielo que cubrían el suelo y las aceras y los vidrios de los automóviles. Era la primera vez que alguna de ellas veía la nieve y se quedaron boquiabiertas frente a su apartamento. Cuando el sol de la mañana iluminó el techo del complejo de apartamentos, el hielo comenzó a brillar y relucir. Haz que se quede, le suplicó Glory a su madre, pero ya al mediodía la nieve se había convertido en barro rojo y hierba húmeda y Glory le echó la culpa a Alma como si su madre hubiera podido detener el sol y evitar que el día se tornara caluroso, de haberlo intentado con más convicción.

Glory se levanta de la cama y empieza a empacar. Espero que sufra, le dice otra vez a su tío. Víctor asiente con la cabeza y toca el dinero que lleva en el bolsillo. Aquí tienes, espalda mojada, inútil, dijo Scooter Clemens, molesto porque Strickland no había venido a hacerse cargo del problema personalmente. Puso los billetes sobre el escritorio de Keith Taylor con un manotazo mientras Keith permanecía sentado con el ceño fruncido y miraba por la ventana sin decir palabra. Después de que todos firmaron el acuerdo, Víctor se puso de pie con el sombrero entre las manos e imaginó que sus largos pulgares presionaban la garganta del hombre. Pero de todas las cosas que Víctor aprendió en la guerra —como que vivir para ver un nuevo día casi siempre era cuestión de suerte, que a los hombres que saben que pueden morir de un momento a otro les vale mierda quién es el jugador estrella y quién el mexicano, que el heroísmo a menudo es insignificante y circunstancial, pero aun así lo es todo— la lección más importante fue ésta: nada causa más sufrimiento que la sed de venganza. Y a Víctor no le interesa vengarse, aunque haya sido el único testigo del sufrimiento de su sobrina.

Agarra una maleta vacía y la coloca sobre la cama. Fibí, dice otra vez, ese hijo de puta pagará por esto todos los días hasta que se muera. Créeme.

Y quizás pague de una forma u otra, piensa Víctor, pero eso no es asunto suyo ni de Glory. Los policías y los abogados y los maestros y las iglesias, el juez y el jurado, las personas que criaron a ese muchacho y lo echaron al mundo, que lo soltaron en este pueblo, son todos culpables.

Meten las maletas y las cajas en la parte posterior de El Tiburón y lo cubren todo con una lona sobre la que colocan unos ladrillos rojos para que no se vuele. Apenas han dado las cuatro de la tarde cuando se dirigen a la oficina del motel y le entregan las llaves de las habitaciones al empleado, que está cuadrando la caja. Primero lo hace el joven y luego la niña que baja todos los días alrededor del mediodía con la misma camiseta de Led Zeppelin, la toalla en una mano, una botella de Dr Pepper en la otra y, últimamente, una casetera portátil colgada al hombro. En pocas horas el chico deseará haberse tomado un minuto para darles las gracias por pagar siempre a tiempo y desearles buena suerte donde quiera que fueran.

⌒

Víctor despliega sobre el volante el mapa de carreteras que mide un metro de largo y sesenta centímetros de ancho. Lo dobla en dos, luego en cuatro y luego una vez más hasta que le cabe en las manos a Glory. Apunta al borde inferior del doblez y con el dedo índice traza suavemente la frontera: una línea azul claro, que se extiende entre los dos países y cuyas vueltas y curvas sutiles se vuelven más pronunciadas y complicadas en su trayectoria hacia el golfo. Es una línea que adelgaza cada vez que se revisa el mapa, ha notado Víctor, el río ha disminuido con los dragados, las verjas y las represas. Hace al menos cien años, las viejas se sentaban en sus porches a pocos pies de la orilla del río a ver los barcos de vapor transportar pasajeros desde y hacia el Golfo mientras el *jazz* o la música *country* o tejana flotaba sobre el agua y seguía sonando mucho después de que los barcos habían pasado.

A dos horas del sur de Laredo hay un ferri en Los Ébanos, le dice Víctor a su sobrina. Puede llevar a una docena de personas y dos autos en cada viaje a través del río. Víctor pasa el dedo índice sobre una serie de autopistas estatales y carreteras secundarias marcadas por líneas negras que se extienden a lo largo del desierto y a través de la sierra de Chisos, se detienen en la presa Amistad y reaparecen al otro lado para recorrer otros novecientos cincuenta kilómetros zigzagueando sobre la frontera. Víctor toma el mapa de las manos de su sobrina, lo da vuelta y señala el borde serrado de tierra que abraza el mar. Y luego conduciremos hasta Oaxaca y Puerto Ángel, dice, por unos dos mil kilómetros de carreteras tan accidentadas que las nalgas te dolerán una semana.

Mira su reloj y luego hacia el cielo del oeste. No quiere conducir por esta zona de West Texas de noche con Glory, si puede evitarlo. Si nos damos prisa, dice, podremos llegar a Del Río antes de que oscurezca.

Amor y furia

⌒

En una autovía de dos carriles en algún punto entre Ozona y Comstock, en un tramo de la carretera tan remoto que no han visto un auto en casi una hora, la El Camino empieza a titubear en las aceleraciones. Cuando Víctor maldice y hunde el pie en el acelerador, el motor tose y carraspea como un viejo, pero logran adelantar unos ochenta kilómetros más. El sol cuelga justo encima del horizonte cuando Víctor dice entre dientes algo de un filtro de combustible tapado y comienza a buscar un tramo más ancho donde detener el auto fuera de la carretera. Glory va medio dormida en el asiento del pasajero con la mejilla pegada contra el cristal tibio de la ventanilla e intenta imaginar cómo será el pueblo de su madre, ¿será muy distinto de las fotos viejas que Alma conserva en una caja de cigarros? El pelo le ha crecido lo suficiente como para que parezca que lo lleva así a propósito y un destello de sudor le brilla en el cuello a pesar de que la noche amenaza con un bajón de temperatura.

Mientras su tío maldice y trastea bajo el capó de El Tiburón, Glory sale del auto y se pone de puntillas hasta que pierde el equilibrio. Le encantaría fumarse un cigarrillo, pero Víctor dice que una niña de su edad no debe fumar. En cambio, camina hacia la parte trasera de la camioneta y baja la portezuela. Saca un paquete de goma de mascar y se mete tres pedazos en la boca. Cuando se sienta, el metal tibio le calienta la parte posterior de las piernas. El sudor se le acumula en la cintura del pantalón y el elástico del sujetador, y se restriega los ojos con fuerza. ¡Pedazo de mierda!, le dice Víctor al auto. Jamás serás un clásico.

Hay un armadillo muerto en el camellón de gravilla a pocos metros del auto. Sobre la armadura aplastada del animal, dos moscardones vuelan, perezosos, en círculos. Cuando el viento sopla con suficiente fuerza como para levantarle el pelo de la nuca y Glory se da cuenta de que el viento aleja el olor del animal, levanta el rostro hacia el cielo azul despejado y respira profundo.

Dios mío, balbucea Víctor con un destornillador de paleta detrás de la oreja. Intenta apretar una manga con una pinza, pero cuando cierra la línea de combustible y los vapores de gasolina le llenan la nariz, se aparta del motor tosiendo y escupiendo. Con calma, Glory, dice suspirando, lo arreglaremos. Trastea unos minutos más y luego asoma la cabeza por el costado del capó. Busca una rama de un metro y como así de gruesa —levanta el meñique para mostrarle el grosor— para pasarla por la línea de la gasolina y destaparla.

Glory se encarama en la caja del El Camino y se pone de pie para ver el montón de nada que los rodea. No han visto una bomba de varilla desde Ozona y no hay edificios en los alrededores, ni siquiera una granja en la distancia. El único indicio de que ha habido gente es la cerca de alambre de púas que corre paralela a la autopista hasta donde alcanzan a ver sus ojos y un portón abierto a unos cuarenta y cinco metros de ellos. Este lugar es diferente, se dice a sí misma cuando el corazón comienza a martillarle el esternón. Allá en el campo petrolífero, la tierra era una mesa vacía. Aquí la tierra es rocosa y accidentada en algunas partes, plana y lisa y colorada en otras. Entre los montones desperdigados de cactus, las florecitas cubren los cactus de barril de oro, de anzuelo y de encaje. En el camellón de la autopista, un crisantemo púrpura que apenas mide dos centímetros y medio se ha instalado en una de las grietas del caliche, un acento alegre en medio de tanto marrón y, como le prometió Víctor, hay un parcho de cardos con sus flores color amarillo brillante y sus resistentes hojas verdes. Cuando la planta se seque en unos meses y sus raíces superficiales se marchiten, el viento la arrancará de la tierra y la hará rodar dando tumbos sobre el terreno, una conflagración de ramas y hojas desarraigadas, muertas y moribundas, lanzadas al mundo: una planta rodadora. Éste no es el mismo lugar, dice Glory en voz alta cuando los pelitos negros de los brazos se le empiezan a erizar. Está en la cárcel en Fort Worth.

El camellón es estrecho, así que vigila el tráfico y las serpientes mientras busca la maldita rama. Al llegar al portón, Glory se detiene y mira más allá del guardaganado. Una fina capa de polvo gris cubre las rejillas de metal y, en el medio, un lagarto cornudo observa una fila de hormigas rojas que se cruza en su camino. Justo detrás, un ruiseñor se ha posado sobre un trozo de alambre de púas y canta una complicada canción; algunas notas son suyas, otras, robadas, pero quién puede distinguirlas. El aire ha comenzado a refrescar. Sin embargo, Glory aún siente el sudor que le corre por la espalda cuando camina hacia el medio del guardaganado y mira entre las rejillas de metal como esperando que algo salga y le pique o le perfore o le golpee las piernas.

Después de la tormenta, un torrente de agua ha recorrido el desierto y llenado la quebrada; un golpe de agua tan repentino que tomó por sorpresa a una familia de perdices azules, pero ahora sólo quedan basura y latas de cerveza oxidadas y casquillos de balas. Siente las piernas húmedas bajo la tela gruesa del pantalón vaquero. Las zapatillas deportivas que lleva puestas son tan delgadas que un trozo de alambre de púas o una espina de cactus podrían atravesarlas; los calcetines apenas le cubren las nuevas trenzas de cicatrices en los pies y los tobillos. Ahora está en medio del camino de tierra y escucha el canto continuo de las cigarras mientras observa un par de plantas rodadoras correr sin rumbo a través del desierto. Aquí no hay un carajo, piensa y un murmullo de rabia le sube por la garganta, un borboteo leve dirigido a su tío por traerla aquí. Cuando un correcaminos surge de un arbusto y cruza deprisa el camino frente a ella, Glory se mete la mano en el bolsillo y agarra el cuchillo que lleva a todas partes. A unos quince metros, una hilera de mezquites entre muertos y moribundos se extiende a lo largo del camino como si asistieran a un desfile. Sabe que las ramas se partirán fácilmente, por lo que se mueve rápidamente, la rabia la empuja hacia delante, una mano tibia en medio de la espalda que le dice, Ve. Cuando le alcance a Víctor la maldita rama, le dirá que quiere regresar a Odessa. Él podrá regresar a trabajar y ella se tumbará en la piscina a ver las cicatrices tornarse más oscuras, rojas y brillantes contra la piel marrón y esperarán hasta que Alma pueda volver a cruzar la frontera y regresar a casa. Con la intención de asustar a cualquier animal escondido en los arbustos, patea fuerte la tierra y, como era de esperarse, la vibración espanta a varios bichitos: una rata, un par de perdices azules, una familia de perritos de la pradera que ya se había metido en su madriguera por el resto de la noche.

El mezquite está casi al alcance de su brazo cuando escucha un sonido como de sonajero de bebé, una maraca llena de frijoles secos, ese *chica-chica-chica* aterrador que producen quince anillos de cartílago huecos al chocar entre sí. Una vieja serpiente cascabel repta sobre del suelo del desierto dejando una leve estela de arena tras de sí. Es gruesa y larga: tres metros de musculatura y piel tatuada de diamantes color marrón que terminan en una serie de franjas brillosas, negras y blancas. Tiene la cabeza plana como una cuchara de madera y cada colmillo curvo y afilado es tan grueso como el dedo índice de Glory. Ya ha olido a la niña cuando se detiene en medio del camino y se enrosca en un espiral. Cuando usa hasta la última gota de sus escasas fuerzas para levantar la cabeza y sacar la lengua en dirección de las piernas desnudas de Glory. Cuando intenta discernir la amenaza que representa este animal para ella y las diez crías de serpiente que están a punto de salir de su cuerpo.

La vieja serpiente está tan débil que un ataque, incluso si lograra atinar, sería una mordedura seca, pero Glory no tiene forma de saber eso ni que a la serpiente le quedan sólo unas horas de vida; el tiempo suficiente para ver la última de sus crías salir de su saco amniótico y desdoblarse contra la tierra pálida, su cuerpo, un destello negro y dorado iluminado por la luna llena.

Glory se queda inmóvil sujetando un cuchillo que, si bien serviría para detener a un hombre, resulta inútil en este momento y, aunque esperaba que el enfado le durara lo suficiente como para reclamar un poco de espacio para sí y luchar por él, no es el momento oportuno y esto no es personal. Es el sol que amenaza con ponerse y una enorme serpiente cascabel que le ha bloqueado el paso. Observa a la serpiente y la serpiente la observa a ella, saca y mete la lengua, el sonajero resuena en el aire, un zumbido incesante. Cuando la serpiente baja la cabeza, desenrosca su largo cuerpo y repta lentamente hasta los arbustos, Glory cuenta hasta cien y aguarda lo que pueda venir. Y cuando el corazón le deja de martillear el pecho, le arranca una rama a un mezquite y se dirige hacia la autopista.

Glory y Víctor no llegarán a Del Río a tiempo para el atardecer. Cuando regresa a El Camino, su tío ha desmontado el filtro de la gasolina y lo ha rociado con Chemtool. Mientras esperan a que se seque el filtro, se sientan en el capó a ver el sol ponerse y escuchar a los coyotes espabilarse para la noche. La luna otoñal aparece roja como la sangre, hermosa sobre el cielo crepuscular. Trata de flotar con los oídos debajo del agua, le dijo Tina en la piscina esa tarde. Después de un rato, dijo, los sonidos de la autopista se mezclan: el camión que transporta tubos o agua, la grúa de plataforma que entra en la autopista, el sonido de una bomba de varilla que sube y baja lentamente, todo comenzará a sonar igual. Puedes imaginar que estás escuchando cualquier cosa, dijo

Tina, sus brazos largos y pálidos se extendían sobre el agua como boyas. ¿Y qué me dices de ese cielo? Es una maravilla, una verdadera maravilla.

Al otro extremo de Comstock, cortan hacia el sur para tomar la autopista estatal 277 y conducen a lo largo de la frontera a través de Juno y Del Río. En Eagle Pass, la carretera que va a El Indio se convierte en un camino de gravilla y luego de tierra, y la frontera está cada vez más cerca. Víctor conduce en silencio, vigila las luces de la policía por el espejo retrovisor y de vez en cuando mira a su sobrina en el asiento del pasajero. ¿Estará bien esta niña que jamás se ha alejado más de ochenta kilómetros del pueblo donde nació?

¿Estás bien?, le pregunta.

Estoy bien —Glory mira hacia arriba, chasquea la goma de mascar y sopla un globo que le cubre el rostro— pero, la próxima vez, vas tú a buscar la maldita rama.

Víctor sonríe y mira hacia delante, por momentos mira hacia el estrecho camellón por si de repente salta un armadillo o un coyote o un gato montés. Un par de luces aparecen en el horizonte y, a medida que se acercan, se vuelven más grandes y brillantes. Cuando adelantan a un policía, Víctor mira por el espejo retrovisor para ver si se detiene en el camellón y da la vuelta. Víctor no regresará a este hermoso lugar, Texas. Para él es una extremidad enferma que ha de amputar con premura antes de que la gangrena le llegue al corazón, algo que había logrado olvidar cuando regresó de Vietnam y encontró trabajo y cuidaba de Alma y Glory. Aunque, ahora reflexiona, su regreso del sudeste de Asia debió de ser un buen recordatorio. Se bajó de un autobús Greyhound en el centro de Odessa esperando ver a su hermana y, en su lugar, se encontró frente a frente con su antiguo jefe en el puesto de gasolina.

El hombre llevaba el overol de trabajo y una gorra de Shell y a Víctor le pareció que el tiempo se había detenido mientras estuvo fuera. El viejo Kirby Lee no había cambiado un ápice. Al ver a Víctor, le dio un fuerte abrazo de oso, sus ojos azules brillaban de alegría. Mierda, Ramírez, eres un *spic* con suerte. Por lo visto vivirás para beberte un trago de Tecate, o tres. Y Víctor aspiró la fragancia a gasolina impregnada en el overol gris del hombre mientras lo abrazaba fuerte, fuerte, tan fuerte que su antiguo jefe empezó a retorcerse en sus brazos mientras Víctor pensaba, No lo dice a propósito, no lo dice a propósito, no lo dice a propósito. Llegué a casa con vida.

Víctor conduce y el nudo que se le ha hecho en la garganta es tan grande que lo obliga a guardar silencio. Piensa en el verano que recogió uvas al norte de California. Los días eran largos y los dedos le sangraban todas las noches, pero le encantaba el campo y la mujer que lo llevó a la ciudad un domingo a comer chocolate en el puerto y pasear por el parque al atardecer. Echará de menos soñar con volver a cruzarse con ella algún día. Echará de menos los cines y el helado Blue Bell y las costillas asadas. Echará de menos el salario regular y el atardecer sobre las montañas de arena en Monahans y echará de menos el grito extraño y desagradable de las grúas que escuchaba sentado en la ribera del estrecho y llano río Pecos con una cerveza fría en una mano y su libro sobre aves en la otra. Las aves de México serán más o menos iguales, pero el río será diferente. Lo echará de menos.

¿Por qué no me cuentas una de tus historias de la guerra? Por un instante, Glory parece preocupada. Víctor se pregunta si habrá estado pensando en voz alta. Tal vez ahorita, le dice a Glory.

¿Aún estamos en Texas?, le pregunta cuando pasan por El Indio, un pueblito sin un semáforo o un puesto de gasolina o un solo letrero en inglés. Sí, asiente Víctor. Esto es Texas.

Cuéntame una historia de Texas, dice ella, o de México.

Hay montones de historias que Víctor podría contarle a su sobrina. ¡Tantas! Pero hoy sólo es capaz de recordar las tristes. A sus antepasados los colgaron de los postes en el centro de Brownsville. Sus esposas e hijos huyeron a Matamoros a pasar el resto de su vida mirando desde el otro lado del río la tierra que había pertenecido a su familia durante seis generaciones. La policía de Texas, los Texas Rangers, les disparaban a los campesinos mexicanos por la espalda mientras cortaban la caña de azúcar o los amarraban a los árboles de mezquite y los quemaban vivos o les empujaban botellas de cerveza rotas por la garganta.

Lo hacían por diversión, podría decirle Víctor. Lo hacían por una apuesta. Lo hacían porque estaban borrachos o porque odiaban a los mexicanos o porque habían escuchado el rumor de que los mexicanos estaban aliándose con unos libertos o con los pocos comanches que quedaban y que venían a robarles las tierras, las esposas y las hijas a los colonos blancos. A veces lo hacían porque se sabían culpables y, habiendo llegado tan lejos en su propia infamia, les daba lo mismo llegar hasta sus últimas consecuencias. Pero, sobre todo, lo hacían porque podían. «Río Bravo», así lo había llamado el papá de Víctor —río furioso, río de villanos y desesperados— y papi no se refería a él o a los suyos. Se refería a las almas perdidas que lincharon a cientos de hombres y a algunas mujeres entre 1910 y 1920. Se refería a los Texas Rangers, que en el verano de 1956 metieron a dos tíos de Víctor en un vagón de ganado junto con otros veinte hombres y los dejaron en la Sierra Madre con una sola cantimplora de agua y una frase: Peléense por ella, muchachos. Mira en cualquier quebrada a ochenta kilómetros de la frontera, podría decirle a su sobrina, en cualquier hondonada o depresión, mira bajo cualquier mezquite que pueda brindar un poco de alivio del sol inclemente y nos encontrarás. Se podría construir una casa con los esqueletos de nuestros antepasados, una catedral con todos nuestros huesos y calaveras.

Sin embargo, le habla sobre el pueblo de su madre y cómo hay tantos huachinangos en el mar que a veces saltan a los botes de los pescadores con tal de abrirse un poco de espacio.

A Glory no le impresiona la historia y sopla otro globo de chicle tan grande que, cuando explota, tiene que despegárselo de la cara. Cuéntame una buena historia, dice.

Una zarigüeya aparece en el camellón y cruza delante de la camioneta. Víctor hunde el freno y gira el volante delicadamente, es un alivio no sentir el golpe bajo la rueda. Okey, dice, ésta es una que mi abuela nos contaba a los niños. Te llevaré a su tumba cuando lleguemos a Puerto Ángel. Es una historia triste, le advierte.

¿Es una historia de Texas?

Sí.

Pues, cuéntamela.

Poco antes de que terminara la Guerra del Río Rojo, cuando los comanches y los kiowas ya habían perdido la guerra, pero nadie estaba dispuesto a admitirlo, un grupo de guerreros llegó a casa de un ranchero. Tumbaron la puerta y encontraron que el ranchero y su esposa no estaban, pero había un bebé dormido en una canasta junto a la cama. Pensaron llevarse al bebé, pero era tarde y estaban cansados y, si bien solían llevarse a las mujeres y los niños, los bebés no valían la pena. Así, pues, llevaron la canasta al jardín y acribillaron al bebé a flechazos. El pobrecito parecía un puercoespín cuando acabaron. Víctor hace una pausa y mira a su sobrina que lo observa con una expresión de horror y deleite en el rostro, así lo describía tu abuela, no yo.

Pues, el ranchero y su esposa regresaron a casa —sólo habían ido a la quebrada a lavar la ropa de cama— y descubrieron al bebé. La pobre criatura tenía tantas flechas enterradas que tuvieron que enterrarla con todo y canasta. Un regimiento de Texas Rangers se enteró de lo ocurrido. La mitad eran antiguos confederados y la otra mitad eran antiguos azules, pero todos estuvieron de acuerdo en que tenían que ajustar cuentas, así que cabalgaron alrededor del mango de la Florida hasta que encontraron a una mujer arapahoe con su bebé. Pensaron que, si acribillaban a balazos al bebé, se darían por vengados. Pero a algunos hombres no les parecía bien hacer eso. Acribillar a un bebé a balazos era una barbaridad, decidieron, y esos hombres no eran unos bárbaros. En cambio, decidieron pegarle un solo tiro al bebé en la frente. Pero no calcularon cuán grande era la munición o cuán pequeña la cabeza del bebé y se quedaron espantados cuando vieron la cabeza del bebé rajarse en dos como un melón —Víctor hace otra pausa— eso también lo decía tu abuela, no yo.

Ahora ambos grupos de hombres estaban en paz, pero todo el asunto se había tornado más feo y complicado de lo que nadie podía imaginar, por lo que a nadie le sorprendió que los bebés comenzaran a aparecérseles a los hombres. En cada pueblo que visitaban, en cada campamento que montaban, ahí estaban los bebés. Los hombres pasaban el día matándose unos a otro y arrastrando a los heridos fuera del campo y ahí estaban los bebés rondándolos, observándolos. Al caer la noche, los bebés empezaban a llorar, un gemido escalofriante y agonizante que no cesaba hasta que el sol salía a la mañana siguiente.

Y las madres debieron morir poco después que sus bebés, pues de pronto dos mujeres jóvenes comenzaron a merodear por la fogata y no eran tan pacíficas como los bebés. Gritaban y gemían, la tela de sus faldas crujía cuando sacaban a los hombres de sus tiendas y los arrastraban por los pies hasta la fogata. Soltaban los caballos y los echaban a galopar por los llanos dejando a los hombres sin medio de transporte. Algunos hombres se suicidaron, pero la mayoría se quedó deambulando por ahí hasta morir de sed o asfixia en alguna tormenta de polvo fraguada por las madres. Cuando las mujeres les lanzaban rayos, los incendios en la pradera se propagaban tan rápido que no les daba tiempo de escapar. Cuando les lanzaban hielo o lluvia sobre la cabeza, morían congelados o ahogados en inundaciones repentinas. Al cabo de cinco años, todos los hombres de ambos bandos habían muerto y las madres, habiendo hecho su propio ajuste de cuentas, agarraron a sus bebés y regresaron a la tumba.

Y, en este punto, tu abuela se inclinaba hacia delante y nos amenazaba a tu madre y a mí con el dedo, No matarás. Mejor que empieces a leer esos libros en español si vas a vivir en México, Glory. Víctor se inclina hacia delante y echa un vistazo a un puñado de luces que brillan a lo lejos. Laredo, dice. ¿Quieres que nos detengamos a comer algo?

Pero Glory no responde. ¿Qué clase de mujer les contaría una historia así a unos niños? La clase de mujer que a Glory le hubiera encantado conocer.

Las luces de Laredo suben y se tornan más brillantes. Conducen en silencio y, al cabo de un rato, Glory busca en su mochila la casetera y una cinta. Inserta la cinta en la casetera y oprime el botón de *Play*. Lydia Mendoza, la Alondra de la Frontera, grita Víctor y Glory se sorprende de percibir un temblor en su voz. *Una vez nada más en mi huerto brilló la esperanza…*

Glory baja la ventanilla y se muerde el labio. La grabación no es buena y le resulta difícil entender las palabras, pero entiende algunas: *nada más* y *esperanza* —siempre había al menos una Esperanza en todos los salones de clase en la González Elementary— y ahora saca el brazo por la ventanilla y abre los dedos para que el viento le corra entre ellos. Se alegra de no estar muerta, pero daría cualquier cosa por poder acechar a Strickland por el resto de su vida. La esperanza brilla, piensa que pudo decir la cantante, pero no está segura y no quiere preguntarle a su tío, cuyos ojos ahora brillan en la oscuridad. Tal vez no importe en esta noche estrellada. Tal vez la voz de la mujer y el suave rasgueo de las cuerdas de su guitarra basten.

Llegan a Laredo después de medianoche, comen algo en la parada de camiones y se turnan para dormir en el aparcamiento. Pero sólo una hora, dice Víctor. Quiere llegar al cruce antes del amanecer y aún les quedan más de trescientos kilómetros por delante.

Al salir del pueblo conducen tan cerca de la frontera que no siempre pueden precisar si están en Texas o en México. El cielo está negro cual hematites y los nombres en los letreros de las calles no ayudan mucho: San Ygnacio, Zapata y Ciudad Miguel Alemán. Cada uno marca un punto en la carretera, que se ha nombrado en honor de un río robado, un héroe de guerra local o un ranchero que murió joven.

¿Seguimos en Texas?, pregunta Glory a cada rato.

Sí, le contesta.

¿Y ahora?

Pues, ¿quién sabe? Texas, México, es el mismo polvo.

Ella le cuenta de la serpiente cascabel, de lo grande que era y cómo se movía como un río. No le dice que sólo había sentido un miedo así una vez en la vida. Esa serpiente debía medir como tres metros, dice, y era tan gorda como mi pierna.

No jodas, dice Víctor. Vas a convertirte en una leyenda. Glory Ramírez, la niña que se enfrentó a una serpiente cascabel de quince metros.

No eran quince metros, dice. No existen serpientes tan largas.

¿Y a quién le importa eso? Así es como funcionan los cuentos, mi vida.

La mayoría de las estrellas se han ocultado cuando salen de la autopista y pasan media docena de casitas de madera en el pueblo aún dormido de Los Ébanos. En el ferri hay cinco hombres sentados en sillas plegables frente a un jacal festivo adornado con letreros de cerveza y lucecitas de navidad. Otro hombre está recostado contra un árbol de ébano de doscientos años, la punta de su cigarrillo es como una cereza que desafía la oscuridad. Un cable de acero del grosor del puño de un hombre está enroscado alrededor del árbol, cruza el Río Bravo y se enrosca en su gemelo en la otra ribera donde una docena de hombres y mujeres aguardan el ferri. Es un cruce de frontera desguarecido desde tiempo inmemorial. En los años de sequía, donde el río se vuelve apenas un arroyo, el ganado cruza de un lado a otro en busca de la dulce grama azul. Los hombres y las mujeres viven en un lado y trabajan en el otro y los niños a veces cumplen diez años sin saber a qué lado del río pertenecen.

Esta noche, la mayoría de esos hombres y mujeres cruzará el río y emprenderá el camino a casa escuchando los sonidos de las aves acuáticas, los reyezuelos y los estorninos, el ganado y los coyotes, los ocelotes y los gatos monteses. Escucharán una música cruzar de una ribera a otra —música tejana y *country*, ranchera y norteña—, y de la ventana de la sala de una vieja que todos los días justo antes de la puesta del sol pone un disco, se sirve un vaso de *whisky* y se sienta en su porche a ver el atardecer, *jazz*: Billie Holiday y John Coltrane y el pobre niño desgraciado del mismísimo centro de Oklahoma que podía hacer cantar la trompeta.

Nadie hace preguntas cuando Víctor y Glory se montan en el ferri en Los Ébanos. Nadie les pide papeles. Las cajas de productos agrícolas están apiladas en medio de la plataforma de madera junto con varios tubos de acero y una pila de leña. Un perro callejero, delgado y amarillo, se coloca sobre la madera y mira hacia el río. Es tan corta la distancia entre ambas orillas, Glory se da cuenta ahora. Aun después de las lluvias recientes, el río no es más ancho que una autopista de cuatro carriles, que la distancia entre la puerta de su habitación en el Motel Jeronimo y la piscina. Y, en efecto, cuando el hombre que está al otro lado del río grita que ya están listos y los hombres que están sobre el ferri agarran el cable y comienzan a halar —una mano frente a otra— el viaje apenas dura lo que le toma a Glory hacerle una trenza a su madre antes de salir a trabajar por la noche o a Alma buscar unas monedas en el bolso para dárselas a su hija en la mañana. El tiempo que toma cruzar el río es el mismo tiempo que toma buscar entre los sobres de las cuentas alguna carta de casa, cruzar el pasillo para ver a los niños, ahogar el motor de un automóvil que se compró con un sueldo militar. El tiempo justo que toma mirar de frente a una vieja serpiente en el desierto y preguntarse, y ahora qué. Cuando llegan al otro lado y uno de los hombres coloca dos tablones para que pasen las ruedas del auto, Víctor y Glory miran hacia delante. Ninguno de los dos mira atrás hacia Texas.

Conducen rumbo al sur con los cristales bajos y el sol de frente. Glory va sentada con las piernas cruzadas. Cuando lleguen al delta del Río Bravo, conocido también como «la Laguna Madre», se dirigirán hacia el oeste y se encaminarán hacia el corazón de la tierra de su madre. Si no se desvían, llegarán al pueblo de Alma para la fiesta de San Miguel a finales de septiembre. Imagínate, le dice Víctor, tu mamá, tú y yo en la orilla con los pies hundidos en la arena y todos los barcos pesqueros de la bahía con las linternas encendidas, mil veladoras flotando entre ellos. ¿Puedes verlo, fibí?

No, le dice ella. Se frota el pulgar contra la palma y se dobla para tocarse los pies y los tobillos. Víctor las llama cicatrices de guerra. Algo de qué sentirte orgullosa. Significa que luchaste con todas tus fuerzas, que regresaste de la guerra. ¿Lo ves?

Aún no.

Inténtalo.

Pone los ojos en blanco y mira por la ventanilla, pero intenta imaginar sus pies llenos de cicatrices marchar hacia delante con paso firme y llevarla a donde tiene que llegar: lejos de una camioneta aparcada en medio de un campo petrolífero; a través del desierto y por una carretera hasta la puerta de alguien; por una escalera de metal hasta la piscina donde presionó las

351

manos contra el cemento y se metió en el agua y se empujó desde el borde y aprendió que, si movía las manos suavemente en círculos, podía flotar hasta tocar algo firme.

Glory se mira las dos pequeñas cicatrices en las manos, una en medio de cada palma. El cuerpo está haciendo su trabajo. En un año se habrán aplanado y suavizado. En dos, habrán desaparecido. Pero las cicatrices de los tobillos y los pies se alargarán y se ensancharán: unas cuerdas rojas que la atan a una mañana. La joven que se levantó y se cayó, que se agarró de una cerca de alambre de púas y se mantuvo en pie. La joven que cruzó descalza el desierto y salvó su propia vida. No puede imaginar otro modo de contar la historia.

Agradecimientos

POR EL REGALO del dinero, el tiempo, el espacio y la tranquilidad, estoy en deuda con la National Endowment for the Arts, la Rona Jaffe Foundation, el Illinois Arts Council, Hedgebrook y la MacDowell Colony, así como con el Barbara Deming Memorial Fund, Amy Davis y el Writers Workspace de Chicago.

Dos capítulos aparecieron en versiones anteriores como cuentos. Gracias a los editores del *Colorado Review* y el *Baltimore Review* por publicar «Valentine» y «Women & Horses».

Por las lecciones de escritura y el entusiasmo, quiero agradecer a Chris Offutt, Marilynne Robinson, Luis Alberto Urrea, Lan Samantha Chang, James Alan McPherson, Connie Brothers, Deb West y Bret Lott.

Por sus comentarios brillantes, su paciencia infinita y su apoyo constante, tengo una deuda de agradecimiento con Helen Garnons-Williams, los héroes del departamento de Edición y Producción de Harper y toda la gente buena de Georges Borchardt, Inc.

Siempre estaré agradecida a Samantha Shea y Emily Griffin, quienes creyeron en *Valentine* desde el principio y trabajaron incansablemente para mejorarla. Gracias por amar los libros, y por amar el mío.

Por leer mis historias y compartir las suyas. Por cuidar de mi hijo para que yo pudiera escribir. Por el apoyo moral y el entusiasmo, en especial al principio: Caroline Steelberg, Skye Lavin, Karyn Morris Brownlee, Jon Chencinski, Mildred Lee Tanner, Ellen Wade Beals, Joan Corwin, Rochelle Distelheim, Tammi Longsjo, Christie Parker, César Avena, Tim Winkler, Ellen McKnight, Chris Pomeroy, Mike Allen, Casebeer, Mark Garrigan, Tim Hohmann, Seth Harwood, José Skinner, Joe Pan, Johnny Schmidt, Nick Arvin, Jeremy Mullem, Steve Yousha, Tayari Jones, Rebecca Johns, Brandon Trissler, Michelle Falkoff, Dan Stolar, Jessica Chiarella, Amy Crider, Bergen Anderson, Nick Geirut, Lindsay Cummings, Kelly y Jason Zech, Nathan Hoks y Nikki Flores, Chad Chmielowicz y Katie Wilson.

Por ser familia: Cary y Jorge Sánchez, David y Christopher Erwin, Grace Sliger, María González, Mary Logan Erwin y Curtis Erwin y, en especial, mis padres, Tom y Carol Wetmore.

Por ejercer de madrinas y tías. Por escribir historias y canciones y poemas. Por acompañarme a recorrer los maizales, visitar el rancho, atravesar el desierto, llegar al mar y regresar a casa. Por mantener la fe y ayudarme a continuar: Bryn Chancellor, Julie Wetmore Erwin, Judy Smith, Stephanie Soileau y Megan Levad.

Por las canciones y el amor y las aventuras y por los sacrificios que han hecho: Jorge Sánchez y Hank Sánchez.

Sobre la autora

NACIDA Y criada en West Texas, Elizabeth Wetmore vive con su esposo y su hijo en Chicago. *Amor y furia* es su primera novela.